무신론자를 위한 변명

마음의 낙타를 따라 사막을 건너다

무신론자를 위한 변명

마음의 낙타를 따라 사막을 건너다

초판 1쇄 인쇄일 2016년 1월 3일
초판 1쇄 발행일 2016년 1월 10일

지은이 김창환
펴낸이 양옥매
디자인 이윤경
교정 조준경

펴낸곳 도서출판 책과나무
출판등록 제2012-000376
주소 서울특별시 마포구 월드컵북로 44길 37 천지빌딩 3층
대표전화 02.372.1537 **팩스** 02.372.1538
이메일 booknamu2007@naver.com
홈페이지 www.booknamu.com
ISBN 979-11-5776-141-8(03810)

이 도서의 국립중앙도서관 출판시도서목록(CIP)은 서지정보유통지원 시스템
홈페이지(http://seoji.nl.go.kr)와 국가자료공동목록시스템
(http://www.nl.go.kr/kolisnet)에서 이용하실 수 있습니다.
(CIP제어번호 : CIP2015035735)

무신론자를 위한 변명

마음의 낙타를 따라 사막을 건너다

김 창 환 지음

책과나무

첫 번 째 이 야 기

두 번째 이야기

세 번 째 이 야 기

네 번째 이야기

곁에 있는 상대가 누구이든 정치나 종교 이야기를 나누는 것은 쉽지 않다. 가족들 사이에서도 이는 마찬가지다. 특히 종교에 관한 이야기는 더 그러하다. 그러한 기류는 '종교적인 사람들'이 늘어나면서 생긴 경계이다. 그러나 이제 조금씩 그 경계가 흐릿해지는 것으로 나타났다. 외형적으로는 종교를 가지고 있지만 '비종교적인 사람'에 속하는 이들이 훨씬 더 많아졌다는 설문 결과가 발표된 것이다. 이는 절대적인 신에게서 한 발 뒤로 물러나는 사람들이 많아지고 있다는 징표리라. 이러한 징표들이 무엇을 의미하는가 하는 것은 차치하고 이제는 서로 종교에 대해 좀 더 편하게 이야기할 수 있을 것이라는 기류가 흐른다.

내가 처음 예배당에 갔던 것은 초등학교 2학년쯤이었다. 낮게 엎드린 초가의 작은 사랑방이었다. 폐병으로 요양 차 내려왔던, 신학 대학에 다니던 병약한 청년이 예배를 인도했다. 자발적으로 찾아간 것은 아니었고 먼저 예배당에 다녔던 동무의 권유가 있었다. 종교를 선택하는 것이 머리를 깎고 절집에 들어가거나 사제의 길을 가는 것처럼 절박하거나 결연한 선택만은 아니다. 신체의 모습을 물려받듯 부모로부터 자연스럽게 물려받는 경우도 있고 내가 그랬던 것처럼 우연히 선택하는 경우도 있다.

　인간에게서 욕망은 삶의 본질을 이루는 성분이다. '인간에게 최고의 행복은 성희(性喜)이다.'라는 누군가의 말은 부담스럽지만 충분히 그 타당성이 있다. 행복과 욕망은 서로 밀접한 관계가 있는 것이고 경우에 따라서는 종교도 마찬가지일 것이다.

　종교는 욕망을 버리라고 가르치지만 정말 욕망을 버리기라도 한다면 종교는 그 필요성을 상실할 것이다. 그러면 종교와 욕망은 어떤 상관관계가 있는 것인가? 성별과 나이, 사는 공간, 사회적 신분과 위치에 따라 욕망의 분량과 모양은 각각 다르지만, 욕망과 종교는 깊은 상관이 있다. 내 안에 신을 가진다는 것은 자신의 모습을 투영하는 것이고 억압과 복종을 기꺼이 감수하겠다는 또 다른 표현이다. '인간의 욕망은 타자의 욕망이다' 라는 라캉의 말처럼 신의 모습은 인간 내면의 욕망이 투영된 모습이기 일쑤다.

　종말에 관한 이야기가 시작된 것은 오래전의 일이다. 4천 년 전에 만들어졌다고 추정하는 바빌로니아의 점토판에 '요즘 젊은이들은 버릇이 없다'라는 말처럼 오래전부터 그랬다. 시작이 있었다면 반드시 끝이 있을 거라는 그럴듯한 이유를 들어 종말을 당연시하기도 한다.

그렇다면 종말의 실체가 지구라는 별의 소멸인 것인가? 아니면 인간이라는 일개 종의 소멸을 이야기하는 것인가? 성경에는 대홍수에 의한 심판의 과정이 기록되어 있다. 앞으로 올 심판은 불이라고도 한다. 그러나 중요한 것은 대지에서 인간이 사라진다면 신도 사라진다는 것이다. 신은 인간이 만들었고 인간이 대지에서 사라진다면 신도 당연히 사라질 것이다.

페이스북의 창업자인 저커버그의 통큰 기부 발표를 보면서 한없는 놀라움과 동지애를 함께 가졌다. 놀라움은 두가지쯤, 아직은 그가 한창 욕심을 부릴 젊은 나이라는 것, 단지 가족만을 위한 것만이 아닌 지구 공동체를 염두에 두었다는 것, 그가 가족의 범주를 넘어 공동체의 미래를 고민했다는 것으로 깊은 동지애를 느꼈다. 자연과 교감하며 조화로운 삶을 추구했던 인디언들은 '우리가 사는 이 세상은 조상들에게 물려받은것이 아니라 후손들에게 빌려 쓰는 것이다'라며 자연을 소중히 여겼다. 굳이 '변명'까지 해야 하나 하는 자괴감도 없지 않았지만 절대자는 절대적으로 존재한다고 믿는 사람들을 의식했을 것이다.

사막을 달리는 마라톤 대회에 참가했다. 달리면서 낙타를 만났고 흐르는 듯 무수한 밤하늘의 별을 올려다보며 그 등에 기대어 꿈도 꾸었다. 낙타는 사막이라는 극한의 환경에서 인간과 공존하는 유일한 동물이다. 공존한다는 의미는 일방적인 종속의 개념을 완화한 것이다. 짧은 시간이었지만 낙타와 많은 교감을 나누었다. 온종일 그늘 한 점 없는 뙤약볕에서 어미낙타가 돌아오기를 기다리는 새끼낙타를 보며 나무를 심으러 다시 사막에 와야겠다는 생각을 했다.

　종교의 근원적인 지향점은 지상에서 물질적인 축복이나 안식, 죽음 뒤의 또 다른 저승의 보장이 아닌 이승에서의 소박한 염력, 믿는 것이 아닌 '간절히 원하고 바라는 것'이라는 것을 확신할 수 있었다. 오체투지(五體投地)로 먼 길을 가고 이른 새벽 장독대에 정한수를 올리는 마음이었다.

　그러나 이제는 진리를 믿고 추구하는 것이 아닌 생활 속에서 진리를 행하고 구현하는, 사람이 하늘이고자 하는 것이어야 한다.

　사막에서 돌아와 서울대공원에 사는 낙타를 다시 만났을 때, 낙타는 울을 벗어나 다시 대지로 돌아가고 싶다는, 그래서 대지에서 짐을 지고 일하다가 대지의 모래바람에 묻히고 싶다고 내게 말했다.

2015년 12월에 **김창환**

첫 번째 이야기

대지

배신감이었다. 구체적인 원망의 대상도 없는 배신감, 끝없는 초원지대를 지나면서 뭐라 형언할 수 없는 느낌은 배신감이었다. 가슴이 활짝 열리는 것이 아닌 사방이 온통 벽으로 막힌 공간에 있는 것처럼 가슴의 답답함이 숨을 막히게 했다. 그곳을 떠나와서도 혼란스런 느낌과 답답함은 여진처럼 흔들리며 어지러웠고 토굴에라도 갇힌 듯 한동안 짓눌려야 했다.

거대한 대지에는 하늘과 땅 사이로 빛만이 가득 차 있다.

사막의 여름은 더디게 저물어 갔다. 아침나절에 출발하여 긴 여름날을 달려도 나무 한 그루 볼 수 없었고 논밭은 물론 도시도 촌락도 보이지 않았다. 드문드문 양떼가 초원에서 무리를 지어 풀을 뜯고 이동식 주거시설인 게르가 보일 뿐이었다.

무신론자를 위한 변명

대지(大地)였다. 어린 시절 읽었던 펄벅의 소설 『대지』 속의 대지, 그러나 어른이 되면서 '대지'라는 단어는 본래의 생명성을 잃었다. 가파른 욕망에 찌든 삶을 이어오면서 그저 부동산의 범주로서 땅과 집터로서의 의미만이 연상되고 인식되었다. 생존의 터전으로 먹을거리를 잉태하고 키워 내는 어머니 같은 의미 대신 집 등을 지을 터라는 대지(垈地)라는 말이 그 환금성의 욕망으로 너와 나, 우리네 삶의 의식을 지배했던 것이다.

산과 들, 주거지와 경작지로 구분되지 않는, 단순히 광활(廣闊)로 표현될 수밖에 없는 그곳에서 대지라는 말의 의미를 다시 생각했다. 그곳은 '광활하다'는 표현으로는 부족한, 상상의 범주를 뛰어넘는 곳이었다. 산하라는 표현도 마뜩치 않았다. 산도 하천도 없었으니 말이다. 그저 대지였다. 그래서 '막막(漠漠)하다'는 말도 만들어졌을 것이다. 그 고비사막에서 낙타를 만났다. 초원지대를 지나 사막지대를 들어서는 어둠 속에서 낙타 무리는 어디론가 달려가고 있었다.

고향을 그리워하듯 언젠가부터 사막을 그리워하곤 했다. 고향에 가면 어머니를 만날 수 있다는 기대를 가지듯 사막에 가면 낙타를 만날 수 있으리라는. 낙타는 특별한 연모의 대상이었다. 막연했지만 알지 못할 그 무엇, 인연의 끈이 작용하고 있었는지도 모를 일이었다.

어린 시절, 마을에 교회가 세워지기 전 한 교인의 사랑방에서 예배를 보던 시절이 있었다. 먹으로 쓴 찬송가가 괘도로 걸려 있었고 벽면에는 한 손에는 지팡이를 짚고 다른 한 손에는 어린 양을 안은 목자가 한 무리의 양떼들과 함께 있는 한가로운 풍경의 그림 액자가 걸려 있었다. 구약성경에는 절대자를 목자로, 인간들을 양으로 하는 표현이 더러 나온다. 후에 예수는 자신을 '나는 선한 목자요'라고도 했다. 양(羊)이라는 한자는 좋은 의미를 담고 있는 다른 한자의 바탕을 이루기도 한다. 아름다울 미(美)와 착할 선(善)이 그러하다.

그림 속 목자나 양의 모습은 생소한 풍경이었다. 우리는 전통적인 농경민족이었으니 당연한 일이었다. 농경은 가축을 사육하고 방목하는 것보다는 작물을 재배하고 가꾸는 것이 중심이다. 작물은 직접적인 존재가 필요 없고 보조적인 존재가 필요할 뿐이다. 간섭하고 이끌지 않아도 된다. 그런데 양에게 목자는 절대적인 존재다. 목자가 없으면 양은 생명을 부지하는 것이 불가하다. 이리떼들을 쫓아내야 하고 길을 잃지 않도록 돌보아야 한다.

'희생양'이라고 표현하듯 양은 산 제물의 상징적인 동물이었다. 이 또한 생소한 것이었다. 산 짐승의 피로 제사를 지낸다는 것은 생각할 수도 없는 일이었다. '순한 양'이라고 표현하듯 양은 죽는 순간에도 저항을 하지 않는 유일한 동물일 것이다.

예배당에서 낯설게 접한 유목 풍경 속의 양은 친숙한 대상으로 다가왔지만 낙타는 아니었다. 종속된 것처럼 보이기도 하지만 낙타는 양처럼 목자에게 종속적인 대상이 아닌, 생존을 위해 어쩌면 인간과 공존하는 유일한 동물일 것이다. 낙타는 성경에도 한 번 등장하는데 부정적인 비유의 대상으로 나온다. '부자가 천국에 가는 것은 낙타가 바늘 구멍에 들어가는 것만큼 어렵다'라는 것으로.

말 그대로 대지인 그곳에서 낙타를 만났다. 낙타는 왜 사막으로 간 것인가? 어린 양을 안고 있는 너무도 너그러워 보이는 목자는 무서운 심판을 이야기하고 천국을 말하는 것인가?

대지는 시작과 끝이 없었다. 본래 그 자리에 있었다.

누군가와의 만남은 유혹을 잉태하기도 한다

사막에 가고 낙타를 만나고 사막에 뜨는 달을 볼 것이라고 꿈을 꾸었다. 그리고 그 꿈을 현실로 가져오기 위해서 엿새 동안 225km 사막을 달리는 고비사막 마라톤대회를 신청했다. 연습도 없이 대회를 신청했다는 무모함은 바람처럼 가벼웠다. 연습도 없었던 데다 6일 동안 달려야 한다니 부담스러운 것은 어쩔 수 없었지만 처음 이틀 정도는 연습으로 뛰지 뭐, 하는 심정이었다. 그랬다. 사전에 기본적인 연습도 없이 대회에 참가를 결정한 것은 무모한 판단이었고 결정이었다.

누군가와의 만남은 유혹을 잉태하기도 한다. 삶 속에서 자신의 순수한 동경과 의지로 선택되는 일이 얼마나 되었던가? 목적지가 있는 길을 가면서도 두리번거리며 누군가에게 길을 묻기도 한다. 우리가 성인(聖人)이라고 칭하는 사람들, 누구도 가지 않았던 새로운 길을 갈고 닦으며 만든 것처럼도 보이지만 그들 역시 마찬가지였을 것이다. 그런 것처럼 보였다는 것은 그를 추종했던 제자들의 포장과 미화로 완성한 소산일 것이다. 살고 갔거나 살아가는 사람들은 길을 가며 자신이 어디로 가고 있는지, 때로는 목적지조차 인식하지 못하고 두리번거린다. 죽음이라는 당연한 목적지조차 말이다. 그러니 삶은 늘 번민과 유혹에 노출되어 있다. 도달하고픈 피안은 무지개처럼 유혹의 다리가 걸쳐져 있다. 유혹의 다리가 늘 도덕적이지도 정의롭지도 온전하지도 못하다는 것을 잘 알고 있는 듯하지만 사실 때때로 우리는 그것을 잊는다.

'바람둥이'의 대명사인 카사노바는 일흔두 살에 회고록을 쓰기 시작했다. 전 유럽을 떠돌며 많은 여성들과 다채로운 연애 이야기를 펼쳐냈던 그는 그 이야기를 쓰는 것에 대해 "육신은 비록 늙었으나 내 영혼과 욕망은 영원히 젊기 때문"이라고 말했다. 그리고 이렇게 덧붙였다.

"온갖 세상 경험을 통해 더 이상 유혹에 빠지지 않는 사람들, 불도마뱀처럼 단련되어 있어서 더 이상 정념에 불타지 않는 사람들을 위해서 이 글을 썼다."

유혹은 호기심이나 무지(無知)와 잇닿아 있다. 호기심은 유혹을 불러들이는 향기와도 같다. 호기심이 없는 사람은 유혹의 손길이 뻗쳐질 때 무덤덤하다.

내 어린 시절을 관통했던 궁핍함과 집안을 떠다니던 불온했던 공기는 불만으로 세상을 보는 비뚤어진 눈을 주었고 부정하고 달아나고픈 현실이기도 하였다. 그러나 가끔 떠나고 싶을 때 떠날 수 있는, 그것이 역마살이든 현실도피이든, 자유에 대한 갈망과 용기도 주었다.치밀하게 계획적이지도 못하다고 타인으로부터 핀잔을 부르고 스스로 자괴감을 가진 적도 많았지만 그것은 나에게 다가온 특별한 축복이었다. 사내들에게서 자신의 주어진 환경을 수용하고 받아들인 자는 누구나 선망의 멋을 풍긴다. 회피하거나 달아날 수 없는 근원적인 결핍을 부정하거나 회피하지 않은 자는 진정한 멋쟁이라는, 그런 사유는 덤처럼 주어진 것이었다. 사막에 가고 싶은 열망은 간절했지만 그렇더라도 누군가의 유혹이 없었다면 결코 쉽지 않았을 것이다.

유혹은 달콤했기에 막연한 불안감마저 떨쳐버릴 수 있었지만 한 주 동안 사무실을 비운다는 압박감은 돌처럼 무거웠다. 그러나 사막과 낙타를 만나기 위해서는 감당할 수 있는, 감당해야 하는 분량이었다. 낙타는 서울대공원에 가도 만날 수 있었지만 우리에 갇혀 사는 낙타는 자신의 고향인 사막을 기억하지 못했다. 낙타는 사막에 살아야 하는 동물이었다. 쌍봉낙타를 만나면 할 이야기가 너무나 많았다.

유혹은 꿈을 부른다. 장자(莊子)도 어느 날 꿈을 꾸었다고 했다. 나비가 되어 꽃들 사이를 즐겁게 날아다녔다. 그러다가 문득 깨어 보니, 자기 자신이 그 자리에 있었다. 자기가 꿈속에서 나비가 된 것인지, 아니면 나비가 꿈에 자신이 된 것인지를 구분할 수 없었다는 호접지몽(胡蝶之夢)의 이야기이다. 보이는 것은 결국 만물의 변화에 불과한 것일 뿐

무신론자를 위한 변명

이라고 말하고 싶었던 것이었을까? 근데 나도 마찬가지였다. 나도 고비에 가서 쌍봉낙타와 꿈을 꾸었다. 내가 꿈속에서 쌍봉낙타가 된 것인가, 아니면 쌍봉낙타가 꿈에서 내가 된 것인가.

삶에 후회를 남기지 말고
사랑하는 데 이유를 달지 마라

'삶에 후회를 남기지 말고, 사랑하는 데 이유를 달지 마라'라고 누군 가 이야기했다지만, 그게 어디 쉬운 일이던가. 이상과 현실의 커다란 간극 속에서 좌절하고 절망하며 살아온, 궁핍한 어린 시절을 보내면서 사소한 것에도 핑계와 이유를 만드는 것에 익숙한 편이었다. 남의 눈 을 의식하는, 삶의 부정적인 편린이었다.

'일을 삼는다'는 표현이 있다. 예전의 농경시대로 일손을 보태지 않는 자는 질타의 대상이었다. 그 대상이 아이들이든 누구든 구분이 없었 다. 신체적인 장애를 가진 이들을 멸시하고 천대한 이유이기도 했다. 그러니 여가 문화가 발달하지 못 했을 것이고 그 누구든 생산적인 노동 을 회피하고 단순히 노는 것을 꾸짖으며 한 말이다. 그래서 생산적인 일이 아닌, 취미활동이나 여가 생활을 즐기는 것을 옛사람들은 '일을

무신론자를 위한 변명

삼는다'라고 표현한 것이다. 사막에 갈 것이라는 바람을, 대회를 신청하는 것으로 현실로 가져왔지만 시시때때로 많은 번민과 고민이 나를 흔들고 지나갔다. 일도 아닌 것을 일로 만든 것에, 바쁜 업무가 시작되는 중에 사무실을 일주일이나 비운다는 것에, 또 다른 여러 가지 나를 옥죄는 생각들에, 그래서 이유를 만들기 시작했을 것이다. 그 이유의 첫 번째는 동냥아치였고, 그 다음은 이야기였다. 어찌 보면 이 두 가지는 너와 나, 우리들의 여행에서 알파와 오메가였다.

동냥아치

'운수행각(雲水行脚)하라!'

예부터 불가에서 전해져 오는 말이다. 구름이나 물이 별다른 목적없이 흐르는 것처럼, 일체의 경계나 대상에 집착하지 말고 길을 나서라는 말이다. 길을 나서는 것은 몸만이 아닌 마음도 포함하는 것이다. '움직여 가는 곳마다 진리의 자리임을 확인하라'라는 의미도 있다고 한다.

운수행각은 탁발(托鉢)을 기본으로 했다. 탁발은 범어로는 'Pindapa-ta'이며, '걸식(乞食)' 또는 '걸행(乞行)'으로도 번역된다. 탁발을 통해 걸식한다고 해서 비구(比丘)란 낱말이 생겼다. 비구란 본래 '얻어먹는 사람'이라는 뜻이며, 한문으로는 걸사(乞士)로 번역된다.

그런데 이 말에는 밥만 비는 것이 아니라 법이나 진리를 비는 사람이라는 의미가 더 강조된다. 사실 말 그대로는 손에 발우(鉢盂)를 들고 집집마다 돌아다니면서 먹을 것을 구하는 행위를 말한다. 탁발은 출가자

　　　　　　　　　　　　　　　　　무신론자를 위한 변명

가 가장 단순한 생활태도를 갖도록 한다는 의미를 지니고 있다. 다른 한 편으로는 아집(我執)과 아만(我慢)을 버리게 하는 수행으로서의 의미와 함께 보시(布施)하는 자에게 복덕(福德)을 길러 준다는 의미도 지닌다.

태국이나 미얀마 등 남방불교에서는 여전히 그 전통을 이어 간다. 그곳을 여행하면서 보았던 이른 아침의 탁발행렬은 주요한 관광코스가 되어 있었다. 이제 수행자의 길을 가려는 젊은이들이 점차 줄어들어 이 땅에서는 그 또한 관심거리에 포함되는데 그곳에서 보았던 붉은 장삼을 걸친 많은 스님의 행렬은 강렬했다. 신도들은 복덕을 염원하며 이른 아침 그 자리에 있었을 것이다. 그렇더라도 그렇게나 긴 행렬을 이룬 스님들의 모습이 내 눈에는 그리 좋아 보이지는 않았다. 땅을 일구며 먹을거리를 구하는 노동 또한 수행의 한 방편이라고 생각하기 때문이다.

어린 시절에는 가끔 볼 수 있었던 탁발승을 이제는 보기가 어렵다. 동안거나 하안거가 끝나면 스님들은 대개 운수행각을 떠나고 운수행각에서 탁발은 수행의 방편이기도 했다. 그런데 탁발로써 생계를 삼는 사이비 승려가 많이 생겨났던 이유 때문이었을까? 1960년대 조계종 등에서는 모든 승려의 탁발 행위를 금하였다고 한다.

'거지'라고도 했고 '동냥아치'라고도 했던 이들이 어린 시절엔 참 많았다. 요즘에는 대도시 철도 역사 주변에 깃든 노숙자들이 그들과 같은 부류의 사람들이라고 할 수 있겠지만 행동반경이나 습성은 확연히 다른 것이었다. 한정된 공간에서 생활하는 것이 아닌 마치 그 시절의 방물장수처럼 발길 가는 대로 떠도는 사람들이었다.

궁핍한 세월이었지만 인심도 사납지 않았고 철따라 잔칫집도, 삼년상을 치르는 제삿집도 동네마다 많았던 시절이었으니 그래서 굳이 '보태주십쇼.'라며 읍소하지 않고도 견딜 만한 이유도 있었을 것이다.

'여행은 동냥아치처럼 떠나라'

예전에 누군가 했던 말이 아니다. 자주 세상을 떠돌다 보니 내게서 생겨난 말이다. 풍족하고 편안한 것은 집 안에서 구하면 되는 것이고 여행을 떠날 때는 가진 것을 잠시 집 안에 놓아두거나 버리고 떠나야 한다는 말이다. 뭔가 부족하고 불편해야 한다는 말이다. 비워야 채워올 수도 있다. 내 안에 사그라져 가는 정(情)도 품어올 수 있다.

동냥아치가 차고 다니는 빈 깡통에 무언가가 채워져 있으면 나설 필요가 없듯이, 여행을 나서려면 내가 알고 있는 것들을 일부러라도 버리고 비우고 떠나야 한다. 여백을 두어야 한다는 의미이다. 지식과 정보의 여백은 오감의 감성을 풍성하게 한다. 대상에 좀 더 가깝게 다가가기 위해서는 감각이 훨씬 오류가 적다는 이유도 있다.

언젠가 보았던 다큐멘터리 영화 〈달팽이의 별〉에서 주인공은 두 팔을 벌려 나무를 꼭 껴안고 한참을 서 있는 모습을 보여 준다. 마치 오랜만에 만난 연인과 깊은 교감을 나누듯이 말이다. 영화의 주인공은 오직 손가락으로 보고 들을 수 있는 시청각 중복 장애인이다. 그가 그렇게 나무를 껴안는 이유는 나무도 자신과 같이 보지도 듣지도 못하는 장애인이기 때문이라고 했다. 그는 〈달팽이의 별〉이라는 시에서 이렇게 표현했다.

무신론자를 위한 변명

가장 값진 것을 보기 위하여 잠시 눈을 감고 있는 것이다

가장 참된 것을 듣기 위하여 잠시 귀를 닫고 있는 것이다

역마살과 도화살

"너는 역마살이 있는 것 같다"라는 말을 가끔씩 듣는다. 자주 집을 나와 세상을 떠돌아다니는 행태를 비하하는 의미가 묻어난다. 하지만 여행을 즐긴다는 것에 약간의 시샘도 있을 거라며 가볍게 흘려버리기도 한다.

'역마살'이니 '도화살'이니 하는 말들이 있다. 살(煞)의 의미는 '사람을 해하는 귀신의 기운'을 뜻하는 무서운 말이다. 예전에는 떠돌아다니게 된 것을 나쁜 습성이라고 생각했고 액운이 끼었다 하여 살풀이라는 것도 해야 했다. 농경으로 정착생활을 했던 생존의 문제가 걸린 이유도 있었겠지만, 그러나 마치 자신을 해할 수 있는 누군가의 주문처럼 극단의 부정적인 의미로 받아들였던 것이다. 개인의 타고 난 기운이 그러할지라도 긍정적으로 생각하지 않도록 만들어진 말이다. 뭔가 음모의 기운이 느껴지기도 한다. 요즘의 기준으로 역마살은 '진취적이고 활동적이다'라는 것으로, 도화살은 '섹시하다'는 것으로 받아들일 수도 있을 것이다. 그러면 도대체 무슨 이유로 저마다 타고난 성정에 그러한 부정적인 의미를 덧대었을까를 생각해 본다.

도화살은 남존여비의 외연으로 여성을 속박하기 위한 수단이기도 했으며, 역마살은 정착생활을 했던 농경시대에 김삿갓처럼 가정을 지키지 않고 떠도는 남정네를 경계하기 위한 것이었다. 또한 이는 사이비 역술가들이나 점술가들이 순진한 사람들의 주머니를 털기 위한 방편이

기도 하였을 것이다.

역마살에서 역(驛)은 오늘날의 기차역과도 같은 의미이다. 역(驛)은 예전에 공무를 수행하는 이들이 사용할 수 있는 말을 관리하던 곳으로, 대략 30리쯤 간격으로 있었다. 그래서 마패가 필요했다. 흔히 암행어사의 상징처럼 마패를 생각하지만 마패는 공무를 수행하던 이들이 가지고 다니던 것이었다. 마패에 새겨진 말의 수만큼 역에서 관리하는 말을 탈 수 있었다 .

요즘의 형편으로 보면 역마살은 오히려 좋은 기운이다. 세계를 한 지붕처럼 살아가는 현실에서 활동력의 가치는, 생활의 문제가 아닌 생존 수단처럼 증대되고 있기 때문이다. 도화살도 마찬가지다. 섹시함으로 표현될 수도 있으며, 남녀를 구분하지 않고 현대인들에게 타인과의 관계에서 매력의 중요한 요소가 될 수도 있다.

예전에 고향이라는 말은 낯선 말이었을 것이다. 대부분 태어난 곳을 한 번도 벗어나지 못하고, 대개 반경 사오십 리 내외를 오가며 살았기 때문이다. 왕조가 몰락하면서 밀려드는 외세의 여파로 상투를 잘라내면서 사람들은 고향을 떠나는 것에도 익숙해지기 시작했다. 이 땅에 철길이 놓이는 시기와 일치했다. 그렇게 고향을 떠난 사람들은 누군가를 만나면 고향이 어디인지부터 먼저 물었다. 만약 같은 하늘 아래 살았다면 오랜 동무를 만난 것처럼 반가워했다. 그래서 '고향에서 온 것은 까마귀도 반갑다'라고 했을 것이다. 고향을 떠난다는 것은 대단한 용기이고 일탈이었다.

고향을 떠난 대부분은 도시 변두리의 하층민으로 팍팍한 일상을 살아가게 되면서 고향을 그리워했다. 그래서 가수들은 〈고향아줌마〉, 〈고향이 좋아〉 등 고향에 관한 노래를 만들어 불렀다. 사람들은 모이면 막걸리 대접과 주안상에 젓가락을 두드리며 그 노래들을 따라 불렀다. 고향을 떠난 사람들에게 고향은 어머니와 동일한 공간이었다. 고단한 일상으로 부초(浮草)처럼 살아가는 그들에게 고향은 어머니와 한 몸이었던 열 달의 그 시공간처럼, 따뜻하고 아늑한 곳이었다.

　옛날이야기에 예외 없이 등장하는 나그네, 나그네라는 말은 오래된 말이면서 특별한 말이다. 이웃집이나 이웃동네로 마실이나 나들이가 아닌 먼 길을 다니는 사람들이 그만큼 드물었다는 것과 무관치 않을 것이다. 마실은 요즘의 가벼운 외출과도 같은 의미이다. 마을의 사투리인 마실은 내 고향에서는 아직도 통용되는, 정겨운 말이다.

　나그네라 해도 과거를 보러 가거나 방물장수, 장돌뱅이로 나선 장삿길이 대부분이었다. 분명한 목적이 있었고 생계수단이기도 했다. 요즘의 여행처럼 단순히 산천을 주유하는 사람들은 운수행각에 나선 스님들이나 시인, 묵객으로 자처하는 소수 특정부류의 사람들이었다. '나그네'라는 말에는 동행이 없다는 의미가 강하다. 동냥아치가 대개 혼자 다니는 것처럼 말이다.
　혼자 떠나는 여행은 쉽지 않다. 지식과 정보의 여백은 오감의 감성을 풍성하게 하는 것이라 했고 대상에 좀 더 가깝게 다가가기 위해서는 감각의 훨씬 오류가 적다는 이유도 있다고 했다. 친한 누군가와 같은 시간을 공유한다는 것은 고독을 떨칠 수는 있는 거지만 나와 친해지가는 어렵다. 집밖에서는 말할 것도 없이 집안에서도 마음 안에는 늘 타인들로 채워져있다. 타인의 실체는 갈등이 되기도 하고 욕망이 되기도 한다. 여행은 그러한 타인들에게서 벗어나고 달아나는 절호의 기회이다. 갈등과 욕망에 치여 저 안에 웅크리고 있는 자신을 불러낼 수 있는, 생에서 너무나 짧게 주어지는 고통스럽지만 귀한 시간이다. 그러나 그것도 쉽지 않다. 여행길에서도 동행을 구하고 타인들에게서 벗어나는 것이 두려운 나머지 많은 이들은 술을 부른다. 민낯의 자신과 대면한다는 것이 낯설고 두려움의 대상이 되었기 때문이다. 고독으로 나의 공간은 확장된다. 개울에 사는 가재가 가뭄으로 물이 마르면 기어나오듯이, 고독해지면 본연의 나는 가재처럼 모습을 드러내며 기어 나온다. 혼자서 두 다리로 걸어서 여행을 할 때 내 안에 숨겨진 나를 만날 수 있는 확률은 더 높아진다.

얼마 전에 보았던, 실화를 바탕으로 한 영화『히말라야』에서 한 라디오 프로그램에 출연한 주인공에게 진행자가 묻는다.

"흔히 등산을 인생에 비유하기도 하는데요, 지금까지 수많은 산행을 겪으면서 얻게 된 교훈, 이런 게 있다면 뭐가 있을까요?"

신의 영역이라는 히말라야 최고봉을 차례로 정복한 그에게서 무슨 답변이 나올 것인가, 진행자는 물론 많은 관객들이 그의 얼굴을 주목할 때 그런데 그때, 주인공이 진행자에게 반문한다.

"산에 오르면 대단한 걸 찾을 수 있을 것 같죠? 7천 미터 정도 올라가

다 보면 어떻게 살 것인가에 대한 해답이 떠오를 수 있을 것 같고, 8천 미터 정도 올라가다 보면 삶은 무엇인가에 대한 의미를 찾을 수 있을 것 같고……" 하지만, 영화속의 주인공은 답한다.

"거기서 절대 그런 거 찾을 수 없습니다. 거기서 느낄 수 있는 건 오직 제 자신뿐입니다. 너무너무 힘들고 고통스러울 때 제가 몰랐던 제 모습이 나옵니다. 그동안 쓰고 있던 모든 가면이 벗겨지는 거죠. 보통 사람들은 평생 그 맨얼굴을 모른 채 살아가고 있는지도 모릅니다."

오래전 도보로 국토 종단을 시도한 적이 있었다. 자정쯤에 국토의 최남단 땅끝(土末)에 도착하였고, 그곳에서 홀로 첫 발을 내딛었다. 그곳에 내려오는 여비만 주머니에 넣어 왔고 지갑은 집에 두고 나왔다. 배낭에는 '無錢으로 도보로 국토대종단'이라고 써진 작은 천을 둘렀다.

그때 밟았던 지명들을 들으면 그곳으로 이어지는 길을 떠올린다. 차로 다니고 지나온 길은 쉽게 지워지지만 두 다리로 걸어서 지난 길은 오래 기억에 남는다. 그 길을 지나오면서 본 풍광들과 길에서 만난 이들과 나눈 이야기들이 주절대며 시냇물처럼 흐르기도 한다. 동냥아치는 두 다리로 걷는 사람이다. 전철 안에서 구걸하는 이들도 보지만 그들은 엄밀하게 동냥아치는 아니다. 동냥아치는 어디든 걸어서 가는 사람이다. 그만큼 걷는 것은 의미가 있는 행위이다.

여유로운 행동, 여행
이제 나그네라는 말은 잘 쓰이지 않는다. 여행자이니 관광객이니 하는 말이 흔히 쓰인다. 경제적으로 과거보다 풍요로워진 이유가 우선하겠지만 이제 여행은 현대인들의 삶에서 중요한 일부를 차지하고 있다.

여행은 '여유로운 행동'의 줄임말이 될 수도 있다. 치열한 생존경쟁과 세대 간의 반목과 갈등, 따분한 일상, 대인관계의 뒤틀림 속에서 여행은 요즘 회자되는 힐링의 중요한 요소가 될 수 있기 때문이다. 한편으로 여행은 자신이 가진 물질의 풍족함과 지위를 과시하는 수단이 되기도 한다. 여행은 일상을 내려놓고 한 가족이 함께 배낭여행을 떠나기도 하는, 현실에 속박당하지 않는 자유로움의 표출 수단이 되기도 한다.

그런데 역설적이게도 여행은 속박으로 다가오기도 한다. 결혼하면 당연히 신혼여행을 가야 한다는 것처럼 말이다. 오랜만에 만난 은퇴한 선배는 "그럭저럭 살아 온 삶에서 내게 남은 것은 해외여행을 다섯 번쯤 다녀온 것이다"라고 말했다. 이렇듯 우리 한국인들에게 해외여행은 요즘 젊은이들이 고단하게 만들어 가는 스펙과도 같은 것이 되어버렸다.

산과 들을 허물어 만든 도로가 늘어가지만 주말이면 교통체증은 피할 수 없다. 지자체마다 가지가지 축제를 만들어 사람들을 꾀는 행사는 연중무휴이고 전 국토의 관광지화를 추구하고 있다. 4대강 공사를 하면서도 본래의 취지를 고민한 흔적은 희미하고, 휴식공간의 확보라는 명분으로 천변의 개발과 자전거 도로를 만드는 것에 치중한 모습도 보인다. 이제 여행은 힐링의 멋스러움 대신 주말의 교통체증처럼 우리 삶의 또 다른 체증이 되어 가는 듯 하기도 하다.

여행의 가치와 의미를 여러 사람이 이야기하였지만, '두려움을 불러들이는 것'이라는 까뮈가 했다는 그 짧은 한마디를 나는 좋아한다. 여행은 익숙한 공간과 환경, 가까운 사람들로부터 벗어나는 것이고, 이는 두려움을 부르기도 한다. 그러나 두려움은 새로운 공간과 환경, 새로운 사람들을 만난다는 설렘으로 되돌아온다. 설렘은 호기심과 궤를 같이한다. 호기심 속에는 새로운 풍경에 대한 분량이 가장 많을 것이다. 지역마다의 향토음식에 대한 기대감도 또 다른 의미의 분량을 차지할 것이다. 아니 그것은 표면적인 것이고 사실은 일상에서의 탈출일 것이다.

근래 들어 등산인구가 급격히 증가했다. 등산인구의 증가와 더불어 흔히 '아웃도어'라고 불리는 관련용품 시장도 가파른 성장세를 이어 가고 있고, 그 추세의 일단처럼 신문광고는 정장의류를 밀쳐 내고 대부분 등산용 의류가 차지했다. 한국 시장규모가 미국에 이어 세계 2위의 시장을 형성하고 있다고 한다. 그 이면에는 나이도 상관없고 날씨는 물론 요즘 같은 불황에도 크게 신경 쓰지 않는다는 이상(異常) 열망의 다름이 아니리라.

주말이면 도시근교의 산들은 아이들 소풍날처럼 번잡스러워졌다. 울긋불긋한 복장으로 일행들을 기다리고 있는 전철역 입구도 마찬가지다. 주말이나 휴일에 이름난 관광지는 사람구경이라도 나선 것처럼 사람들로 북새통을 이룬다. 학교동창 모임에서부터 직장동료들의 모임까지 기다리는 일행들의 부류들도 그 복장들처럼 가지가지일 것이다. 그네들의 어깨에 걸머진 배낭 한쪽 구석에 웅크리고 있을 이런저런 종류의 술병들 처럼 울긋불긋한 등산복 주머니에도 '일상에서의 탈출'의 줄

임말처럼 가지가지 형편의 '일탈'도 들어 있을 것이다.

이렇듯 호기심 대신 많은 사람들은 일상에서의 탈출에 더 많은 분량을 배낭 속에 담아 가는 것은 아닌지 생각해 본다. 일상에서의 탈출을 도모하면서 배낭에 술병은 필수품인 것처럼 술은 여행에서 빠트릴 수 없는 필수요소가 되었다. 그래서 여행지에서 맞는 아침은 새로운 바람과 풍경 대신 지독한 두통과 맞닥뜨리게 된다. 산행 길에도 라디오를 들고 다니며 큰 소리를 대중 가요를 듣는 사람들이 있다. 일단 모이면 대개 술을 마시고 춤을 추고 노래를 한다. 심지어는 고속으로 달리는 버스 안에서도 노래를 한다.

우리말은 하나의 어근으로부터 여러 단어가 만들어지기도 했다. '놀다'에서 '노래'라는 말이 만들어진 것처럼 말이다. 그러니까 '놀다'라는 말에는 우연의 일치처럼 노래가 들어 있는 것이다. 바다에서 노를 젓거나 그물을 내려 고기를 잡을 때나 논밭에서 힘든 노동을 할 때 놀이처럼 노래를 부르며 했다.

심지어는 망자를 떠나보낼 때도 노래를 했다. 요령을 흔들며 선소리꾼은 망자의 저승길을 인도했다. 망자의 살아생전 켜켜이 쌓인 한과 설움을 요령소리에 맞춰 토해냈고 그 소리는 애간장을 녹이듯 청승스러웠고 애달팠다. 이는 망자를 장지까지 무사히 모셔야 하는 특별한 노역 길에 나선 상두꾼들 자신을 위한 노동요이기도 했다. 이와 마찬가지로 단순 반복의 고된 육체적 활동인 농사일의 그 힘겨움과 지겨움을 노래로 완화하거나 노래로 신명을 돋아 일할 수 있었다.

단순히 노래와 춤을 즐긴 이들은 권력을 가졌거나 거기에 기대 풍류를 즐기던 사람들이었을 것이다. 이제 대부분의 현대인들은 단순 반복되는 농사일에서 벗어나 있지만 그 정서는 이어지고 있다. 놀면서도 노래는 빠질 수 없는 것이다.

해외로 나가는 여행의 경우 대부분 패키지를 선택한다. 패키지는 다양한 분야에서 쓰이기도 하지만 해외여행이 활성화되면서 일반화되었다. 여행사에서 일정 및 교통편, 숙식, 비용 등을 미리 정한 뒤, 여행자를 모집하여 여행사의 주관 하에 행하여지는 단체 여행을 뜻한다. 대부분 비용이나 안전성을 고려하여 패키지여행을 선호한다.

그러나 케이지(Cage), 조롱(鳥籠)에 갇힌 새처럼 구속받아야 하는 것을 거부하는, 그리고 여행자가 되기보다는 여행상품의 소비자가 되는 것을 회피하려는 듯, 일부 젊은이들을 중심으로 자유여행의 개념으로 소위 '배낭여행'을 선호하기도 한다.

패키지에는 절대 포함되지 않는 것이지만 여행 본연의 패키지는 새로운 고장에서의 공기와 바람, 풍경과 음식을 향유하는 것이다. 새로운 풍경 속에 공기와 바람은 그렇다 치고 낯설고 새로운 음식을 먹는 즐거움은 여행의 백미(白眉)이기도 할 것이다. 요즘에는 교통이나 정보가 사통팔달이 된 세상이다 보니 음식의 종류나 맛이 보편성을 가졌지만 그래도 지역마다 음식의 특성은 남아 있다.

언젠가 단체로 세미나 참가를 목적으로 안동지방으로 여행을 떠난 적이 있었다. 가을 행락철이었으니 고속도로는 초입부터 주차장이었다. 그것은 한 번도 경험하였거나 우려하지도 않았던 일이 생겨나는 전조와도 같은 것이었다. 점심나절이 지나고 있었으나 차는 예정된 거리를 달리지 못했고 휴게소에서 점심을 해결해야 했다. 예정된 식사장소가 있었지만 어쩔 수 없었다. 아침에 조금 서둘렀다면, 휴게소에서의 그저 '한 끼 때운다.'는 여행길에서의 비통함은 피할 수 있었을 텐데……. 별개로 존재하면서 고추장을 매개로 그 별개의 간극을 메꾸며 질척거리는 휴게소 음식은 참혹했다.

음식은 시장의 좌판에 펼쳐져 있는 산물처럼 고장마다의 형편과 풍토가 배어 있는 집합체의 대표격이다. 음식은 문자나 말로 전해진 것이 아닌 손끝으로 전해진 감각과 정서의 산물인 것이다. 여행을 가면 꼭 그곳의 재래시장에 가 보려는 것처럼 외부에서 흘러들어온 것도 있지만 그곳의 산물인 자연과 사람의 결정체와도 같다. 이제 교통과 각종 정보매체의 발달로 지역의 향토색이나 각별성은 사라져가고 있지만 시각으로 인지하는 풍광과 함께 미각으로 감지되는 음식은 여행자들에게 배를 채우는 것은 물론 지역을 알 수 있는 첫 번째 풍속이 되기 때문이다.

아무튼 여행은 동냥아치처럼 떠나야 한다. 혼자 떠날 수도 있어야 한다. 사막에서의 마라톤대회에 참가한다면서 마라톤에 대한 준비도 자신감은 하나도 없었다. 그러나 사막과 낙타를 만난다는 기대와 설렘만이 동냥아치의 빈 깡통을 가득 채우고 있었다.

무신론자를 위한 변명

이야기는 사람으로부터 생겨난다

　운수행각, 그렇듯 구름처럼 물처럼 떠돌던 시절이 있었다. 동행도 없이 심야에 떠나는 밤차를 타고 낯선 곳으로 떠돌던 시절, 여행은 길이 끝나는 곳에서야 시작된다는 말이 새로운 의미로 다가오기도 했다. '지혜로운 자는 여행을 하고 어리석은 자는 방황을 한다.'라는 말의 분간은 무의미했다. 햇빛과 달빛, 바람은 빈부와 귀천을 가르지도 않고 고르게 주어졌으니까.

　동냥아치처럼 떠난 여행에서 내 안에 있는 또 다른 나를 만날 수 있었다. 내 안의 나를 만난다는 것의 실체는 이야기였다. 혼자 산을 오르다 보면 자신과 이야기를 나누는 시간을 갖기도 한다. 자기 자신과 이야기를 나눈다는 것은 시시때때로 부유(浮遊)하는 잡념과는 다른, 특별한 공간에서의 산물이다.

여행에서 만나는 풍경이나 음식이 새롭고 특별할 수도 있지만 그래도 사람을 만나는 것이 으뜸이다. 사람은 이야기와 궤를 같이 한다. 이야기는 주로 사람에게서 생겨나는 산물이다. 늘 만나는 사람들이라면 이야기의 주제는 한정된다. 이해나 친분관계로 일정한 주기로 만나는 사람들과 나누는 이야기를 복기해 보면 내 말에 수긍이 갈 것이다. 특정한 누군가를 만나면 늘 이야기의 주제나 흐름은 대개 비슷한 경로를 지난다. 새로운 이야기의 길을 튼다는 것은 거의 불가할뿐더러 이야기는 단절되고 이어지기가 쉽지 않다.

그것은 무엇을 의미하는 것인가? 만날 때마다 이야기의 흐름이 동일한 것은 만나는 사람에 대해 정형화된 선입견이 내재하고 있다는 것과도 같다. 상대방에 대한 불확실한 정보가 입력되어 있다는 것이다. 여행을 떠날 때는 그러한 지식과 정보를 지워 버려야 한다. 그래야 새로운 이야기들을 만들어 담아올 수 있다.

1001일 동안의 이야기, 천일야화

천일야화 중의, 초등학교 시절 교과서에서도 배웠던 〈알리바바와 40인의 도둑〉 이야기를 기억한다. 당시는 이야기의 의미를 깊이 생각하지 않았을 것이다. '옛날이야기를 좋아하면 가난하게 산다'라는 옛말도 있지만 나는 이와 다른 생각을 한다. 이야기를 많이 가지고 있는 사람, 누구와 만나든지 물이 흐르는 것처럼 자연스럽게 이야기를 이어가는 사람은 진정한 부자라고 말하고 싶다. 이야기를 많이 가지려면 자신을 낮춰야 하고 호기심도 많아야 하고 여행도 많이 다녀야 한다.

사람도 많이 만나고 책도 많이 보아야 한다. 천일야화가 상징하는 의미도 그러하다는 것이 내 생각이다.

천일야화는 1000일 동안의 이야기가 아니라 1001일 동안의 이야기이다. 3년에 가까운 긴 시간의 이야기 공간, 그곳에서 '1001'이라는 숫자는 무한대의 의미를 지닌다고 했다. 그러면 그 이야기는 어디에서 비롯되었는가?

옛날 인도 땅에 우애가 깊은 두 명의 형제가 각각 인접한 두 왕국의 왕으로 근무하고 있었다. 그곳의 말로는 왕을 '술탄'이라고 했는데, 왕도 직업이라 치고 근무했다는 표현을 했다. 어느 날 형이 아우가 보고 싶어 초대장을 보낸다. 아우는 초대에 응하기 위하여 형의 나라로 출발했는데 가는 도중에 갑자기 아내가 보고 싶어 하루 만에 자기 왕국으로 돌아가게 된다.

왕궁으로 돌아와 왕비 방으로 갔을 때 경악할 일이 생겨난다. 왕비가 낯선 사내의 품에 안겨 잠들어 있었던 것이다. 화가 머리끝까지 치민 그는 그 자리에서 두 사람을 처단하고 다시 형의 나라로 갔다.

형은 동생을 위해 화려한 연회와 경연을 벌이지만 아우는 왕비의 일로 깊은 슬픔에 잠겨 그 표정이 겉으로도 드러났다. 형은 슬픔에 잠긴 아우의 모습을 봤지만 이유를 묻지 않고 기분을 풀어 주려고 노력한다. 그러나 아우의 마음은 좀처럼 나아지지 않는다. 어느 날 형이 사냥을 같이 나가자고 권유하지만 동생은 나가지 않는다. 그 대신 우연히 형수의 부정을 목격하게 된다. 혼자만의 불행이 아닌 형의 불행까지 목격하게 된 그는 자신의 불행에 대해 여유를 가진다.

그는 더 이상 괴로워하는 것은 의미 없는 것이라고 생각하고 유쾌해진다. 갑자기 태도가 바뀐 아우의 표정에 의구심을 가진 형은 그 연유를 의아하게 생각하고 집요하게 이유를 묻는다. 형이 형수의 부정을 알게 된다면 노하는 것은 물론 비탄에 빠질 것을 예상하여 말하고 싶지 않았지만 끝내 아우는 형에게 털어놓게 된다.

예상했던 대로 가장 가까운 사람도 믿을 수 없는 세상을 원망하며 동생에게 함께 어디론가 떠나자고 제안한다. 아우는 그러한 행동은 참으로 어리석은 짓이라고 생각하지만 형의 부탁을 거절할 수가 없어서 한 가지 조건을 제시한다. 혹시라도 자신들보다 불행한 사람을 만나면 다시 돌아오자는, 둘은 그렇게 하기로 약속을 정하고 길을 떠나게 된다.

며칠을 걸어가다 바닷가에 도착한 두 사람은 무시무시한 정령이 바다에서 나오는 것을 보고 놀라 나무 위로 올라가 숨어 지켜보게 된다. 그 무서운 정령이 커다란 유리 궤짝 하나를 내려놓고 열쇠로 여니, 그 궤짝에서 귀부인 같은 여인이 밖으로 나오는 게 아닌가. 그 무서운 정령은 그녀를 자기 곁에 앉힌 다음 사랑스러운 눈길로 쳐다보며 잠시 그 귀부인의 무릎에 누워 잠을 자고 싶다고 말한다. 곧 정령이 깊은 잠에 빠졌을 때 귀부인은 나무 위에 있던 두 왕을 발견하고 내려오라고 한다. 두 왕은 너무 무서워 그냥 그곳에 숨어 있게 해 달라고 한다. 두 사람이 계속 주저하자 그 귀부인은 두 사람에게 내려오지 않으면 무서운 정령을 깨우겠다고 협박한다. 어쩔 수 없이 나무를 내려오게 되고 귀부인은 두 왕의 손을 잡고 근처 나무 아래로 데려간다.

그리고 자신과 관계를 갖자고 유혹한다. 두 사람은 이를 거부하지만 여인이 협박하자 어쩔 수없이 그 여인과 관계를 갖게 된다. 관계가 끝났을 때 여인은 두 사람의 손에 낀 반지를 달라고 했고 반지를 받은 여인은 자신이 가지고 있던 작은 상자에 이를 넣는다. 상자 안에는 이미 98개의 반지가 들어 있었고 두 개를 더 넣어 100개를 채운다. 그리고 이런 말을 한다.

"여자가 일단 어떤 계획을 세우고 나면 이 세상 그 어떤 남편, 그 어떤 연인이라 해도 막을 수 없다는 사실을 알라. 남자들이 여자들을 억누르려 하지 않는 것이 오히려 여자들을 현숙하게 만드는 방법이다."

두 사람은 자신들의 처지보다 깊은 잠에 빠져 있는 정령이 더 불행하다고 생각하고 다시 자신들의 왕국으로 돌아간다. 돌아와서 아우는 아우의 왕국으로 떠났고 형은 자신의 아내를 베어 버린다.

비탄에 빠진 형은 매일 한 명의 처자와 결혼하여 하룻밤을 지낸 후 그 다음날 해하는 잔혹한 짓을 이어 간다. 연산군 시절에 있었다는 채홍사 같은 직무를 수행하였던 재상의 맏딸, 셰헤라자데가 그 잔혹한 행위를 멈추게 하겠다고 자청해서 왕과 결혼하게 되면서 천일야화는 시작된다.

매일 밤 이어지는 그녀의 이야기는 너무나도 흥미진진하고, 에로틱하고, 달콤하고, 자극적이기까지 해서 왕은 그녀를 죽일 수가 없게 된다. 특히 밤마다 이야기를 끝맺지 않고 멈췄기 때문에 나머지를 듣기 위해 왕은 하루하루 처형을 미룰 수밖에 없었다. 사실 셰헤라자데가 지어내는 이야기들은 끝이 날 수가 없는 이야기여서 절정이라는 것도 존재하지 않는다. 이야기를 더 듣고 싶은 욕망과 결말을 알고 싶다는 궁금증에 사로잡혀 더더욱 이야기에 빠져들 뿐이었다. 이야기의 에로티시즘과 이국적이고도 열정적인 짜임새 역시 이러한 절정과 죽음 사이를 넘나드는 욕망에서 비롯되었다고 볼 수 있을 것이다.

　많은 이들이 알고 있을 이야기이지만 천일야화가 생겨난 배경을 옮겨보았다.여기까지 누구나 셰헤라자데와 같은 재능을 가질 수는 없다. 그녀는 누군가 지어낸 이야기의 주인공일 뿐이다. 여행 이야기에서 천일야화를 생각한 것은 삶에서 이야기의 중요성을 말하고 싶은 것이다. 낯선 곳에서 낯선 사람과 만나 이야기하는 것은 여행에서 빠뜨릴 수 없는 묘미라는 것이다. 진정한 여행자는 나이와 처지와 신분을 뛰어넘어 누군가를 만날 수 있는 사람이다. 여행자는 자신이 많은 이야기를 하는 것보다 상대방의 이야기를 잘 끄집어낼 수 있는 비법을, 상대를 자신이 원하는 방향으로 자연스럽게 끌고 갈 수 있는 능력을 가진 사람이다.
　외국이라면 언어의 문제로 제한될 수도 있겠지만 많은 시간이 주어진다면 그것은 극복될 수 있다. 천일야화에서 셰헤라자데가 이야기로 자신의 목숨을 이어 가면서 많은 처자의 목숨을 구하고 유쾌하게 결말을 맺었던 것처럼 이야기를 많이 가진 자는 진정한 부자이다.

누군가를 만나러 갈 때나, 집에 손님을 초대할 때도 집 안을 정리하고 음식을 준비해야 하지만 그보다 더 중요한 것은 나눌 이야기를 준비하는 것이다. 나눌 이야기를 준비한다는 것은 상대방의 부풀리고 싶은 무언가에 바람을 넣어주는 것이다. 외모나 신상에 대한 이야기는 그저 인사치레에 불과한 것일테고 정치 등의 세상 돌아가는 이야기는 자칫 오해의 틈을 만들 위험요소가 큰 것이다. 그러나 상대방이 풍선처럼 하늘을 날 수 있도록 하는 바람을 넣어주는 것은, 만남의 상대나 손님에게 최고의 선물이 될 수 있다.

명절에 성묘를 가면서 아이들과 고향마을에 다녀오곤 했다. 오래전에 고향을 떠나 피붙이 하나 남아 있지 않지만 산을 내려와 동구(洞口)에 들어서면 오랜만에 반가운 친구를 만난 것처럼 내 얼굴에는 화색이 돌며 말이 많아지기 시작한다. 물론 같이 걷는 아이들이 큰 관심을 보이지 않는데도 말이다. 작년에도 했을법한 같은 이야기가 반복되면 아이들은 이내 "아빠, 이게 몇 번째인지 알아?" 하면서 야유를 보낸다. 그래서 일 년에 한두 번이지만 아이들과 고향에 올 때는 은근히 긴장하곤 한다. 이제까지 한 번도 아이들에게 하지 않았던 새로운 이야기를 찾아내기 위해서다.

전기도 없던 자연 속 어린 시절, 이른 아침부터 저녁나절까지 산과 들을 쏘다니며 놀았지만 해야 할 놀이들은 여전히 차곡차곡 쌓여 남아 있었다. 많은 것이 풍족한 지금과 비교하면 진정한 놀이의 묘미는 단순한 도구로 한정되는 결핍에서 생겨나는 것이었다. 작은 고무공 하나만 있어도 하루 종일 야구를 할 수 있었고 신나게 축구도 할 수 있었다. 많은 세월이 지났지만 늘 가슴속에 그리던 고향마을의 풍경을 만나면 그 많은 이야기들이 봄날 무논의 개구리들처럼 신나게 소리를 낸다.

산중턱과 정상쯤에 두 곳의 당골네가 있었다. 중턱에 있는 곳은 큰 바위 밑으로 치성을 드린 흔적이 있으니 아직도 그 맥을 이어 가는가 보다. '단골'이라는 흔히 쓰는 말이 '당골'이라는 말에서 비롯되었다는데, 일제 강점기에 이어 새마을운동이 시작되면서 무당들은 질시와 타파의 대상이 되었다. 산 정상에서 가까운 당골네는 흔적도 없이 사라지고 다만 우물가의 모과나무만 그 세월의 연륜을 더하여 가고 있었다. 그곳에 살던 당골네의 얼굴을 기억해 내려 하늘을 올려다보았지만 가물가물하다. 가재를 잡던 개울도 내려가 보고 칡을 캐던 산등성이도 올라가 보고서야 산을 내려온다.

중턱에 있는 당골네에도 들렀다. 그 마당에는 오래된 사철나무가 하늘을 가리고 있다. 마당을 서성거리니 사람이 있는지 차나 한잔 하라며 불러들인다. 비닐로 된 문을 열고 드니 두 사람이 있다. 한 사람은 이곳에 사는 박수무당인 듯했고 다른 한 사람은 손님이었다. 손님으로 온 그녀의 얼굴이 어렴풋이 기억날 듯했다. 그랬다. 이제 얼굴에 주름이 깊어져 간 그녀는 내가 마지막으로 본 전통혼례의 주인공이었다. 얼굴에 연지 곤지 찍고 가마 타고 시집을 왔던 오래전의 그 새색시였던 것이다. 이제 오십 년에 가까운 시간이 흘러 세월이 퇴적된 그녀의 얼굴에서 그날의 곱던 새색시의 모습을 기억해 냈던 것이다.

"그때 연지곤지 찍고 족두리를 쓰고 앉아 있던 모습이 하늘나라 천사처럼 예쁘셨었어요." 그날의 모습을 전해 드렸을 때 그녀는 새색시처럼 얼굴을 붉힌다. 차를 한 잔 마시고 그곳을 돌아 나와 마을로 들어선다. 하나둘 사람들도 떠나고 비어 있는 집들은 허물어져 간다.

노인 한 분이 밭의 가장자리에서 대파를 다듬고 있다. 누군지 가물거려 자제분의 이름을 여쭈어 확인한다. 이가 다 빠져 말씀하시는 것이 불편해 보인다. 그는 젊은 시절 소달구지를 끌던, 동네에 몇 안 되는 분이었다. 장날이면 마을 사람들에게 삯을 받고 곡식 등을 싣고 장에 갔고 돌아올 때도 마찬가지였다. 가끔 소를 타고 다니기도 했고 달구지 위에 짐을 가득 싣고 소고삐를 말아 쥐고 언덕을 치고 오르는 그의 모습은 기백과 활력이 넘쳐 보이곤 했었다.

"아저씨, 그때는 정말 서부영화의 주인공처럼 멋있었는데……."

투박한 그의 손을 잡으며 헌사처럼 전해 드렸다. 입을 벌리지 않은 채 그는 환하게 웃으셨다.

나와 함께 산을 들을 쏘다니며 놀던 또래들은 물론 내가 자라는 것을 지켜보셨던 마을 어른들이 하나둘 세상을 떠나고 대처로도 떠나면서 고향이 나를 멀리하는 것처럼 점점 낯설어진다. 고향의 햇빛과 바람처럼 알게 모르게 어린 시절 나를 키워 준 이들도, 나도 점점 나이가 들어간다는 것은 매한가지다. 그래도 내가 가끔이라도 찾아가는 고향이 크게 변하지 않고 존재한다는 것은 참 고마운 것이리라. 이제 어른이 되어 가는 아이들에게는 더 이상 내 어린 시절 이야기가 부질없는 것임을 생각한다.

나를 멀리하는 것처럼 갈 적마다 낯설어지는 고향마을을 돌아 나오면서 이제 고향에 갈 때는 좀 더 오래된 이야기를 기억해 내어 가야겠다는 생각을 했다. 아이들에게 들려줄 이야기보다는 고향에 계신 이들이 어디로든 떠나기 전에 그분들에게 들려주었으면 싶은, 그분들의 멋지고 대단했던 오래된 이야기들을 말이다.

내가 고비사막으로 떠난 첫 번째 이유는 낙타와 사막을 만나기 위해서였지만 그와 견줄 수 있는 이유는 이야기를 만들어 오기 위해서였다. 만들어 온 이야기를 꼭 누구에게 들려주겠다는, 자랑하려는 마음도 없지 않았겠지만 나와 오랫동안 나눌 이야기이기도 한 것이다. 일부러 이야기를 만들겠다는 부담을 갖기는 쉽지 않으니 의도적 노력을 할 필요도 있다. 안내가 없더라도 게르에 혼자 찾아가기도 할 것이고 낯선 사람들도 만날 것이다.

무신론자를 위한 변명

낙타

이 세상 살아 있는 모든 것들의 어미에게 모성애는 숙명과도 같다. 낙타를 만나러 사막에 간다면서 낙타에 관심을 가지게 되었다. 〈낙타의 눈물〉이라는 다큐멘터리 영화도 보았다. 영화를 보면서 인간과 동물 간의 염원과 음악을 통한 교감을, 낙타의 영성도 생각했다. 앉은 자세로 사랑을 나누는 낙타는 암컷의 신체특성상 다른 포유류보다 더 출산의 고통을 겪는다고 했다. 낙타는 사막 저 아래를 흐르는 물길을 알아내고 모래바람이 지형을 바꾸어 놓아도 새끼가 묻힌 곳은 반드시 찾아낸다고 했다. 정말 그럴 수 있을까 하는, 이런 이야기도 전해 들었다.

낙타 어미와 새끼가 사막을 걸어가고 있었다. 어미 낙타는 뜨거운 햇살에 괴로워하는 새끼 낙타를 그림자로 가려 더위를 덜 타게 해 주었다. 그렇게 한참을 걷다 물웅덩이를 발견했다. 새끼 낙타는 물을 마시려고 목을 내밀었지만 웅덩이가 너무 깊었다. 그것을 본 어미 낙타는 고인 물이 차오를 수 있게 웅덩이 속으로 뛰어 들었다. 그러자 물이 웅덩이 위쪽 가장자리까지 올라왔다. 어미 낙타 덕분에 새끼 낙타는 힘들지 않고 물을 마실 수 있었다. 하지만 새끼 낙타가 물로 배를 채우는 사이 올라온 물과 함께 떠오른 어미 낙타는 이미 숨을 거두었다.

처음 낙타를 만났던 적은 언제였을까? 물론 이야기나 그림까지 포함해서 말이다. 낙타는 호랑이나 사자처럼 쉽게 이야기하고 만날 수 있는 동물은 아니었다. 사막에 다녀와서 들은 이야기로 낙타는 숙명적으로 비애를 지닌 동물이라고 했다.

어린 시절 서울이라는 곳은 미지의 세계처럼 특별한 곳이었다. 내가 오랫동안 벼르다 서울에 왔던 것은 초등학교 3학년 때였다. 서울에 가면서 처음 기차를 탈 수 있었다. 서울은 기차와 깊은 연관성을 가지고 있다.

열차라는 이동수단은 특별한 추억의 대상이다. 어린 시절에는 열차를 타고 서울에 가는 것이 대통령이 되는 것보다 더 크고 높은 꿈이었다. 얼굴에 여드름이 나면서는 가출을 꿈꾸며 야간열차를 타고 어딘가로 떠나고 싶다는 것으로도 말이다.

장항선에는 새마을호도 다니지 않았던 시절, 무궁화호도 특별한 것이었으니 당연히 비둘기호를 타야 했던 시절이었다. 이제 머지않아 무궁화호도 퇴출될 것이지만 그래도 열차여행은 무궁화호가 정감은 더

무신론자를 위한 변명

있는 것이라고 생각하는 것은 어린 시절의 동경이 아직도 남아 있기 때문일 것이다.

이제는 고속열차가 다니는 세상이다. 빨리 달리면 달릴수록 더 시간에 쫓기고 각박해져 간다는 것, 아이러니하지만 부정할 수 없는 사실이다.

기차가 다니게 되면서 사람들은 비로소 고향을 떠나는 것에도 익숙해지기 시작했을 것이다. 청춘남녀 간의 만남도 조건을 맞추는 것이 아닌 눈을 맞추기도 하던 풋풋함이 있던 시절이었다. 새마을 운동의 전위조직처럼 존재했던 4H구락부에서 같이 활동하며 눈이 맞은 동네 처녀 총각도 사랑의 도피를 위해 장항선 비둘기호 야간열차를 타고 서울로 떠났다. 하룻밤 새 노름판에서 땅문서까지 날린 이도, 자식들 교육을 핑계로 농사일에 재미를 붙이지 못했던 아낙의 성화를 견디지 못했던 남정네 집안도 마찬가지였다. 드물게는 부대에서 사고를 쳤다고 돈을 가지러 왔던 단풍하사 계급장을 단 청년들도 그랬다. 메마른 봄바람에 보리밭을 매던 처자들은 봄바람에 복사꽃잎이 날리면 호미를 던져두고 그렇게 떠나기도 했던 시절이었다.

마을 뒷산에 오르면 가끔 기적 소리를 내며 오르내리는 열차를 멀리 볼 수 있었다. 언제 저 열차를 타고 서울에 갈 것인가? 여러 번을 조르고서야 일 년에 너댓 번 드물게 장에 가시는 어머니를 따라 광천 장에 가는 날에는 가까이서 기차를 보기도 했다. 잠시 후 열차가 통과한다며 건널목 관리원이 차단기를 내렸을 때였다. 차창 안으로 보이는 사람들을 부러움으로 올려다보았을 것이다. 시계라는 것이 귀하던 시절,

읍내 오거리의 우체국 옥상에서 '오종'이라 했던, 사이렌을 돌려 정오 시간을 알려 주었던 시절이었다. 시간에 무딘, 시간의 억압을 크게 받지 않았던 농경생활 속에서 기차는 사람들을 시간으로 억압하기 시작했다.

어머니는 광천역에서 장항선 완행열차를 태워 주셨다. 내 앞가슴에는 서울 염창동의 고모 댁 주소가 적힌 꼬깃꼬깃한 종이꼬리표가 달려 있었다. 당시 서울에 가는 것은 어른은 물론 아이들에게도 장에 따라 나서는 것과는 비교할 수 없을 만큼 대단한 관심사였고 희망사항이었다. 대단한 관심사, 그 희망사항의 언저리에는 높은 건물과 많은 자동차, 많은 사람들도 있었지만 빠질 수 없는 것, 바로 '창경원'이었다.

본디 근엄한 지존이 거처하던 구중궁궐이 한낱 놀이공원으로 전락되어야 했던 치욕의 역사는 쉽게 드러나지 않는 것이었다. 봄이면 일시에 현란한 꽃망울을 터트리는 벚꽃과 태어나서 처음 보는 동물들, 봄눈처럼 무수히 날리던 꽃잎처럼 오가는 숱한 사람들, 연못에서 보트 타는 풍경 등, 창경원은 꼭 다녀와야 할 곳이었다. 호랑이며 사자는 물론 기린도 있고 코끼리도 있었지만 그곳에서도 낙타를 만난 기억은 없다. 아니 낙타를 보았겠지만 기억에 없을 수도 있을 것이다.

그럼 우리나라에 낙타가 처음 들어온 것은 언제였을까? 우리나라에 낙타가 처음 들어온 시기는 922년(태조 5)이다. 우리에게 거란으로 더 친숙한 요나라에서 말과 낙타를 보내왔는데 몇 마리인지는 기록에 없다. 요나라가 발해를 멸망시키자 북진정책을 추구했던 고려는 이들과

　　　　　　　　　　　　　　무신론자를 위한 변명

적대관계를 유지하였고 계속해서 북방민족과 충돌하였다. 942년 요나라 태종이 사신과 낙타 50필을 보내며 화친을 제의하였으나 사신은 섬으로 유배 보내고 낙타는 개성에 있는 만부교에서 굶겨 죽였다는 것이 기록에 남아 있다. 태조 왕건은 이 땅에서 보기도 힘든, 말도 못하는 낙타를 왜 굶겨 죽이기까지 했을까? 화친을 거부한다는 의사를 확고하게 드러내는 방편이었거나 아니면 이 땅에서 관리하려면 많은 비용이 소용되는 것을 막기 위한 것이었는지도 모른다.

그 후 조선조 광해군 때는 낙타를 왕궁에서 기르기도 했지만 관리소홀로 죽었고 선물로 온 낙타를 숙종이 궁궐에 들여 구경했다가 신하들의 원성을 듣기도 했다는 이야기가 실록에 기록되어 있다. 그러고 나서 낙타가 우리나라에 온 것은 창경원이 개원하고 난 후였다.

제국의 간섭과 왕조의 쇠락으로 순종이 왕위에 오른 이후 창경궁은 크게 훼손되었다. 일제는 1907년 7월에 황제위를 순종(純宗)에게 강제로 양위하고 11월에는 덕수궁에서 창덕궁으로 이어(移御)하게 함으로써 부왕인 고종과 격리해 버렸다.

이완용이 앞잡이로 나서서 실권이 일제의 손아귀에 넘어가고, 제실 재산을 정리한답시고 성안의 각 궁궐을 헐어 없애기 시작했다. 더욱이 존재감도 없는 황제의 무료함을 달랜다는 명목으로 창경궁에 박물관과 동물원 및 식물원을 건설한다는 계략을 꾸며 냈다. 즉, 대한제국의 국권과 황실의 권위를 말살하려는 흉계의 일환이었던 것이다.

1909년에 일본은 창경궁 안의 일부 전각들을 헐고 동물원과 식물원,

박물관 등을 지어 궁궐을 일본식으로 개조했다. 창경궁을 공원의 의미인 '창경원'이라 부르며, 일반인에게도 개방했다. 또한 일제는 창경궁과 종묘를 잇는 산맥을 절단해 도로로 만들어 놓고, 일본인이 좋아하는 벚나무 수천 그루를 궁궐 곳곳에 심어 공원으로 만들어 버렸다. 창경궁은 그 후로도 한참동안 공원의 모습으로 유지되었다. 그러다 1980년대에 이르러서야 창경궁을 되찾으려는 노력이 시작되어 1983년에 동물원의 동물들을 서울 대공원으로 옮기고, 벚나무도 제거했다. 또 철거됐던 일부 건물을 복원하고, 창경궁으로 이름을 바로잡았다.

일제강점기 때 창경원으로 낙타가 다시 왔지만, 2차대전 당시 제대로 관리되지 못해 죽었다고 했다. 그 후 한국전쟁이 끝나고 네덜란드에서 쌍봉낙타 한 쌍을 들여와 창경원에 살게 되었다.

기억 속에서 낙타를 처음 만난 것은 창경원에 가서도 아니었고 그림책도 아니었다. 주일 예배나 새벽 예배 시간이면 예배당 앞마당에 세워져 있던 종을 치던 시절의 주일학교 설교 시간이었다. 작은 사랑방에서 시작해 신도들이 블록을 찍어 직접 지은 작은 시골교회이다 보니 신학교를 갓 마친 전도사가 부임하시곤 했다. 두 번째로 왔던 전도사는 폐병이 깊어 얼굴이 창백했다. 그는 주일 아침 마태복음 19장 24절 말씀을 엄숙하게 읽어 나갔다.

"부자가 천국에 들어가는 것보다 약대가 바늘귀로 들어가는 것이 더 쉽다." 약대는 처음 듣는 말이었다. 약대는 낙타의 다른 말이라고 했다. 당시에는 약대를 인용한 이유를 깊이 생각하지 않았다. 다만, 전도사가 강조한 대로 부자는 그만큼 의로운 사람이 되기 어렵다는 것을 생각했을 것이다.

그렇다면 예수는 부자들을 미워한 것인가? 어찌 보면 그것은 공산주의의 시초였는지도 모른다. 역시 오늘날 대부분의 나라에서 직면하고 있는 양극화의 폐단을 미리 염려하였는지도 모른다.

그러나 기회 있을 때마다 전도사는 하느님을 믿는 사람이 부자가 되거나 될 수 있다고, 주일헌금이며 십일조를 강조하곤 했다. 아프리카는 하느님을 믿지 않아 못살고 하느님을 믿는 민족은 미국과 같이 잘사는 나라들이라는 것도, 헌금은 하늘나라에 쌓는 보화로 좀이 슬지 않는다거나 그보다 더 많게 축복을 내려준다고도 했다.

일 년에 한 번쯤 부흥집회가 열릴 때도 부흥강사는 복음의 외침과 함께 물질의 축복을 위한 전제로 헌금의 중요성을 귀에 박히도록 강조하곤 했다. 대부분 가난했던 아이들이었다. 시월유신이 선포되고 '잘 살아보세'라고 외치는 새마을 운동이 한창이던 시절이었지만 부자라는 것이 저마다 의지의 소산이라고 생각하지 않았던 시절이었다. 팔자소관처럼 그러려니 했고 개인보다는 공동체 정신이 충만한 시절이었다.

최근에 약대를 인용한 비유가 잘못되었다는 이야기가 나왔는데, 그 이유는 이랬다. 아랍말로 밧줄(Gamta)과 낙타(Gamla)는 비슷한 표기이고 성경 구절에서 오히려 밧줄 이 설득력이 있다는 이유이다. 바늘귀에 들어가야 할 것이 실이기 때문에 이와 비슷한 형태의 밧줄이 설득력이 있다는 것으로 말이다.

인용된 비유와 관련하여 또 다른 것은 드나드는 문과 관련된 것이다. 그 당시 예루살렘 성전에는 제물로 쓰이는 동물들이 드나드는 별도의 문들이 있었다는 것. 이 문을 바늘귀문이라고 했는데, 그 문은 높다란 남한산성 성벽 어딘가에 있는 개구멍과도 같았다는 것이다.

낮에는 성문이 열려 있어 그곳으로 드나들지만 밤에는 개구멍 같은 바늘귀문으로 들고 났을 것이라고 추측이 가능하다. 성문보다 작았기 때문에 낙타가 머리는 집어넣었지만 등에 난 혹 때문에 안에 들어갈 수 없었다는 것. 그래서 욕심의 혹을 잘라버리지 않고서는 바늘귀문을 통과할 수 없었다는 것이다. 따라서 욕심이라는 혹을 가진 부자가 천국에 들어가려면 그 혹을 자르지 않고서는 들어갈 수 없는 법. 그런데 그 혹을 자르기란 얼마나 어려운 일인가. 그래서 생겨난 비유라는 것이다.

그렇게 예배당 주일학교에서 처음 낙타를 만났다. 그 후로 TV 등으로 낙타를 보기도 했지만 실제 낙타는 오랫동안 만나지 못했다. 실제로 낙타를 만난 것은 많은 세월이 흐르고 어른이 되어 서울대공원 동물원에서였다.

뜨거운 태양이 대지를 달구던 팔월 중순 어느 날, 청계산 아래 서울대공원 구내를 마라톤으로 달리고 있었다. 모 마라톤클럽에서 주최하는 혹서기 마라톤대회였다. 한여름에 일반노면이 노출되는 공간에서 대회를 개최하는 것은 무리가 있다고 판단한 주최 측은 코끼리열차가 다니는 호수 주변을 두 바퀴 돌고 대공원 안으로 들어와 동물원 외곽의 플라타너스 가로수 길을 대회코스로 운영하고 있었다.

플라타너스의 두터운 잎들이 하늘을 가려 그늘을 만들어 주었지만 온 몸이 땀에 젖어 달려야 하는 대회였다. 달리기에 익숙한 자들에게야 여름날의 권태를 외면하고 뿌리치는 데에 마라톤이라는 운동이 긴요하고 쾌감을 가져올지는 모르지만 이를 보는 이들에게는 그리 좋아 보이는 모습은 아니었을 것이다.

동물원입구 호숫가를 따라 길게 두 바퀴를 돌고 다시 동물원으로 들어와 호랑이가 있는 맹수사를 지나고 낙타가 사는 우리 주변을 달리고 있을 때였다. 갑자기 낙타 한 마리가 울타리 가까이 달려 나오더니 뒷발로 흙을 차올리더니 침까지 뱉으며 뭐라고 소리를 지르고 있었다. 처음 지날 때는 무신경하게 지났는데, 두 번째 지날 때는 더 큰소리를 질러 대는데, 이렇게 말하는 듯했다.

"대지를 뛰어다녀야 할 놈은 바로 나야. 내가 풀을 달라고 했냐, 물을 달라고 했냐, 왜 나는 이렇게 가둬두고 이 더운 날 도대체 너는 고비에 사는 내 동족처럼 뛰어다니는 거야?"하며 야유하듯, 빈정거리듯 거품을 내며 고래고래 소리치고 있었다. 고약한 냄새까지 나는 침까지 뱉으면서 말이다.

가쁜 숨을 몰아쉬며 눈으로 땀이 흘러들어 짜증이 나는데, 낙타가 은근히 욕까지 섞는 것 같아 몹시 기분이 언짢았다. 하지만 말이야 바른 말인 것 같아 제풀에 무안해지기도 했다. 한 바퀴를 더 돌고 낙타 우리 앞에서 멈추었다. 낙타는 다시 한심하다는 듯이 나를 내려다보고 있었다. 내가 낙타에게 말을 걸었다.

"달리는 것도 힘들어 죽겠는데, 넌 왜 빈정거리며 소리는 지르는 거야, 낙타 너는 어디서 왔는데?"하며 불쾌한 얼굴과 목소리로 내가 물었다.

"한심한 인간아, 소리 지르지 마. 나는 두 살이 지났을 때 고비에서 이곳 동물원으로 왔어. 그런데 왜 이 더운 날 뛰어다니고 그러는 거야? 누구 약 올리는 거야? 둘러선 철망우리가 갑갑해서 미치겠는데."

"무슨, 더위와 맞서보는 쾌감을 가지고 싶은 특별한 인간들이지. 이곳은 플라타너스 그늘이 좋아서 다행히 탈진할 만큼 은 아니고 말야."

"하여간에 너희 인간들은 이해할 수가 없는 종족들이야, 한심한 인간들!" 낙타는 정말 심각해져서 혀까지 차며 빈정거리고 있었다.

"그래 그건 그렇다고 치고, 그럼 넌 니가 살던 사막에 대해서는 잘 모르겠구나."

"태어나자마자 말뚝에 매어 있었으니 사막에 대해서는 잘 몰라. 하지만 그 풍경은 분명히 기억하고 있지."

"그럼 네가 알고 있는 사막에 대해 이야기해 줄래?"

낙타는 사막에 대해서 이야기하기 시작했다. 내가 올려다보는 것이 불편해 보였던지 낙타는 두 무릎을 꿇고 앉았다. 앉는 자세가 특이했다. 땅에 앉는 낙타의 모습은 처음 보는 것이었다. 그 긴 다리를 모아 단정하게 무릎을 꿇고 기도라도 하려는 자세였다. 동물원을 구경하는 사람들이 나와 낙타의 모습이 이상스러워보였던지 힐끔거리며 지나가고 있었다.

낙타는 일 년이 넘는 임신기간을 거쳐 엄마가 자신을 낳았을 때는 겨울이 끝나가던 사월이었다는, 그리고 이곳에 온 지 5년이 지났지만 늘 엄마가 그립다는 것부터 이야기를 시작했다.

"엄마가 나를 낳을 때는 무리를 벗어나 사막의 골짜기로 들어갔던 것 같아. 한나절이 넘게 온몸을 뒤틀며 산고를 겪다가 날이 어두워져서야 내가 세상에 나왔을 것이고, 양수에 젖은 몸에 묻은 모래를 엄마는 마다하지 않고 나를 핥아 주었어. 나는 처음 보는 세상에 눈이 부셨고 갑갑한 엄마의 뱃속에서 나온 것에 안도했는데, 잠시 후 말을 타고 누군가가 왔어. 그때 너와 같은 족속을 처음 보았을 거야. 나이가 들어 보이는 노인이었는데, 노인은 나를 천으로 감싸더니 말에 올라타고 어디론가로 갔어. 엄마는 그 뒤를 따라왔지. 그 말 잔등 위에서 밤하늘에 반짝이는 별을 처음 보았어. 한참을 가서야 흰 천으로 된 둥근 천막집이 있었고 천막 근처에 양이며 염소, 낙타들도 있었어.

나는 말뚝에 매이게 되었고 배가 고팠지만 엄마는 나에게 젖을 물리지 않았어. 다가가면 나를 발로 차냈거든. 이유는 잘 모르지만 엄마는 내가 처음이었으니 초산으로 지독한 산고의 고통 때문이었는지도 몰라. 엄마는 아침이면 어디론가 떠나곤 했어. 아마 배를 채우기 위해 풀을 뜯으러 갔을 거야. 나와 비슷한 시기에 태어난 동무들이 열둘이었어. 엄마가 떠나면 말뚝에 매어 하루 종일 엄마를 부르며 울었을 거야. 날이 저물고 어두워져야 엄마는 돌아오곤 했어. 그렇게 긴 하루를 기다렸는데 엄마는 나에게 젖을 빨도록 하지 않았어. 내가 다가가면 쌀쌀맞게 비켜나곤 했고 나를 외면했어. 배가 고픈 것은 물론 서러움에 날마다 울었지만 엄마는 냉정하게 나를 외면하곤 했어. 주인집 어린아이가 양젖을 대신 물려주기는 했지만 양젖은 비리고 입에 맞지 않았어. 나는 점점 야위어가고 죽을지도 모른다는 생각을 했지. 엄마가 원망스러웠던 것은 말할 것도 없고.

그러던 어느 날 주인아저씨가 멀리 다른 마을에서 한 노인을 데려왔어. 처음 보는 악기를 가져왔는데 그것은 마두금이라는 슬픈 소리를 내는 악기였어. 너도 알지 모르지만 마두금이라는 현악기가 만들어진 슬픈 전설이 있어,

옛날에 하늘의 공주와 사랑을 나누던 남자가 있었대. 남자는 날개 달린 말을 타고 하늘에 올라가 공주를 만나 사랑을 나누고 돌아오곤 했는데, 어느 날 이를 시기한 어떤 사람이 몰래 말의 날개를 꺾어 놓았고 말은 결국 죽고 말았다는 거지. 더 이상 공주와 만날 수 없게 된 남자는 죽은 말의 털을 가지고 악기를 만들어 슬픈 마음을 노래로 달랬다는 이야기야.

마을에서 온 노인은 악기를 처음 만들었던 전설 속의 남자처럼 구성지게 마두금을 연주했어. 주인아저씨는 기도하는 것처럼 마두금 연주에 맞춰 구성지게 노래를 불렀고. 한참 지났을 때 엄마의 눈에서 눈물이 흐르더라구. 엄마가 눈물을 흘린다는 것은 나를 받아들인다는 징표였을 거야. 엄마는 정말 염소똥 같은 눈물을 흘렸어. 너희들은 닭똥 같은 눈물이라고 하지, 근데 그곳에서 닭은 보지 못했거든. 엄마는 한참 먼 곳을 바라보더니 나에게로 왔어. 상황은 잘 모르지만 나는 늘 그랬던 것처럼 젖을 빨기 위하여 엄마에게 달려들었을 거야. 엄마는 지금까지와는 다르게 나를 피하지 않고 그대로 서 있었고, 나는 처음으로 엄마의 젖을 빨 수가 있었어. 처음 엄마의 젖을 빨아 넘겼을 때, 주

　　　　　　　　　　　　　　　　무신론자를 위한 변명

인집 아이가 물려주었던 양젖과는 비교할 수 없이 고소하고 달콤했어. 그때까지 연주는 계속되었지. 주인아저씨가 다정한 눈빛으로 엄마의 등을 두드려 주었을 거야. 다음 날도 하루가 지루했지만 엄마를 그렇게 기다렸어."

낙타는 다시 엄마가 그리운지 눈물을 흘리고 있었다. 내가 다시 물었다.

"이 년 동안 밤마다 엄마와 무슨 이야기를 나누었어?"

"엄마는 내가 언젠가 떠날 것으로 알고 있었던지 나에게 많은 이야기를 해 주셨어. 먼 옛날 엄마의 조상들 이야기까지. 사실 난 사막이 마음에 들지 않았어. 너무 단순하고 일상이 단조로웠거든. 그곳에서 평생을 산다는 것을 견딜 수가 없을 것 같았어. 이제는 오래전의 일이고 이곳의 환경에 적응하느라 기억이 희미해졌어. 근데 이야기 하나는 또렷이 기억하고 있어. 그곳의 말로 '솔롱고(Solongo)'가 무지개라는 뜻인 거는 알고 있어?" 처음 듣는 말이었다. 낙타는 기억이 또렷한 듯 이야기를 이어 나갔다.

"지금 살고 있던 이곳에 한때 사막의 기마병들이 여러 차례 처들어왔던 적이 있었다는 것은 너도 알고 있을 거야. 당시 이곳의 처녀들이 전리품처럼 사막으로 끌려갔었던 것도, 그래서 환향녀라는 좋지 않은 의미의 말이 생겨났다는 것도 말야."

낙타의 이야기를 듣고 얼마 전에 인기리에 방영되었던 사극 〈기황후〉가 생각났다. 기황후도 고려의 공녀출신이었다. 30년 동안 일곱 차례나 전쟁을 치렀지만 무신정권이 무너지고 결국 굴욕적인 강화조약을 맺게 되었고 공물과 전쟁물자는 물론 나이 어린 처자들까지 바쳐야 했던 슬픈 역사의 시작이었다. 강화도 섬으로 도망친 왕은 백성들을 동원하여 팔만대장경이나 만들어야 했던 무기력한 모습을 보여 주었다. 하층민 출신은 물론 권력가의 처자들도 그 대상이었다. 그렇게 먼 길을 간 처자들은 원의 고관대작이나 군사들의 처첩으로 또는 왕실의 궁녀로 살아야 했다. 그리고 일부 문신들은 자신들의 안위를 위해 대의를 버렸다. 슬픈 질곡의 역사였다. 낙타는 나의 상념을 아는지 모르는지 이야기를 이어 나갔다.

"당시 사막으로 끌려왔던 나이 어린 처자들의 사막생활이 어떠했겠어? 거기 사막까지 가는 길도 엄청난 고통이었을 거야. 말도 통하지 않는 낯선 환경은 물론 비인격적인 처사도 수도 없이 감내해야 했을 거야.
 그러나 시간이 지나면서 그곳의 환경에 적응하기 시작하였을 것이고, 삭막한 사막의 환경에 어린 시절 고려에서 자라면서 체득한 문화를 퍼트리는 역할도 할 수 있었겠지. 아이들 돌이나 명절, 혼인날이면 색동옷을 지어 입혔을 거야. 그 색동저고리가 무지개를 연상시켰기 때문에 '무지개 옷을 입는 나라에서 온 처녀들'이라고 불리기 시작했지. 그리고 네가 살고 있는 이곳을 솔롱고스라고 했다는 것이지.
 길고 긴 여름날 광활한 초원에 뜨는 완벽한 반원형의 무지개, 사막과 이곳은 몽골반점의 상징성처럼 인종학적으로나 언어로도 그리고 문화와 관습적 면에서 동질성과 유사성이 많아. 역사적으로도 두 나라가

무신론자를 위한 변명

직접적으로 깊이 얽혔던 관계로 그 애증관계가 뿌리 깊게 존재하고 있는 거지."

낙타는 엄마에게 들었던 오래된 이야기를 들려주었다. 낙타는 자리에서 일어났다.

"사실 내가 이곳에 오게 된 것도 내가 자원해서였어. 엄마의 이야기를 듣고 솔롱고스가 어떤 나라인가 무지 궁금했거든. 지금이야 후회하기도 하지만 그땐 내가 자원했었으니까. 당시 엄마의 반대가 극심했지만 내 호기심을 꺾지는 못하셨어. 근데 너 혹시 내가 태어난 고비에 갈 일이 있어? 그곳에 가면 엄마를 찾아서 내가 여기서 잘 살고 있다고 이야기해 주면 좋겠는데. 이곳에 와서 너한테 처음 부탁하는 거야. 너에게 꼭 부탁하고 싶어."

"그래 알았어. 한 번 갈 수 있는 기회를 만들어 볼게. 이제 다시 달려야 돼. 다음에 또 만나자."

나는 자리에서 일어섰다. 이십여 분의 시간이 지나고 있었다. 다시 달리려니 현기증이 일고 몸이 무거워져 더 힘들었다. 낙타와 이야기를 하느라 리듬이 끊어졌고 더위에 몸이 지쳐 완주선에 들어왔을 때 시간은 예정시간보다 한 시간 정도 더 지나 있었다. 대회가 끝나고 다시 낙타를 만나러 갔지만 늦은 시간이어서인지 보이지 않았다.

전생이라는 것이 있는 것인가? 윤회(輪廻)는 깨달음, 경지 또는 구원된 상태에 도달할 때까지 계속하여 이 세상으로 재탄생한다는 교의 또는 믿음이다. 윤회사상을 흔히 불교와 연관하지만 그 이전 이미 인도에 존재하던 것이었다.

전생을 이야기하는 윤회사상은 나에게 막연한 것이었다. 누군가가 '손금을 볼 줄 안다.' 하면 손을 내미는 정도의, 전생의 부피와 질감은 그런 정도였다. 현생에서 선한 삶을 강조하고 압박하는 수단 정도로나 가볍게 생각했다.

나는 전생에 왕자였을 것이라고 생각하곤 했다. 전생이란 결코 현생과 무관할 수 없을 것이라는 막연한 전제는 당연한 것이었다. 내가 자란 형편은 궁핍했고 정서는 불온했다. 낮게 웅크린 돌담과 초가집처럼 궁핍했고 집안에 떠다니는 공기는 평화와는 거리가 있던 집안의 장남으로 태어나고 자랐다.

그러나 그러한 현실과는 배치되는 정서와 행동으로 전생에 왕자라는 것을 생각했을 것이다. 사소한 일에도 삐치기를 잘했고 남 앞에 나서기를 즐겨하는 것은 물론 남 앞에 군림하려는 태도도 마찬가지였다. 성격은 물론 음식도 까다롭고 사소한 일에도 삐치기를 잘한다는 것은 전생에 여러 가지 조건이 충족된 환경 속에서 자랐기 때문이었을 것이다. 그보다는 독선적이고 군림을 즐기는, 권력을 추구하려는 그릇된 품성이 그런 추정을 가능케 하는 요소였다.

그렇게 전생에 왕자였을지도 모르지만 비운의 왕자였을 것이다. 왕위에서 밀려나 현실을 원망하고 저주하며 비탄에 빠져 살았을 것이다. 깨달음을 추구하며 참회하기는커녕 자신의 운명을 저주하며 살았을 것이다. 내가 다시 태어나 현생을 살아간다는 것이 그 분명한 증거이며 표시였다. 그리고 보면 현생을 사는 사람들 모두는 그런 범주에 드는

사람들이 아니겠는가. 그때까지도 내 전생은 왕자였을 것이라는 확신
은 막연하면서 쉽게 변하지도 않는 것이었다.

  사막에 가기 전 다시 동물원에 들렀다. 낙타에게 사막에 다녀오겠다
는 인사를 하기 위해서였다. 낙타는 반갑게 나를 맞아주었고 대뜸 지
난번의 약속을 확인했다.
  "이번 달에 사막에 갈 거야. 할 수 있다면 너의 엄마를 꼭 찾아볼게."
  낙타의 사진도 한 장 찍었다.
  "나도 같이 갈 수는 없겠지?"
  낙타는 조심스럽게 나에게 물었다. 낙타는 엄마를 생각하는지 사막
을 그리워하는지 눈물을 흘렸다.
  "미안해. 하지만 너의 엄마는 꼭 찾아볼게. 그리고 너의 모습도 보여
줄 수 있도록 할게."
  작별 인사를 했다. 돌아서 내려오는데 낙타가 나를 불렀다. 낙타는
색 바랜 하늘색 천을 입에 물고 있었다.
  "내가 태어났을 때 주인아저씨가 내 목에 감아준 하뜨크라는 것이야.
고비에서는 유목민들이 게르를 옮길 때마다 맨 먼저 하는 의식이 하뜨
크를 게르 천정의 등에다 매어 다는 일이지. 멀리 길 떠나는 자식 목에
부모가 감아주기도 해. 악귀를 물리치고 행운을 물어다 주는 상징으로
굳게 믿는 거지.
  게르뿐 아니라 자동차 룸미러에도 걸려 있고 절에 가면 부처님 주위
에도 많은 하뜨크가 놓여 있는 것은 흔한 풍경이지. 또한 양이나 소,

말, 낙타 등 동물도 아프면 처방으로 하뜨크를 몇 개 연결하여 목도리처럼 걸어주기도 해.

이것은 주인아저씨가 내가 태어났을 때 목에 걸어주었던 것이야. 다른 것은 몰라도 이것만은 꼭 간직하고 있었지. 엄마가 이것을 분명히 기억하고 있을 거야. 이것을 엄마에게 전해주고 새로 하나를 받아왔으면 싶어."

낙타는 내 뺨에 작별의 입맞춤처럼 까끌까끌한 얼굴을 비볐다. 그 순간 과연 낙타와 한 약속을 지킬 수 있을 것인지 나는 한없이 두려웠다.

무신론자를 위한 변명

바람과도 같은 전설

'바람피운다'는 말은 배우자가 있거나 연인이 있는 이가 또 다른 이성을 좋아하는 상황을 빗댄 표현이다.

그런데 왜 바람이라는 말을 썼던 것일까? 바람은 변화의 또 다른 표현이다. '마파람이 불면 비가 온다'라는 것처럼 말이다. 이렇듯 자연에서도 바람은 기상변화의 전조(前兆)이기도 하다. 그래서 바람의 종류는 많기도 하다. 바람은 태풍과 같이 부정적인 것도 있고 산들바람처럼 고마운 것도 있다지만 편을 가르듯 호불호를 구분하기는 쉽지 않다. 신바람은 긍정적인 변화를 지향한다. 또 다른 이성을 추구하는, 바람을 피우는 당사자는 신바람이 나지만 그의 연인이나 배우자는 거센 바람에 쓰러지는 나무와 같이 흔들리며 상처가 생긴다.

'풍류를 즐긴다'라고 말한다. 춤과 노래는 바람을 만드는 주요한 기제이다. 춤과 노래는 바람을 만드는, 스스로 빠져들면 바람이 만들어지고 듣기만 해도 만들어진다. 풍류 또한 바람이다. 자연에서 바람의 이로움을 크게 느끼기는 어렵지만 바람이 없다면 생물들은 제대로 생존할 수 없다. 인간에게도 마찬가지다. 그래서 바람이 희망사항의 또 다른 표현이라는 것은 의미가 심중하다.

저녁시간, 인천공항에서 고비를 향해 출발했다. 드디어 사막에 가는 것이다. 숨겨두며 오래 연모하였던 임을 만나러 가는 것처럼 마음이 울렁거린다. 고비로 가는 경유지 도시까지는 3시간쯤, 시차는 한 시간이다.

바다를 건너고 산을 넘어 자정이 가까운 시간에 몽골의 칭기즈칸 공항에 도착했다. 공항을 빠져나왔을 때 시내는 한산했고 밤공기는 상쾌했다. 우연히 길가에 서 있는 대형 입간판을 올려다보았을 때, 몽골 전통복장과 전통 모자를 쓴 아가씨가 하얀 이를 드러내고 웃으며 하늘색 천을 두 손으로 받쳐서 내미는 모습 그 아래 '웰컴 투 몽골리아'라고 쓰여 있었다.

서울대공원의 낙타가 전해 준 하뜨크를 생각했다. 잠시 낙타의 엄마를 만나야 한다는 부담감이 나른한 피로감과 함께 몰려왔다. 사십여 분을 달려 숙소인 올림픽하우스에 도착했다. 공공시설인 것처럼 시설은 열악했다. 낯선 도시에서 잠이 들고 잠에서 깨어났을 때 게으른 하현달이 떠오르고 있었다.

고비에 가면 낙타와 함께 특별히 보고 싶은 것이 있었다. 많은 사람들이 밤하늘의 별을 이야기했지만 사막으로 뜨는 달을 보고 싶었다.

무신론자를 위한 변명

사막으로 오는 달은 어떤 모양일까? 달빛은 어떤 빛일까? 그러나 그믐이 가까워지는 때라서 새벽녘에나 뜨는 하현달을 몇 번 더 볼 수 있을 것이라는 아쉬움이 왔다.

창문으로 빛이 들어와 있었고 운동화를 신고 밖으로 나갔다. 막연히 방향을 정하고 달리기 시작했다. 사막의 도시에 강이 흐르고 있다. 지나는 이에게 영어로 물으니 톨강이라고 알려주었다. 톨강은 시베리아의 바이칼호수까지 흘러간다고 했다. 강가로는 나무들이 보인다. 도로변으로는 물론 도시의 건물 사이로도 나무는 보기 힘들었다.

시내의 남쪽 방향으로 대형 인공 조형물이 보인다. 자이승 승전탑이다. 러시아와 몽골의 연합군이 관동군을 무찌른 기념으로 세운 탑이다. 거대한 제국을 이루었던 과거는 모래바람에 흔적도 없이 사라져 갔다. 나라 이름도 무지몽매하고 고루한 족속이라는 몽고(蒙古)로 불리고 침략국의 영토를 기준으로 그 이름 앞에 안(內)과 밖(外)이 덧붙여졌다. 외몽고, 내몽고로 말이다. 그곳에도 대동아공영을 꿈꾸며 돌격(도스케끼)을 외치는 일본의 야만이 찾아들었고 몽골인들은 러시아와 함께 싸웠다. 승전탑은 그로부터 50년이 지나 동맹국이었던 러시아가 협찬하여 건립해 준 것이라고 했다. 그 바람을 타고 러시아에 이어 역사상 두 번째로 새로운 사회주의 국가를 세웠고, 후에 그 첫 번째 사회주의 국가가 바람처럼 사라졌을 때 오랫동안 매여 있던 사회주의 이념을 버렸다.

반지 모양을 한 승전탑 구조물에는 전쟁 상황을 묘사한 그림들이 그려져 있다. 전승탑에서 시내를 내려다보고 뒤편으로 내려갔을 때 우리네 서낭당과 유사한 오보가 있다. 노인 한 분이 우유를 뿌리며 돌탑 주변을 천천히 돌고 있다. 이러한 민간신앙은 이네들의 고유한 것은 아니고 티베트나 시베리아 등으로 넓게 분포하고 있는 것이다. 쌓아올린 돌무더기단 위 중앙에는 마른 버드나무 가지를 꽂고 오색 헝겊과 말 그림과 문자를 새겨 달아 놓았다. 그 높이와 넓이로 연륜을 가늠할 수도 있고 방향식별이 어려운 평원에서 이정표 역할은 물론 병과 재난을 막고 가축의 번성을 기원하는 수호신처럼 존재한다.

산을 내려와 다시 숙소를 향해 출발한다. 산기슭으로 신축 주택단지가 조성되고 있다. 시내를 벗어나려는 여유 있는 사람들의 수요를 위한 것이리라. 숙소에 도착하여 아침을 먹고 주변의 관광코스를 향해 출발한다. 시내를 벗어나 초원지대를 달린다. 비가 내려 초원은 푸른 빛이 번져 가고 있다. 한 시간쯤 달려 도착한 곳은 은빛으로 빛나는 칭기즈칸 동상이 세워져 있는 곳이다. 시내를 벗어난 곳에 지난 2006년 칭기즈칸 탄생 800주년과 때를 맞추어 동상을 세웠단다. 동상을 제작하는 데 소요된 스테인리스 철강이 무려 250톤이었다고 한다. 오래 보존하기 위하여 스테인리스 철강을 사용하였다는 데 무게감이 없고 왠지 경박해 보였다.

어린 시절 흥얼거렸던 노래, '칭, 칭, 칭기즈칸~'. 한 시대를 풍미한 불세출의 영웅은 노래하는 그룹의 이름으로도, 그룹에서 부른 노래 제목으로도 쓰였다. '약한 자를 도왔으며, 슬픈 자에게 용기를 주었다'라는 번안곡의 가사처럼, 정복자 이전에 그가 그토록 위대한 리더였다는 것을 알지 못했을 것이다. 그의 후손들에 의해서였지만 30여년간 일곱 차례나 우리 땅을 침략한 치욕의 역사를 가볍게 생각한 것일까?

13세기, 수많은 부족 간의 전쟁이 끊이지 않던 몽골의 평원을 통일하고 유라시아 대륙의 절반 이상을 아우르는 사상 최대의 제국을 수립한 칭기즈칸. 아시아는 물론 중동, 유럽의 수많은 제국과 왕국들을 무너뜨리고 세계를 정복한 그 원동력은 무엇인가? 칸에 대한 믿음 하나만으로 사막을 가로지르고 눈보라를 헤치며 강을 넘어 광활한 몽골제국을 건설한 몽골 유목민들의 후예들, 하루 200km도 달렸다는 몽골 준마의 기동력, 몽골 준마의 기동력을 더욱 강화시켜 준 몽골군의 독특한 군장과 무기들, 몽골의 전통적인 사냥법을 통해 몽골군에게 전술 전략을 익히게 했던 칭기즈칸의 전투비법……. '복종하도록 하는 것보다는 추종하도록 하라'라는 말을 남겨 천년이 지난 오늘날 새로운 리더로 재조명받게 된 그의 특별한 인간관계와 통솔력의 비밀은 무엇일까? 낙타를 더 많이 생각하긴 했지만 그에 대해서도 많은 생각을 했다.

그러나 내가 그곳에서 느낀 것은 바람과도 같은 전설이었다. 진시황이 그가 가진 권력의 크기만큼 죽음의 공포로 전율한 흔적을 남긴 것과는 달리 그는 흔적을 남기려고 하지 않았던 것인가? 결국 그는 자신은 물론 그가 이루었던 그 거대한 제국의 흔적마저도 바람과 같이 사라질 것이라는 것을 예감했을지도 모를 일이다. 오늘날 그가 존재했던 대지보다 그 변경에서 그를 더 추앙한다는 것은 추락한 제국에 대한 미련처럼 한갓 인간의 욕망에 불과하다. 그 후손들도 바람처럼 사라진 그를 내세워 현실적인 자신들의 욕망을, 바람처럼 사라진 자존감을 조금이라도 채워 보려는 몸짓으로도 보였다. 지하에 기념관도 있었지만 그가 남긴 흔적은 보기 어려웠다.

사실 인간의 마음은 바람이다. 눈으로 보이지 않는 바람이 종잡을 수 없는 것처럼 마음도 종잡을 수 없는 것이다.

그곳을 나와 초원지대를 들어섰다. 낙타 무리가 보였다. 과거에는 낙타들이 사막의 배처럼 대상들의 짐꾼 역할을 했지만 이제는 일부를 제외하고는 그 역할은 자동차로 대체되었다. 그 대신 관광객들의 시승용으로의 역할이 더 많아졌다. 눈앞에 보이는 네 마리의 낙타는 아마도 관광객들을 위해 이곳에 와 있을 것이다. 그러니 많은 사람들을 만나고 부딪치기도 했을 것이다. 낙타 무리는 풀을 뜯으면서 자연스럽게 이동했다. 그런데 갑자기 낙타 한 마리가 내게로 다가왔다. 이제 어린 티를 벗어 가는 낙타는 오랜만에 삼촌이라도 만난 것처럼 반가운 표정을 지으며 내게로 왔다. 나는 당황스러웠다. 낙타는 내게로 가까이 다가오더니 내 품으로 파고들었다. 갑작스런 낙타의 행동에 나는 낙타의 목을 끌어안아야 했다. 낙타는 내게 이야기했다.

"너는 전생에 나와 같은 종족이었어. 다가오는 너를 보고 나는 단박에 알 수 있었지. 근데 너는 어디서 왔니?"

"응, 솔롱고스에서 왔어."

"그래, 무지개가 오는 아름다운 나라에서 왔구나. 반가워. 너는 전생에 분명히 낙타였어. 그래서 너는 분명 슬픔과 외로움을 많이 타는 편이었을 거야. 자신을 자학하기도 했었고 신에 대해서도 순종적이지 못한 것도, 너의 얼굴이 조금 검고 이국적인 모습이 보이는 것도 마찬가지야."

낙타는 사이비 점술가처럼 나에 대한 이야기도 했다.

나는 분명히 전생에 왕자였을 거라고 생각했는데, 갑자기 나타난 낙타가 던져 주는 말이 생뚱맞기도 했고 의아하기도 했다. 낙타와 많은 이야기를 나누지는 못했다. 낙타는 내 곁을 떠나 일행과 합류하면서 다시 한 번 내 품으로 파고들었다. 사막에 와서 낙타와 만나겠다는 것이 가장 큰 이유였지만 갑작스럽게 낙타를 만났고 낙타가 나에게 던져 준 말이 의아했다. 그렇게 낙타와 헤어졌다.

다시 일행들과 시내로 돌아와 시내관광을 했다. 한 시대를 풍미했던 거대한 제국은 초원을 지나는 한줄기 바람이었던가. 역사적으로 영웅이라고 칭하는 자들은 본질적으로 특정 또는 불특정 다수에게 해악을 끼친 자들의 범주에 속한다. 그러나 어리석은 대부분의 인간들은 그런 본질적인 것을 망각하고 산다. 무리에 속할 수밖에 없는 사회적 동물이라는 속성 때문에, 여타 동물들처럼 제도나 계약없이 자유로운 개체로는 존재할 수 없는 인간의 한계일 수도 있다. 아니면 사회적으로 또는 정치적으로 권력에 길들여진 속성 때문일 수도 있다. 그런저런 이유로 그런 사실을 인식하지 못하거나 그 해악에서 내가 벗어나 있었거나 그 영웅의 편에서 무언가의 이익을 편취했기 때문인지도 모른다.

앞서 이야기한 것처럼 몽골보다 그 변방의 나라에서 칭기즈칸을 추앙한다는 것은 그 이유인지도 모른다.

사막의 모래바람처럼 제국은 사라지고 또 다른 제국의 속국이 되어야 했던, 그러나 다시 국기를 만들어 내걸 수 있었던 혁명의 장본인, 광장에는 말을 탄 수흐바타르 장군의 동상이 서 있다.

거칠 것 없는 바람은 광활한 초원지대로 거대한 먼지구름을 만들며 지날 것이다. 그렇게 바람처럼 제국을 이루었고 바람처럼 사라졌다. 러시아 혁명 이후 사회주의 바람이 불기 시작했을 때 그들 또한 사회주의 바람을 일으켰고 그 대열에 합류했다. 다시 많은 세월이 흘러 페레스트로이카 이후 사회주의가 종말을 고할 때에는 민주주의의 바람을 일으켰다. 사회주의 종주국인 소련은 유목민들의 도움을 받아 혁명을 완성했지만, 그들은 유목민들을 무시했고 그네들의 자랑스러운 바람의 역사를 선양하고 노래하지 못하도록 강제했다.

광장의 중앙, 국회의사당 정면에는 위대한 칭기즈칸의 동상이 엄숙하게 정좌한 모습으로 있다. 칸의 동상 앞 좌우로 말을 탄 두 개의 동상이 세워져 있다. 왼쪽은 칭기즈칸의 셋째아들이며 아버지에 이어 두 번째 칸이었던 오고타이의 동상이고 오른쪽은 칭기즈칸의 손자이자 중국을 통일하고 원나라를 세운 쿠빌라이의 동상이다. 그럼 왜 칭기즈칸은 첫 번째 아들에게 칸을 물려주지 않은 것일까?

그의 첫 번째 부인이었던 보르테가 부족 간의 전투 와중에 납치당하는 불상사가 생겨났다. 다시 전투를 치러 부인을 데려왔을 때 우연처럼 첫째 아들이 잉태되었고 태어나면서 아비로부터 친자인지 의심받는 일이 생겨났다. 불행한 탄생이었다. 형의 권위를 뛰어넘으려는 둘째에 게도 그것은 외면할 수 없는 공격의 빌미가 되었을 것이다. 그래서 장남과 차남과의 불화는 필연적이었을 것이고 결국 셋째였던 오고타이에 게 칸이 승계되었던 것이다.

쿠빌라이 칸은 칭기즈칸이 총애한 아내에게서 출생한 4명의 아들 중막내인 톨루이의 4번째 아들로 태어났다. 그가 30대 중반이던 1251년부터 몽골 제국의 영토 확장과 기반구축에 중요한 역할을 하기 시작했고 남송을 멸망시키고 중국 쪽에 정주를 하면서 결국 중국의 역사 속으로 스스로 편입되어 버린다. 당시 고려는 이 원나라에 30여 년에 걸쳐일곱 번의 침입과 내정간섭 등으로 시달려야 했다.

1206년 몽골 제국이 탄생되고 불과 162년 후에 원나라가 주원장에게멸망당하고 명나라가 들어서게 된다. 중국 역사에선 이를 몽골의 멸망으로 보지만 실제로는 몽골의 정주국(원)이 망한 것이고 본래의 몽골은청에 의해 명나라가 망할 때까지 계속 그 세력을 유지하고 있었다.

그럼 원래 같은 민족으로 공동체를 이루었던 현재의 몽골국과 중국의 자치구로 되어 있는 네이멍구는 왜 나뉜 것인가? 지금의 고비사막남쪽은 내몽골자치구로 중국 땅이 되었지만 명나라 시대까지는 고비남부도 몽골 땅이었다.

명나라에 의해 쿠빌라이 칸의 원이 망하고 원나라에 있던 몽골인들은 그들의 고향으로 쫓기듯 돌아간다. 그리고 칭기즈칸 이전의 시대처럼 다시 여러 세력으로 분열이 되어 스텝지역 곳곳에서 세력을 형성하게 된다.

이렇게 분열된 몽골을 재통합한 사람이 '만두하이 카툰'이다. 칸은 왕, 카툰은 왕비를 칭하는 표현이다. 만두하이는 아들뻘 되는 칭기즈칸의 직계인 다얀 칸을 어릴 때부터 돌봐 주고 그와 결혼하여 카툰이 되고 그를 훌륭하게 성장시켜 함께 몽골 통합을 이뤄 나간다. 그때가 1500년경, 당시 몽골의 영토는 고비사막 남쪽과 북쪽의 바이칼, 서쪽의 카자흐스탄과 중국 서북쪽의 오르도스까지 이르는 광활한 지역이었다.

그러나 이러한 영광도 역시 바람처럼 지나는 것이었고 명도 1644년 만주족에 의해 간판을 내리게 된다. 이어 청의 간판이 내걸리고 새로운 역사가 시작된다. 청은 쇠퇴한 몽골을 외몽골과 내몽골로 나누어 지배했고 내몽고지역에는 한족 농민들을 이주시켰다. 지금은 한족의 비율이 훨씬 높다고 한다.

그렇게 세월이 흐르다가 공산혁명으로 소비에트연방공화국이 세워졌을 때 소비에트연방공화국을 등에 업고 몽골 인민혁명당을 조직한 수흐바타르는 1921년 7월 11일 당시 소련과 연합하여 중공군을 몰아내고 몽골 독립을 선포했다. 그래서 그를 몽골혁명의 아버지라 불리게 되고 동상이 세워진 것이다. 이를 기념하여 7월에 몽골의 최대축제인 나담 축제가 열린다. 2차대전 종료 후 한반도가 남북으로 나뉘어 미국과 소련의 군정하에 들었던 것처럼, 물론 우리와는 역사적인 사정이 다르지만, 몽골도 외몽골과 내몽골로 분단이 굳어진 것이다. 다만 외몽골은 러시아의 영향력하에 몽골인민공화국으로, 내몽골은 중국에 편입시켜 중국의 첫 번째 자치구로 남겨 두었던 것이다.

몽골인들은 2014년 광장의 이름을 바꾼다. 그네들이 국부(國父)라 칭하는 수흐바타르 장군의 이름을 붙인 광장을 칭기즈칸 광장으로 말이다. 그것 또한 바람인 것인가.

광장을 지나 자연사박물관으로 간다. 처음에는 국립중앙박물관으로 시작했는데 대대적으로 보수를 하고 지난 98년 자연사박물관으로 이름을 바꾸고 역사문화 분야와는 별도로 몽골의 지형, 지리, 동식물 따위의 자연과 관련된 자료를 전시하고 있다. 몽골에서 서식하는 동식물, 곤충, 어류, 조류 등 2만여 점이 박제로 전시된 모습을 볼 수 있다.

역시 바람의 산물처럼 고비사막에서 원형 그대로 발굴된 공룡화석을 전시하고 있다. 세계 3대 공룡박물관 중의 하나로 최초로 발견된 공룡 알 화석과 고비지역에서 발견된 두 개의 공룡화석이다, 하나는 높이 15미터, 무게 4~5톤 정도의 육식공룡이고, 다른 하나는 8미터 길이의 오리주둥이를 가진 초식공룡이다. 고비사막에서 발굴된 이 거대한 공룡은 몸을 형성하고 있는 뼈들이 거의 모두 그대로 발굴돼 실제 모습을 그려 볼 수 있게 한다.

인근의 역사박물관을 둘러보고 국영백화점에도 들렀다. 국가에서 운영한다는 것은 사회주의 시절의 산물일 것이다. 그곳에서 낙타와 양의 인형들을 선물로 샀다.

마지막으로 민속공연을 관람하러갔다. 몽골 전통음악은 옛날부터 몽골 사람들 사이에서 전해오는 고유음악으로, 중세에 다른 민족에게서 전해진 악기와 음악, 몽골지방에 침입한 위구르족 등의 음악 따위를 통틀어 몽골음악이라고 한다. 악귀 퇴치의 라마승과 참이란 탈춤, 허미, 마두금 등을 연주하며 전통 노래와 현악기 협주, 무용, 곡예 등 다양한 프로그램으로 진행되었는데 여성 댄서들의 현란한 손동작이 춤의 묘미이다. 그곳의 식당에서 저녁을 먹고 숙소로 돌아왔다.

사막의 도시에 여전히 바람이 불고 있었다.

중요한 건 눈에 보이지 않아

'중요한건 눈에 보이지 않아. 사막은 아름다워. 사막이 아름다운 건 어
디엔가 우물이 숨어 있기 때문이야. 눈으로는 찾을 수 없어. 마음으로
찾아야 해.'

한번쯤은 읽었을 법한, 또는 어떤 상황에서 인용했을 법한 『어린왕자』
에 나오는 이야기이다.

'보지 않고 믿는 자가 복이 있다.'

성경 요한복음에 나오는 이야기이다. 실제로는 눈에 보이는 것도 믿
지 못하는 인간들에게 너무 어려운 주문이고 비이성적 권고사항이다.
어쩌면 인간들은 눈에 보이는 것조차도 자기가 믿고 싶은 것들만 믿는
존재이다.

다음 날 아침 사막으로 출발했다. 필요한 짐을 챙기고 편성된 승합차에 탑승했다. 도로화되어 있지 않은 초원지대와 사막지대를 달려야 하기 때문에 버스는 이용하지 못한다. 버스는 시내에서 이동수단으로 이용하고 외곽지역에 나갈 때는 러시아에서 군용으로 생산되었다는 '푸르공'이라는 자동차나 우리나라에서 수입해 온 승합차를 이용하는 것이다.

사막까지의 거리는 6백 여km. 한반도 면적보다 7.5배나 넓지만 인구는 300만을 넘지 못한다. 북반구의 고위도 지역으로 평균 해발고도가 1,500m이다. 바람은 많지만 물이 귀한 곳이니 거주하는 사람의 수가 제한될 수밖에 없다. 물은 생존에 필수적인 것이고 산업화를 하는 데에도 이는 마찬가지이다. 물이 귀하니 공장을 만들 수가 없다. 인구 중 여섯에 한 명은 외국에 나가 노동력을 팔고 그 나머지인 다섯의 반은 도시에 몰려 있다.

유목민들의 자녀들도 공부를 하거나 일자리를 구하러 도시로 떠나지만 우리의 60년대 산업화시대 초기처럼 도시 안에서 일자리를 구하는 것은 쉽지 않다. 초원지대에 형성된 도시이고 고원지대이니 맑은 공기가 흐를 것이라고 생각하지만 일찍 찾아오는 겨울철에 도시는 매연으로 뒤덮인다. 석탄을 연료로 하는 화력발전으로 중앙난방방식으로 온수를 공급하는 실정이니 그러하다. 그래서 그들에게 한국은 솔롱고스라는 상징적인 의미가 되기도 할 것이다.

시내를 빠져나가니 초원지대가 펼쳐진다. 초원지대를 달리던 그 첫날의 느낌을 잊을 수 없다. 나무 한 그루를 볼 수가 없다. 드문드문 세워져 있는 게르를 제외하고는 산도 보이지 않았다. 50년 동안 체득된 자연에 대한 인식세계가 와르르 소리를 내며 허물어지고 있었다. 인간이 아닌 벌레라는, 미물이라는 절망이 덮쳐 왔다. 그런 와중에 어이없게도 배신감 같은 것이 생겨났다.

이정표나 그 어떤 표식도 없다. 개울도 강도 없다. 그러니 건너는 다리 하나도 없다. 가슴이 활짝 열리는 것이 아닌 사방이 벽으로 막힌 공간에 있다는 답답함이 숨을 막히게 했다. 이 광활한 대지에 홀로 내쳐진다면 나는 어찌할 것인가? 내가 살던 곳에서는 그 흔하고 흔하던 나무 한 그루가 왜 없는 거지? 어떻게 해서 오가는 사람 하나를 만날 수 없는 거지? 태초에 창조되었던 대지가 이러했을 것인가?

그곳을 떠나와서도 혼란은 여진처럼 한동안 나를 흔들었다. 빛만이 가득했다. 언젠가 세미나가 있어 안동에 갔을 때 이육사기념관에 들렀던 날이 떠올랐다. 광야를 노래한 시인, 시인이 노래한 광야는 어디였을까에 대해 생각했다. 조국의 광복을 염원한 시인이 가슴에 품었던 광야는 광개토대왕이 달렸던 만주 벌판이었을까?

그렇게 한참을 달려 첫날 달리기의 출발지점에 도착했다. 20km쯤을 달린다고 했다. 간단하게 몸 풀기를 했다. 오후에 비가 내리면서 날씨는 쌀쌀했다. 6일간의 달리기가 시작되는 날이다. 출발선에 서니 잠시 긴장이 된다. 사막이라면 으레 해수욕장처럼 온통 모래뿐인 것을 상상하지만 모래가 없는 곳도 많다. 습식사막이라고 해야 할까.

고비라는 의미는 '풀이 자라지 않는 거친 땅'이란 뜻이다. 살아가면서 가끔 '죽을 고비를 넘겼다'라는 말을 하기도 하는데, 그때 '고비'는 이곳 고비사막에서 나온 말이라는데 확인은 되지 않았다.

언덕을 이루는 초원지대를 달려야 한다. 주최 측은 붉은 깃발을 세우며 달려갈 길을 만든다. 일정한 거리마다 깃발을 꽂으면 달려야 하는 길이다. 간단히 몸을 풀고 출발한다. 배낭에 물과 간단한 행동식을 넣었다. 물론 카메라도 넣었다. 구름이 가려 주니 덥다는 느낌은 없었다. 초원지대였지만 작은 관목들이 자라고 있었다.

한참을 달리다 보니 주행로를 표시하는 깃발이 보이지 않았다. 방향을 잘못 잡은 것 같았다. 한참을 돌아가야 했지만 깃발의 방향을 잡아 다시 달려야 했다. 언덕을 넘었을 때 다시 초원지대가 펼쳐지고 있었다. 풀을 뜯던 소며 양들이 나를 물끄러미 쳐다본다. 앞서 서울대공원의 낙타처럼 말이다. 그들에게는 한 번도 보지 못한 낯선 풍경이었을 것이다. '저 인간들은 도대체 왜 달리고 있는 거지?'라며 의문을 가진 표정들이었다.

양떼들이 큰 무리를 이루는 곳을 보니 목동이 말을 타고 긴 장대를 들고 있었다. 이곳에 와서 처음으로 목동 같은 목동을 본 셈이다. 대부분 말 대신 오토바이를 타고 목동의 일을 하고 있었기 때문이다. 분명히 경기 중이었지만 종군기자처럼 카메라를 들고 그에게 다가갔을 때 그는 시선을 돌려 포즈를 취해 주었다. 그곳에서 보낸 5박 6일 동안 그 사내처럼 상상 속의 카우보이 같은 목동은 다시는 볼 수 없었으니, 사진을 찍기 위하여 허비한 몇 분이 아깝지는 않았다.

무신론자를 위한 변명

15km를 통과하는 지점, 내가 선두를 달리고 있었는데 그것도 잠시, 오늘 도착해야 하는 골인점이 가까워지면서 내 앞을 치고 나가는 선수가 있었다. "좀 달리는 것 같네."하는 말이 빈정거리는 말투였다. 마음이 상했지만 웃어넘겼다.

첫날의 골인점에 도착했다. 순위는 상위권이었다. 후미 선수들이 도착하려면 아직 많은 시간이 필요했다. 쉴 만한 나무 그늘도 없고 시간이 무료할 것 같았다. 주위를 둘러보니 멀지 않은 곳에 게르가 한 동 보였고 말과 양들도 보였다. 혼자 그곳으로 향했다.

나이가 들어 보이는 여인네와 어린 소녀가 어디론가 가고 있었다. 그들의 뒤를 따랐다. 그들이 도착한 곳은 우물가였다. 우물이 있다는 것은 가까이 다가가야 알 수 있었다. 지상으로 돌출된 돌로 쌓은 석축이 보이고 가까운 곳에 가축들이 물을 먹을 수 있도록 나무로 만든 긴 구유가 놓여 있다. 그녀는 두레박으로 물을 퍼 올리기 시작했다. 물이 채워지자 양이며 염소들이 몰려들어 물을 먹기 시작했다. 가축들은 교대해 가며 물을 먹었고 서로 먼저 먹겠다고 싸우는 모습은 볼 수 없었.

그곳에서 다녀본 곳마다 사람이 주거하는 게르 주위로 우물이 있는 곳은 보지 못했다. 내 상식으로는 이해가 되지 않는 것이었다.

나도 물을 길어 보고 싶었다. 말이 통하지 않았으나 손짓으로 의사를 전달했더니 고개를 끄덕였다. 사막에서 물은 생명과 같은 말이다. 세상 어느 곳에서나 마찬가지겠지만 일시적으로 물이 없더라도 다른 과일이나 식물로도 대체할 수가 있지만 사막에서는 그럴 수가 없다. 사막에 사는 사람들은 물을 피처럼 소중하게 생각하였다. 그럴 수밖에 없는 환경으로 물을 함부로 버리는 자는 극형에 처했다는 말도 전해진다.

사막에 있는 우물에서 생명수와 같은 물을 길어 올리면서 '물 쓰듯이 한다'는 속담이 생각났다. 잊고 살았던 속담이었다. 이 말에는 돈을 가치 없이 마구 헤프게 쓴다는 의미가 내포되어 있다. 우리 땅에서 물은 언제 어디서나 쉽게 구하거나 취할 수 있어서 헤프게 쓴 자원이었다.

최근에야 물 부족 사태를 예상하며 이에 대한 대책을 논하기도 하지만 이렇듯 그동안 우리는 물을 가치 없는 것, 어디에나 흔하게 널려 있는 것, 막 쓰고 버리는 것으로 치부해 왔다. 올해 대구에서는 세계 물 포럼 대회가 열렸다.

이와 대비되는 것은 아니지만 살아가면서 가끔은 '세상이 막막(漠漠)했어' 하는 말들을 한다. 사막을 한 개도 아니고 두 개를 잇대어 놓았다. 뜨거운 태양 아래 나무며 풀이라고는 보이지 않는 모래벌판만이 가득한 곳이 사막이다. 우물을 찾지 못하면 생존을 위협받는 곳이다. 그래서 어떤 상황이나 직면한 문제가 해결점이 보이지 않을 때 흔히 쓰는 말이다.

'사막이 아름다운 건 어디엔가 우물이 숨어 있어서 그래.' 생 텍쥐 페리가 어린왕자의 입을 통해 오래전에 내게 알려 준 말이다. 사막에 오기 전에 그 말이 생각났다. 이곳에 오기 전에는 사막은 막막하다는 것보다는 그 자체로 아름다운 것이라고 생각했다. 사막이더라도 사람이 산다는 것은 당연히 오아시스나 우물이 있을 것이라고 말이다.

울안에 두레박이 걸린 우물을 파야겠다는 꿈을 가졌던 시절이 있었다. 어린 시절에는 기다림의 것들이 많았던 것만큼 꿈도 많았다. 꿈이란 어른이 되면 하고 싶다거나 되겠다는, 대통령이나 과학자, 장군과 같은 것만이 아니었다. 궁핍한 삶 속에서 갖고 싶던 것도 포함되었다. 두레박이 걸린 우물도 마찬가지였다.

대부분 공동우물물을 식수로 했지만 드물게 우물을 울안에 둔 집도 있었다. 형편이 나은 집이었고 형편이 좋아지면서 마을 사람들은 울안에 우물을 파기 시작했다. 위생은 두 번째였고 멀리 떨어진 공동우물에서 하루도 거르지 않고 물을 길어 나르는 것이 번거롭기 때문이었다. 아프리카의 여인네들이나 아이들이 십 리도 넘게 흙탕물이 흐르는 개울이나 웅덩이에서 물을 길어오는 것만큼은 아니었겠지만 말이다.

우물은 어른이라고 아무나 팔 수 있는 것이 아니었다. 샘을 파는 일이 자주 생기는 흔한 일이 아니었기에 전문성이 필요한 일이었다. 물길을 찾아내는 것도 마찬가지였다. 마을에는 그렇게 특별한 기술을 가진, 장인 같은 이들이 꼭 한둘은 있었다.

공동우물에서 물을 길어다 먹던 이웃집에서 우물을 파기 시작했다. 이제는 기억도 가물거리지만 학교에서 돌아오면 이웃집으로 달려가 우물 파는 일을 유심히 관찰했다. 집 안에 적당한 공간을 정하여 직경으로 1m가 넘게 둥글게 우물을 파기 시작했다.

'열 길 물속은 알아도 한 길 사람 속은 모른다.'는 옛말이 있다. 겉만 보고는 사람의 내면을 제대로 살필 수 없다는 뜻이다. 본인의 의지와 관계없이 생겨나거나 생겨날 수 있는 불편한 상황에 대한 푸념이나 경고성의 말이다. 여기에서 '길'은 어른에 해당하는 사람의 키 정도를 가리키는 길이의 단위이다. 물론 사람의 키는 조금씩 다 다르니 평균키를 말하는 것일 게다.

보통 우물은 열 길은 파들어 가야 가늘게 물길이 잡힌다. 그보다 더 파기도 했지만 물길이 보이지 않으면 다시 메워야 했다. 시작할 때와 같은 넓이를 유지하며 파 내려가는 것은 쉽지 않은 공력이 필요했다. 겨우 한 사람 몸이 돌아앉을 수 공간에서 삽과 작은 곡괭이를 이용하여 작업을 해야 한다. 파낸 흙은 도르래를 설치하여 끌어올리기도 했고 단순하게 줄을 내려 모아진 흙을 끌어올리기도 했다. 위에서 허연 물줄기가 비치면 작은 돌을 바닥에 깔고 파기를 마무리했다.

물이 고이기 시작하면 무너짐을 방지하기 위하여 작은 돌로 석축을 쌓아 올렸다. 그 과정을 호기심을 갖고 관찰했고 나 또한 우물을 파고 싶다는 꿈을 가졌었다.

그러나 그 꿈은 세월에 묻히듯 오랫동안 잊고 있었다. 이웃집에 우물이 만들어지면서 멀리 공동우물로 다니지 않아도 되었고 새마을운동이 시작되면서 두레박도 없어지고 그 자리에 펌프가 박혔다. 세월이 더 지나서는 집집마다 간이상수도가 설치되면서 나는 고향집을 떠났다.

사막의 우물가에서 우연히 만난 낯선 여인에게 사진 한 장을 찍어 줄 것을 부탁했다. 한 번도 카메라를 만져 보지 못했을 그녀에게 피사체를 확인하고 셔터를 누르는 법을 손짓과 표정으로 전달했다. 후에 보니 사진 두 장이 찍혀 있었다. 가져갔던 연양갱 하나를 꺼내 우는 아이에게 건네주었다. 동행한 검둥이 개는 낯가림을 하지 않았다. 작별인사를 한 여인네와 어린 소녀는 다시 어디론가 떠나고 있었다. 그들을 불러 세우고는 사진 한 장을 찍었다. 그들이 어디를 가는지 궁금했지만 묻지도 못하고 돌아섰다.

게르

근래에 새로운 도시가 생긴다는 것은 성냥갑 같은 아파트 단지의 밀집을 뜻하는 말이 되었다. 근대화의 상징 이었던 양옥집이라는 말도 아파트라는 말에 치여 그 가치가 한없이 낮아졌다.

아파트라는 주거공간이 이 땅에서 각광을 받게 된 이유는 무엇일까? 물론 투자가치, 편리성 등 여러 이유가 있을 것이다. 그러나 조금 다른 측면에서 살펴보면, '타인과 거리두기'이다.

마을이라는 촌락구조에서는 일상의 많은 부분을 자의든 타의든 노출시킬 수밖에 없었다. 마을에서 말은 늘 사실과 소문이 명확하지 않은 채 떠돌다가 당사자에게 돌아왔다.

바로 앞집 사람들과도 전혀 무관하게 살 수 있다는 것, 무심하게 살 수 있다는 것 등이 아파트라는 주택 구조를 선호하게 되었을 것이다. 아파트는 문을 닫으면 타인에게서 나를 단절시키고 타인의 시선으로부

무신론자를 위한 변명

터 나를 숨길 수 있는 공간이었다.

풍류(風流), 이제는 잊혀져 가는 말이 되었다. '풍'은 바람이고 '류'는 물이다. 물과 바람은 생명체가 존재하는 데 반드시 필요한 것이고 바람은 변화가 그 본질이다. 주역에서는 바람을 입(入)이라 하는데 이는 생동하는 사물의 심부에 쉽사리 파고들기 때문이다.

풍류를 한갓 한량들의 주색잡기의 여가시간과 같은 개념으로 인식하는 부정적인 면이 없지 않다. 그러나 풍류의 쓰임은 자연과 인간이 일체감으로 살아가는 모양을 뜻하는 것이니, 막힘없는 소통을 말한다. 자연과 인생과 예술이 어우러지는, 즉 통섭(通聶)이 되는 상태를 표현한 말이다. 여유와 자유분방함을 내포하는 것이기도 하다. 최선을 다하는 인생 속에 여유로움이 깃든 아름다움을 말하는 것이다. 즉, 풍류는 조화(調和)와 같은 것이라 할 수 있다.

돌아오는 길에 주인이 비운 게르를 들춰보았다. 주변에는 간이로 만든 양이나 염소들의 우리가 있었다. 이곳 사막에서는 가축을 가두는 하늘을 가린 우리가 없다. 있다 해도 간이로 설치된 바람막이 정도의 것이다. 노출된 공간에서 밤을 맞고 보내는 것이다. 새벽녘에는 찬 이슬로 젖어들 것이다.

주인이 없는 게르 안은 열린 지붕을 통해 햇빛이 가득 들어와 있었다. 중앙에는 화덕이 있고 간단한 수납장과 침대도 있다. 게르 안을 들여다보며 그 안에서 '내가 살게 된다 면' 하고 잠시 생각해 보았다.

몽골의 전통 가옥인 게르는 유목생활에 적합하도록 이동성과 겨울철의 혹한에 적합하도록 발달한 형태이다. 유목생활의 특성상 쉽게 해체하고 다시 조립하는 과정을 단순화한 것이다. 이는 다른 지역으로 이동할 때에 새로 세우거나 정리하기가 간편하다는 특징이 있다.

게르 안에는 물론 주변에도 우물이나 화장실이 없다. 우물이 있는 곳에는 게르를 설치하지 않는다. 우물은 사람보다는 가축을 우선해서 만든다고 했다. 잠을 잘 때는 침대를 사용하는데 바닥에서 냉기가 올라오기 때문이라고 한다.

게르 중앙에 있는 화덕은 우리의 과거 온돌문화처럼 난방과 취사, 조명까지 해결하는 실용적인 목적 외에도 몽골인들에게는 특별한 의미가 있다고 했다. 이 화덕은 조상과의 이어진 끈을 상징하는 것이라고 했다. 화로와 관계된 몇 가지 풍속이 있는데 화로를 손상시키는 것은 죄악이며 그 집안 가장에 대한 모독 행위로 간주되었다고 한다. 또한 화로는 돌 3개 위에 올려놓았는데 이 돌들은 가장, 아내 그리고 며느리를 의미한다.

남자들 공간은 서쪽에 있는데 집주인은 이곳에 안장이나 말고삐, 재갈 등을 보관한다. 여자들 공간은 동쪽에 있는데 이곳에 부엌살림이나 도구들을 보관한다. 따라서 남자들은 게르 안으로 들어오면 곧장 서쪽으로 가고 여자들은 동쪽으로 가게 되는 것이다. 몽골인들은 남자의 구역은 하늘의 보호를 받고 여자의 구역은 태양이 보호한다고 믿었다.

그러나 가장 중요시 여긴 장소는 입구 문 바로 맞은편에 위치한 북쪽 벽에 있는 호이모르였다. 이곳에는 집주인의 소중한 물건, 무기, 모린

무신론자를 위한 변명

후르(Morin Huur, 악기의 일종)와 말 굴레 등을 보관했다. 나무로 된 옷장이 대부분인 가구들은 밝은 오렌지색으로 칠해진 것들인데 역시 호이모르에 두었다. 예전 우리네 안방의 중앙의 벽면으로 가훈을 붙이거나 가족사진을 걸었던 것처럼 말이다. 친구 사진은 사진틀에 넣어 잘 보이게끔 옷장 위에 두었다.

또한 게르는 하늘과의 연결을 상징하는데, 과거-현재-미래의 축이 이들을 관통하는 것을 의미하는 것이기도 하다. 겨울에는 화로가 게르 안을 훈훈하게 덥혔고 요리하는 데도 요긴하게 사용되었다. 일부 숲이 있는 지역에서는 나무를 땔감으로 사용하기도 했으나 사막이나 초원지대에서는 말린 가축의 똥을 땔감으로 사용했다. 게르는 금방 따뜻해지고 온기를 오래 보존하는 특성이 있다. 여름철에는 게르 아랫부분의 펠트천을 걷어 올려 시원한 공기가 들어오게 했다.

이와 같이 게르는 오랜 유목생활 동안 기후나 형편에 맞게 이어져 온 주거형태였다. 주인도 없는 게르의 문을 열고 그 안을 한참을 들여다보면서 내가 이곳에서 사는 모습을 상상해 보았다. 화장실은 물론 별도의 방도 없다. 게르 안에서 숨을 곳이라고는 없다. 그렇다고 집 주변에 창고나 별도의 설치된 공간 이 있는 것도 아니다.

어린 시절 주거시설은 지금과 비교하면 참 열악했다. 어른들 과 아이들이 구별되는 공간이 특별하게 없었으니 말이다. 그렇더라도 부엌도 있고 헛간도 있고 뒷간과 함께 아궁이에서 나온 재를 보관하는 잿간도 있었다. 이웃에 동무집도 있고 산도 있고 들도 있고 개울도 있었다. 그러나 이곳은 이와 비슷한 것이 아무것도 없다. 이곳에서 단 하루도 살수 있을까 싶었다.

어린 시절, 출가가 아닌 가출이 희망사항이었던 적이 있었다. 베갯잇을 적시는 날에는 꿈을 꾸었다. 가출, 몰래 집을 나가는 꿈이었다. 채흘러내리지 못한 눈물을 담고 상상의 나래를 펼쳤다. 꿈이라고는 했지만 멋진 미래를 설계하는 꿈이 아니었고 잠자며 꾸는 꿈도 아니었다.

그 불온했던 시절, '이 세상에 나 혼자였으면 좋겠다.'는 마음의 병을 앓았던 적이 있었고 그때마다 나는 대숲에 혼자 깃들곤 했었다. 양지바른 찬수네 대숲에 작은 구덩이 같은 굴을 하나 팠다. 바닥에 낙엽을 깔고 나뭇가지를 주어다 어설프게 지붕도 만들었다.

아무도 모르는 나만의 공간이었다. 바람에 흔들리며 서걱거리는 댓잎소리는 가파른 내 마음을 평온하게 해 주었다. 촘촘한 대나무 잎 사이로 흔들리는 햇살은 나를 따뜻하게 보듬어 주었다. 눈이라도 내리는 날이면 댓잎에 눈이 스치는 모습이 얼마나 아름다웠던지. 그 시절 나에게 그런 은밀한 공간마저 없었다면 내 마음은 갈 곳을 잃고 황폐해졌을 것이다.

『자기만의 방』이라는 제목의 에세이를 출간했던 버지니아 울프는 좋은 집안에서 태어나고 자랐지만 남자형제들과는 다르게 대학교육을 받지 못했다. 죽은 어머니를 대신해 주부의 역할을 강요받는 언니들의 삶이 묘사된 에세이는 당시 여성들의 삶에 주목 하였다. '자기만의 방'은 경제적인 자립을 포함한 현실적인 방이었다. 그녀는 고모에게 유산

무신론자를 위한 변명

으로 매년 받게 되어 있는 500파운드를 여성의 자립과 인간다운 삶을 위한 최소한의 조건으로 생각하였다.

> '애쓰며 고된 일을 하는 것도 없어지고 증오와 쓰라림도 사라졌다. 나는 남성을 미워할 필요가 없다. 그는 나를 해칠 수 없기 때문이다. 나는 어느 남자에게도 알랑댈 필요가 없다. 어떤 남자도 나에게 무엇인가를 주게 되어 있지 않은 까닭이다. …… 나의 두려움과 쓰라림은 점차 동정과 관용으로 변해 갔으며 일이 년이 지나자 동정과 관용도 사라졌고 사물을 그 자체로 생각하는 자유, 즉, 모든 것으로부터의 해방이 찾아왔다.'
>
> — 버지니아 울프, 『자기만의 방』 중

대숲에 나만의 방을 만들었지만 그것은 희망사항의 또 다른 호소이고 외침 같은 것이었다. 그 후로도 나만의 방을 갖는다는 것은 어려운 일이었다. 창문도 없는 고시원에서 보내는 청춘들은 또 얼마나 많은가? 어른이 되어 생각한 것이지만 하나밖에 없는 여동생이 소녀시절에 그녀만의 방을 가질 수 없었던 현실을 안타까워한 적이 있었다.

하루에도 수도 없이 변하는 마음으로 인해 같은 공간 안에 있는 사람들은 필연적으로 갈등을 만들어낼 수밖에 없다. 따라서 어딘가 자신을 숨길, 숨어들 공간이 없다면 얼마나 참혹 하겠는가? 감옥이나 정신병원에 수용되어있는 자들의 생활이 고통스러운 이유 또한 그러할 것이다. 유목의 삶을 영위해야 하는 그들에게는 자신만의 공간이 없는 것에 익숙해져 있는지도 모르겠다. 물론 내가 가진 관점과 기준에서 단순하게 생각하는 면도 있을 것이다.

　일반적으로 고달픈 현실 생활 속에서도 마음의 여유를 갖고 즐겁게 살아갈 줄 아는 삶의 지혜와 멋. 이러한 멋의 표출은 예술을 느끼고 체험하며 자연을 가까이하는 것, 즉, 풍류이다. 춤과 노래는 풍류의 표출이다. 분명 그네들에게도 풍류가 있을 것이다. 내가 쉽게 알 수 없는 것이지만, 숨어들 것 없는 가혹한 환경에서도 삶을 영위할 수 있는 풍류가 있을 것이다.

종말

　짧은 시간이지만 유목민들이 사는 게르를 들여다보고 나는 문득 지나간 과거와 다가올 미래를 동시에 보았다. 보았다기보다는 보려고 했다는 것이 맞을 것이다.

　과거는 먼 옛날이 아닌 빛바랜 앨범처럼 어린 시절의 모습이고 미래는 살아온 삶의 흔적, 부스러기 같은 것이다. 오래지 않은 과거에 우리는 그네들과 같은 삶을 살았다.

　우리는 급속한 산업화를 통해 앞서 살았던 이들보다도 풍요로운 시대를 살아가고 있다. 이곳의 젊은이들이 선망하는 것처럼 말이다. 그러나 다가올 미래는 다시 그 시절의 과거로 돌아갈 것이라는, 돌아갈 수밖에 없다는, 조망은 삶의 부스러기들이었다.

　단순한 주거시설인 게르에서, 말린 가축의 똥으로 불을 피워 난방을 하고 음식을 조리하는 모습에서 과거로 대변되는 어린 시절을 잠시 돌아가 볼 수 있었다.

낮게 웅크린 초가집과 돌담, 전기도 없었으니 이곳에 사는 유목민들의 삶과 별반 다를 바 없었다. 산업화와 도시화가 되기 전이었으니 환경파괴나 오염도 없었다. 일제강점기와 한국전쟁 등으로 국토가 황폐화되면서 국민들의 삶은 궁핍을 벗어나지는 못했지만 공동체정신과 자연 순환의 생태환경을 유지하고 있었다. 그러나 급속한 산업화로 인한 도시화와 물질적인 풍요는 공동체정신과 순환의 생태환경을 파괴시키는 요인으로 작용했다.

욕망도 마찬가지였다. 없던 것을 가지게 되면서 이전에는 없던 새로운 욕망도 생겨나기 시작했던 것이다. 소다나 막걸리를 넣고 개떡을 찌다가 이스트를 처음 접했던 시대였다.

이스트처럼 욕망을 부풀려 가던 시기에 이 땅에 들어왔던 기독교는 역사상 유례가 없는 부흥의 시대를 맞았다. 종교가 인간의 욕망에 편승했고 욕망이 실제로 현실에 투영되면서 교회 등으로 사람들이 모여들었다.

그런데 이 과정에서 일부 교회들이 믿음을 통해 자기 성찰이나 정화를 추구하기보다는 물질적인 축복과 인적 네트워크의 확장을 주문하였다. 교회라는 공간 내에서 사제들은 직간접적으로 세속적 성장을 부추겼다. 급격한 산업화와 맞물려 물질적인 축복은 실제로 현실에 투영되고 실현되는 것이었고 그것은 교세의 확장으로 이어졌다. 신도 수가 증가하면서 한국 교회는 대형화의 길을 걸었다.

스피노자는 합리주의 전통에 있으면서도 욕망을 인간의 본질로 본 드문 철학자이다. 그는 욕망을 '의식을 동반하는 충동'으로 정의한다. 충동은 "자신의 유지에 유용한 것에서 생겨서 인간으로 하여금 그것을 행하도록 하는 인간의 본질 자체에 지나지 않는다"라고 했다.

'내일 지구의 종말이 온다 할지라도 나는 한 그루의 사과나무를 심을 것이다'라는 너무나 유명한, 그러나 숱한 오해를 자아내기도한 이 말을 과연 스피노자가 직접 했는지는 분명치는 않다. 그러나 독특한 그의 철학에 비추어 볼 때 전혀 타당성이 없는 것도 아닌 듯하다. 그에 의하면 우주와 세계, 즉 시간과 공간이 하나이므로 시작과 종말이라는 것 자체가 성립될 수 없는 것이니 순간적인 지구 변화에 연연하지 않고 갈 길을 끝까지 가겠다는 뜻으로 이해할 수 있기 때문이다.

스피노자는 유대인의 아들로 태어났고 당연히 어려서부터 '유대인에게는 오직 한 분의 신이 있을 뿐'이라는 것을 철두철미하게 믿어야 했을 것이다. 그런데 점점 어른이 되면서 그의 생각은 바뀌었다. 이 세상에는 수많은 사람들이 살고 있고 각자 자신들의 신을 가지고 있는데 어째서 유대인의 신만 유일하다고 할 수 있는가 하는 회의를 갖게 되었다고 한다. 당시의 정서로는 엄청난 용기가 필요한, 이단의 지적 갈구였을 것이다. 그는 엄청난 비판에 직면했지만 데카르트나 홉스 같은 학자들과 교류하며 자신의 신념을 내려놓지 않았다. 그는 결혼도 하지 않았으며 교수 제의를 받았지만 거부하였고 유리세공으로 생계를 이어가다가 44살이라는 비교적 젊은 나이에 세상을 떴다.

인간의 종말에 대한 이야기는 오래된 이야기이다. 종교의 역사가 인류의 시원만큼 오래되었기 때문이다. 노아의 방주 이야기는 지구의 종말이라기보다는 인간이라는 일개 종의 종말을 이야기 하는 것이 아닌가 싶다. 고대의 이집트인들과 마야인들, 중국인들까지도 2012년에 인류의 종말을 맞을 거라는 확신으로 역법을 만들었다고 한다.

왜 인류는 인류 존재의 한계를 정한 것일까? 여러 가지 관점에서 생각할 수 있겠지만 아마도 모든 개체는 반드시 죽는다는 분명한 진실과 함께 또 다른 공포를 유발시키기 위한 방편이었을 것이다.

시작이 있다면 당연히 끝이 있을 거라며 종말을 이야기하고, 그 종말은 심판의 날이라고 하였다. 뭔가 우주의 질서를 간섭하고 유지하는 강력한 주관자가 있다는 암시이기도 한 것이다. 물론 앞서 이야기한 대로 특정한 시기를 정하기도 하였지만 종말은 언제 닥칠지 모르는 막연한 공포였다. 죽음도 불안한 것인데 수명이 다하기 전에 종말로 인해 심판을 받아 지옥에라도 가는 불안한 상황이 된다면, 뭔가 의지하고 싶은, 절대적인 존재를 추구할 수밖에 없을 것이다.

우주만물이 신의 섭리에 의해 기계적으로 작동하고 있다는 기독교적 종교관과 세계관은 정해진 미래에 대한 믿음을, 종말에 대한 예정을 공고히 만들어 왔다. 동양의 윤회적인 우주관과 달리, 서구의 우주관은 종교적인 정해진 종말을 향해 달려가고 있는 인간의 운명에 대해 민감할 수밖에 없었다. 종말의 시점에 개개인을 대상으로 심판을 통해 천국과 지옥으로 각각 갈려 간다는 것이 실제로 종교가 존재하는 이유이기도 했다.

개인이 저마다 명을 다해 죽는 것과는 달리, 절대자의 의지에 따라 물리적인 힘으로 지구상에 존재하는 인간 전체의 생사를 한날한시에 주관할 것이라는 것이 종말론의 실체이다. 인간은 누구나 죽음의 공포에 시달린다. 더욱이 죽음은 아무리 가까운 사이라 하더라도 누군가와 같이할 수는 없다. 홀로 그 상황을 받아들여야 하는 지극한 외로움과 두려움, 불안을 희석시키기 위한 보상심리라고도 하지만 그것은 결코 일반적이지는 않다.

자연에도 정령이 있다고 믿었던 인디언들은 살고 있는 터전을 후손들로부터 빌려 쓴다는 마음으로 살아 갔으며 자연을 착취하려고 하지 않았다. 하늘과 태양, 이 땅의 흙과 나무, 바람과 벌레…… 그 모든 것들이 서로서로 연결되어 있다고 생각했다.

유럽에서 신대륙으로 건너간 이들은 대개 기독교인들이었다. 그들은 황금을 찾아 서부로 이동을 하면서 인디언들을 무참히 학살하였다. 이 과정에서 이를 비난하는 국제 여론이 비등하자 1850년경에 미국 정부는 아메리카 원주민 연맹국(인디언 연합체)에게 땅을 팔 것을 제안하는데, 말이 제안이지 사실상은 협박이나 다름이 없었다.

이때 시애틀 추장이라는 이가 미국 정부에 답신을 보냈다. '우리는 자연의 일부일 뿐 땅을 소유하지도 않고 있는데 어찌하여 미국 정부는 소유하지도 않은 자에게 땅을 팔라고 하느냐'는 미국 정부를 엄중히 꾸짖는 내용이었다. 자신들의 사고로는 이해할 수 없는 미국 정부가 낯이 부끄러워 이 편지를 차마 공개하지 못했다고 한다. 그 편지의 일부를 옮겨 본다.

당신들은 돈으로 하늘을 살 수 있다고 생각하는가?
당신들은 비를, 바람을 소유할 수 있다는 말인가?
내 어머니가 옛날 내게 이렇게 말씀하신 적이 있다.
이 땅의 한 자락 한 자락 그 모든 곳이 우리 종족에게는 성스럽다고.
전나무 잎사귀 하나 물가의 모래알 하나,
검푸른 숲 속에 가득 피어오르는 안개의 물방울 하나하나,
초원의 풀 하나하나,
웅웅거리는 곤충 한 마리 한 마리마다
우리 종족의 가슴속에 그 모두가 성스럽게 살아 있는 것들이라고.

그것은 그들이 노력에 의해 문명을 만들어 내지 못한 것이 아니라, 그들이 영성으로, 자연을 존중하던 마음으로 그렇게 자연을 아끼고 보존하며 함께 공존하며 살아왔음을 보여 주는 것이다. 문명은 더 많은 고기와 생산물로 부를 얻기 위하여 키우는 가축의 유전자를 바꾸었고 이는 곡식도 마찬가지였다. 사막에 사는 이들은 더 많은 고기와 속성(速成)을 위하여 키우는 가축의 유전자를 바꾸지 않는다.

영화 〈매트릭스〉 1편에 보면 다음과 같은 구절이 나온다.

"이곳에 있는 동안 깨닫게 된 사실이 있어. 너희들 인간 종족을 분류하다가 영감을 얻었지. 너희는 포유류가 아니었어. 지구상의 모든 포유류

무신론자를 위한 변명

들은 본능적으로 자연과 조화를 이루는데 인간들은 안 그래. 한 지역에서 번식을 하고 모든 자연자원을 소모해버리지. 너희들의 유일한 생존 방식은 또 다른 장소로 이동하는 거야. 이 지구에는 그와 똑같은 방식을 따르는 유기체가 하나 더 있어. 그게 뭔지 아나? 바로 '바이러스'야. 인간이란 존재는 질병이야. 지구의 암이지."

종말을 이야기하는 종교는 인간의 욕망을 자극하는 기제로도 작용했다. 그러한 시각이 종교적인 교리와는 무관하더라도 말이다. 우리가 살고 있는 터전이 후손들로부터 빌려 쓰고 있다는 생각보다는 '물질적인 축복'을 추구하면서도 언젠가는 망할 곳이라는 생각으로 말이다.

막막한 사막에서 유목민의 단순한 의식주를 목격하면서 오래된 과거와 미래를 함께 보았다.

두 번째 이야기

공동체의 미래

종교는 왜 물리적인 파괴를 통한 종말을 이야기하는가? 절대자에 의한 심판, 종말의 수단이 노아가 살았던 시대에는 물이었다고 성경에 기록되어 있다. 이제는 불일 거라고 한다. 세계 곳곳에 있는 핵무기는 인류의 종말이 불을 통해 이루어질 것이라는 것을 가능하게 한다. 과거와 미래는 서로 상관한다. 상관한다는 의미는 알게 모르게 영향을 끼친다는 의미이다. 그럼 다가올 미래는 과거에도 존재했던 것인가?

『오래된 미래, 라다크로부터 배운다』의 저자인 헬레나 노르베리-호지는 스웨덴 출신의 언어학자이자 환경운동가이다. 원래 런던대학교의 언어학 전공 학생이었던 헬레나는 1970년대 중반에 학위논문을 쓰기 위해 라다크를 방문했다.

라다크는 인도에 속한 지역이지만 '작은 티베트'라고 불리는 서부 히말라야 고원의 황량하지만 아름다운 곳이다. 10세기경 티베트제국의

무신론자를 위한 변명

일부가 라다크 지역으로 건너가서 세운 왕조가 라다크 왕족이었다. 대승불교가 주된 종교이고 달라이 라마가 정신적 지도자이다.

오래된 미래는 결국 지나간 과거에 있었다는 의미인 것인가? 저자는 왜 '오래된 미래'라는 제목을 정했을까? 오래되었다는 것은 흔히 지나간 시간을 말하는 것인데 말이다.

저자는 라다크의 현지 조사 과정에서 그곳 특유의 온화한 가족공동체와 유대 관계가 그들의 삶의 방식에 큰 영향을 끼쳤음을 피력한다. 이것은 라첼이 주장한 환경결정론과 배치된다는 느낌이다. 환경결정론이란 '여러 가지 형태로 나타나는 인간의 지역적 생활양식이 인간의 자유로운 선택에 의해 결정되는 것이 아니라고 주장하는 것'이다.

문화적으로 티베트에 속하는 라다크인들의 삶에 가장 큰 영향을 미치는 것으로 계절의 변화, 여름에는 너무 뜨겁고 겨울에는 온도가 영하 40도까지 내려가는 날씨가 지배적이었다. 강수량이 부족한 곳이었다.

이처럼 황량한 지역에서 놀라운 점은, 그 안에서 사람들이 땅과 유대 관계를 맺고, 물길을 섬세하게 관리하며, 각자 혹은 서로 협력하고 공생하며 아주 잘 살고 있었다는 것이다. 인간의 생활양식이 환경에 의해 영향을 받는다는 라첼의 이론을 라다크인들의 문화에 적용하는 것이 과연 옳은가 생각할 수 있을 것이다. 그렇다면 공동체에서 삶의 방식에 가장 큰 영향을 미치는 것은 무엇인가?

그것은 자급자족, 함께 살아가는 문화, 여성의 높은 지위, 그들의 전통 종교인 불교, 그리고 안정적인 정서를 가진 공동체였다. 그들은 늘 땅과 가까우며 모든 일에는 노래를 곁들이는 풍류, 제한된 자원을 조심스럽게 쓰는 '검약'의 문화를 가지고 있었다. 여기서 검약은 인색함과는 거리가 먼 것이었다. 자원은 빈약하지만 가진 것을 아껴 쓰는 생태적 순환의 고리, 빈약한 자원이지만 자연에 성공적으로 적응하는 예를 보여 주는 모습이었다.

삶의 속도가 느리고 편안하므로 스트레스라는 말이 거의 없을 정도이며, 전통적인 그들의 식사는 섬유소가 부족하고 불균형한 편이지만 건강하게 잘 살아가는 점으로 보아 심리 상태가 건강에 미치는 긍정적인 영향을 볼 수 있었다. 사치품을 사는 용도 이외에 돈을 거의 쓸 필요가 없으므로 가장 중요한 것은 돈이 아니라 서로에 대한 관용과 배려였다. 그들의 공동체는 소규모이고 서로 친밀한 관계를 유지하였고 이러한 문화에서 부패나 속임수, 권력 남용 등은 거의 드문 일이었다.

모든 법은 유연하고 정의는 인간적인 모습이며, 가진 것의 분배가 비슷하므로 그들은 경쟁보다 서로 도움으로써 공동체 삶을 꾸려 나가는 습속을 가지고 있었다. 새로 태어난 아기는 공동체가 함께 양육하고 여성은 공동체 안에서 중요한 역할을 하며 그 노고를 충분히 인정받았다. 공동체 속에서 정서적으로 안정된 그들은 각자라는 느낌보다 서로 연결되어 있다는 느낌을 갖고 있었던 이상적인 사회구조를 이루고 있었다.

그러했던 곳인데, 고립되다시피 살던 그곳에 길이 열리고 개발논리가 적용되면서 역설적이게도 다시 과거를 돌아보게 되었다는 것이다. 아니 미래를 보았다는 것이다.

무신론자를 위한 변명

그것은 무분별한 개발을 통한 획일적이고 단일한 문화의 확산, 지금까지 축적된 고유의 문화는 새로운 개발논리로 파괴되었다. 여러 세기 동안 축적된 지식도 말살시키는 가혹한 것이었다.

점점 더 많은 사람들은 자기의 것을 잊어버리고 오로지 경쟁에 몰입하며 탐욕스럽고 자기중심적으로 변해 갔다. 그러한 산업화와 개발의 과정에서 자기중심적인 성향들을 인간의 본성이라 치부하게 되는데, 이것이 문제의 시작이고 끝과 같은 것이었다.

1960년대 파키스탄과 중국의 침략으로부터 보호하기 위해 이 지역에 인도 군대가 주둔하게 되면서 라다크가 겪은 변화를 소개한다. 인도 정부가 1974년부터 이 지역을 관광객에게 본격적으로 개방하기 시작하자, 라다크는 점차 서구 문명을 접하고 서구식 개발을 경험한다. 저자는 이 과정에서 물질문화가 라다크 사람들의 마음에 광범위하고 파괴적인 영향을 미치는 과정을 지켜본다. 외래 문물이 들어오면서 라다크가 경험한 첫 번째 커다란 변화는 인구의 빠른 증가였다. 인구의 증가 요인 은 출산에 의한 것이라기보다는 외부로부터의 유입이었다. 인구가 증가하면서 작은 공동체는 점점 무너지고, 작은 공동체 문화에서만 가능했던 직접 대면 관계와 친밀감도 약해졌다. 라다크 사람들은 영상 매체를 통해 서구의 이미지를 보면서 자신들의 문화에 대한 열등감을 갖게 되었고 영상을 통해 현대의 과장된 이미지를 받아들이고, 갑자기 자신들이 '가난하다'고 생각하게 된 것이다.

이것은 오늘날 우리가 해외여행으로 가볼 수 있는 미얀마나 캄보디아

등의 나라를 생각하면 쉽게 이해할 수 있을 것이다. 또한 자급자족 문화에서는 극히 일부 사치품 소비 이외에 필요가 없었던 '돈'에 대한 욕구가 생기고 돈은 라다크 사람들이 전에는 몰랐던 '탐욕'을 잉태했다.

사람들은 점차 돈을 벌 수 있는 도시로 떠나가고 점차 공동체의 유대관계는 약해진다. 농사일을 하는 이들은 자신의 직업에 대한 자긍감이 적어지고 빈부격차도 점점 커지게 된다. 빈부의 격차는 도시로 진출하기 위한 서구식 교육의 중요성이 강조되는 계기가 된다. 사막에 사는 게르의 아이들도 마찬가지였다. 대부분 게르에서 떠나 도시에서 교육을 받는다. 도시에 나가면서 솔롱고스를 동경하게 되는 것이다. 그들이 살던 과거 농경시대에는 시간이 넉넉했고 생활은 인간적인 속도로 진행되었다.

그러나 기계를 사용하면서 '시간을 절약하는 기술'을 갖게됨에 따라 삶의 속도는 오히려 빨라지게 된다. 고속철도가 다니면서 짧은 시간에 서울과 부산을 다닐 수 있게 되었지만 결국 사람들은 더 바빠지게 된 것처럼 말이다.

특히 라다크 아이들은 서로가 아닌 각자를 위해 공부를 하게 되었다. 이는 우리도 마찬가지였다. 70년대 중·고등학생이었던 나와 같은 기성세대들이 개인을 위한 부를 생각하기보다는 공동체를 위한 것을 생각했다는 것을 돌이켜 보면 쉽게 이해할 수 있다. 중학생 시절 내가 소설『상록수』를 읽고 그 주인공과 같은 삶을 꿈꾸었듯이 말이다.

서구식 교육은 경쟁을 유도하고 경쟁은 더 큰 경쟁을 초래한다. 한편 경쟁에서 소외된 라다크 아이들은 그동안은 몰랐던 소외감과 결핍을 경험하고 분노와 원한이 생기게 되면서, 그 결과 '배려'를 강조하던 라다크 문화에서는 없었던 폭력이 생겨나게 되었다.

이처럼 서구식 개발의 힘은 라다크인들의 뿌리 깊은 만족감과 편안한 태도를 너무 많이 파괴하는 결과를 가져왔다. 그래서 라다크인으로서 서구식 교육을 받고 서구 문화에 대한 균형 잡힌 시각을 갖게 된 지식인들이나 저자와 같은 서구의 환경운동가들에서부터 점차 반성이 시작되었고, 라다크를 회복하기 위한 움직임이 생겨났다.

장자는 무하유지향(無何有之鄕)을 이야기했다. 무하유지향 은 '있는 것은 아무것도 없는 마을'이라는 장자가 추구한 무위자연의 이상향이었다. 그 이상향의 기본적인 조건에는 '사유십백기이불용(使有什伯之器而不用)'이 있다. 물론 소국과민(小國寡民), 즉 작은 나라에 백성의 수도 적어야 한다는 전제가 있었지만 기계가 있어도 쓸 일이 없는 사회였다.

문명이라는 것, 개발이라는 것, 과학과 기술에 대한 무한한 믿음과 서구에 대한 잘못된 이미지를 소위 '개발 속임수' 이다. 서로가 아닌 각자를 위해 공부하는 교육체계는 경쟁을 유도하고 경쟁은 더 큰 경쟁을 초래했으며 한편 경쟁에서 소외된 아이들은 그동안은 몰랐던 소외감과 결핍을 경험하고 분노와 원한이 생기게 된 것이다. 안정된 공동체는 개인에게 유대감과 안정감을 제공한다. 이런 공동체에서는 성숙하고 균형 잡힌 개인들을 만들어 내고, 그들은 산업사회의 우리보다 훨씬 편안하고 대범하다. 우리를 서로 연결시켜 주는 힘들이 모여 건강한 사회를 형성할 수 있으며, 그런 사회는 우리 자신과 지구를 치유할 수 있다는 미래의 가능성을 보여 준다. 『오래된 미래』를 읽으면서 지역의 문화가 개인을 형성하는 데 결정적인 역할을 한다는 것을 생각했다. 종말이 아닌 지속가능한 삶을 이야기할 때 우리는 스스로를 구원할 수 있다는 것도, 그러한 미래는 이미 과거에 있었다는 것도 말이다. 인간이 어우러져 살아가는 공동체에 가장 큰 영향을 미치는 것은 환경이 아닌 소박한 염력이었다. 염력은 겸손을 바탕으로 한 종교의 범주와 한계를 넘어서는 포괄적인 의미였다.

무신론자를 위한 변명

행운의 주인공

　도착한 지점에서 종말을 생각하고 미래를 건너가 보는 동안에도 아직 골인선에 도착하지 않은 선수들이 있었다. 모두 도착하고서야 오후 늦게 다시 출발했다.

　오후가 되면서 초록의 빛이 사라지고 하늘의 푸른빛과 대지의 붉은빛이 맞닿아 흐른다. 초원지대를 지나 사막지대를 지나고 있는 것이다. 포장도로가 사라지고 흙길을 달린다. 길이 필요치 않았다. 차가 지나면 길이다.

　사막의 여름날은 늦게 저물었다. 저녁을 먹기 위하여 잠시 머물렀다. 얼마만큼을 더 가야 하는지 알 수도 없다. 멀리로 낙타의 무리가 지나간다. 사막에서 처음 만나는 낙타였다. 낙타들이 무리를 지어 가는 곳이 어디인지 궁금했지만 이내 시야에서 멀어져 갔다. 암갈색의 도마뱀들이 모래사막을 기어 다니고 있었다.

저녁을 먹기 전에 주최 측에서 행운의 주인공을 뽑는 행사가 있었다. 몽골의 전통놀이의 일종인 샤가이였다. 샤가이는 짐승의 복사뼈라는 뜻으로 여러 동물뼈의 샤가이가 있지만 보통 양의 복사뼈를 의미하고 길흉을 예측하는 데 사용하기도 한다. 아이들 목에 걸어주어 부적으로도 사용한다. 특히, 늑대의 복사뼈는 나쁜 기운으로부터 보호해 주고 운이 좋다 하여 열쇠고리로 사용하거나 옷에 차고 다니는 사람들도 있다. 예전에는 친한 친구끼리 이를 나누기도 했다.

샤가이는 짐승의 복사뼈를 일종의 주사위처럼 굴려 행운을 점치는 놀이였다. 큐빅 주사위처럼 6면이 아닌 4면이다. 말과 낙타, 양, 염소가 면을 상징하는 동물이다. 말은 멋지고 빠른 동물이지만 낙타처럼 훌륭한 짐꾼은 아니다.

반면, 양의 털은 몽골인의 생활에 중요한 자원이다. 이처럼 각 동물의 쓰임과 가치가 다르다. 주사위의 네 동물 중 어떤 동물이 나오느냐에 따라 특정 상황에서 게임의 향방이 바뀐다. 복사뼈를 많이 가진 2인 이상이 모이면, 형태와 룰을 어떻게 정하느냐에 따라 게임은 얼마든지 복잡하고 다양해진다. 그날의 규칙은 세 번을 굴려 낙타를 상징하는 면이 많이 나오는 사람이 행운의 주인공이 된다고 했다.

나는 결승까지 올랐고 행운의 주인공이 되었다. 놀이기구와 칭기즈칸의 초상화가 그려져 있는 1만 투그릭을 상금으로 받았다. 참고로 몽골에는 동전이 없다고 했다. 일행의 박수를 받으며 행운의 선물을 받았다. 낙타는 그렇게 내 곁에 있었다.

무신론자를 위한 변명

뒷간

저녁을 먹고 출발했지만 얼마만큼의 거리를 더 가야 하는지 알 수 없었다. 자정이 가까워지고 비가 내리고 있었다. 차를 멈추고 천막을 치기 시작했다. 침낭도 준비하지 않았는데 빗물까지 스미는 천막 안에서 잠이 오지 않았다. 두 시간쯤을 천막 안에서 떨다가 견디다 못해 차 안으로 들어갔다. 불편했지만 잠깐이라도 눈을 붙일 수 있었다. 날이 밝기 시작했을 때 무거운 몸으로 밖으로 나간다. 게르 주변에도 없는 화장실이 황량한 벌판에 있을 리가 있겠는가.

사막으로 이동하는 첫날, 시내를 빠져나와 초원으로 이동하면서 곤란한 문제에 직면해야 했다. 화장실이라는 별도의 공간이 없었다. 특히 여성들에게 용변을 해결하는 일은 더욱 어려웠을 것이다. 출발할 때 준비물로 큰 보자기 같은 천을 준비해서 교대해서 가림막을 만들기도 하고 우산을 이용하기도 했다.

우리는 용변을 해결해야 할 때 '오줌이 마련다'라고 표현한다. 그럼 '마렵다'라는 말은 어디에서 연유한 것인가? 몽골에서는 이 같은 상황일 때 '말보고 싶다'라고 말한다. 게르에서 떨어진 곳에서 용변을 보려니 말을 타고 나가기도 했을 것이다. 대변과 소변을 큰 말과 작은 말로 구분하면서 말이다.

음식이 바뀌고 잠자리도 편하지 못하였고 더구나 주위를 둘러보며 용변을 보는 것은 순탄치도 않았고 불편했다. 아무튼 사막의 주거시설인 게르 주변에는 화장실이 없다. 아예 화장실의 형체가 없다고 봐야 한다. 화장실이 없는 것은 물론 나무나 바위와 같이 가릴 것이라고는 하나도 보이지 않는 그곳에서 나는 문득 오래된 속담 하나가 생각났다.

'뒷간과 처가는 멀수록 좋다'라는 속담이었다. 화장실이 별도로 없는 사막지역에서 남성과 여성의 차이 나는 불편을 분명히 목격하면서였다. 또 다른 한 가지는 몽골이나 에스키모 인들이 외부에서 손님이 오면 아내와 동침시키는 풍습이 오래전에 있었다는 것을 생각했다. 어찌보면 사람이 귀한 곳에서 사는 사람들이니 종족보존이 정조보다 더 중요한 덕목으로 치부될 수 있었을 것이었다. 근친혼을 막고 우수한 유전자를 얻기 위한 방편이었을 것이다.

전쟁과 약탈이 횡행했던 사막의 유목민에게 여성의 존재감은 미약했다. 부족 간의 전쟁이나 사냥에서 남편을 잃은 여성은 다른 남자나 여자가 보호해 주지 않으면 살아나갈 수가 없다. 그들 사회에서 아직까지 유지되고 있는 일부다처제는 도덕이나 윤리의 문제가 아닌 생존의 한 방편이었다고도 볼 수 있는 것이다. 끝없는 들판을 앞에 두고 큰 말

무신론자를 위한 변명

을 보려고 앉아 있으면서 이제 잊혀져 가는 속담과 몽골 사람들과 베드윈족의 옛 풍속을, 그리고 이 시대를 살아가는 우리네 사내들의 초라한 모습을 생각했다.

쿠데타를 통해 새로운 국가를 세운 이성계는 명나라와 주종관계를 바탕으로 유교를 통치이념으로 받아들였다. 공자는 유교를 통해 충효의 중요성을 강조했다. 이는 수평적인 소통보다는 수직적 간섭이나 복종을 바탕으로 한 것이었다. 그가 평생 권력을 지향한 것도 수직의 계급주의를 바탕으로 한 단면이었을 것이다.

이를 토대로 공자가 주장한 도덕이라는 것을 삐뚜름한 눈으로 보면 보통사람을 위한 도덕이 아닌 양반을 위한, 권력자를 위한 도덕이었다. 심지어는 산자를 위한 도덕이 아닌 죽은 자를 위한 도덕'이랄 수도 있었다.

더하여 남녀의 본질(여자의 몸을 빌어 태어난 남자들은 여자의 인정을 갈구하는 존재라는)을 꿰뚫은, 현명했던 옛사람들은 남자를 위한 도덕적 기반을 구축하였다. 초등학교 시절 달달 외웠던 국민교육헌장처럼 '칠거지악'을 제정 공표하였고 삼종지도(三從之道)의 교리를 설파하였다. '시앗을 보면 길가의 돌부처도 돌아앉는다'라는 처연한 현실을 인정하면서도 자신들의 권위와 편의를 위해 질투를 금기시했던 영악한 양반들이었다. 어찌 보면 종족 보존을 위해 아내를 낯선 손님에게까지 내주어야 했던 몽골 사람들과는 생판 다른 남자의 권위를 한껏 누린 우리 조상들이었다.

처가는 그렇다 치고 왜 뒷간까지 멀어야 좋다는 속담까지 만들어 오늘날 후손에게 물려줬을까? 대부분의 사람들은 당연히 지저분하고 냄새가 심하니 그랬을 거라고 생각할 것이다. 친정이 가까우면 기가 살아 시집살이를 제대로 할 수 없을 거라는 예상과 같이 뒷간이 가까우면 여자들의 기를 살리는 요인이 될 수 있음을 우리 조상들은 일찍이 간파하였던 것이다.

과거 농경사회에서는 뒷간은 대부분 본채에서 떨어진 한쪽 구석에 배치한 공간이었다. 그렇게 뒷간을 배치한 것은 여러 이유가 있었을 것이다. 당연히 이유가 있었기 때문에 쓸데없이 속담으로까지 만들어 후세사람들에게 전할 필요 또한 있었을 것이다.

그러나 속담으로까지 만들어 후세 사람들에게 경고한 배경에는 분명한 이유가 있었을 것이다. 그런데 어리석은 이 시대의 사내들은 이제 가까워진 정도가 아니라 아예 안방에까지 끌어들이는 우를 범하였다.

사막에서 느꼈던 것처럼 생리적인 문제를 해결하는 두 가지 중 한 가지 방법에서 남자의 우월성은 시작된다. 즉 '서서' 해결할 수 있다는 것은 매번 앉아서 해결해야 하는 것보다 상대적인 우월감을 가져도 될 만큼의 장점이 있다.

물론 이것은 뒷간이 멀었던 과거의 이야기이다. 사막지대는 화장실이라는 형체조차도 없지만, 오래전 과거에는 지붕마저 없었다는 우리의 전통적인 뒷간은 여름에는 여름대로 겨울은 겨울대로 한번씩 드나들 때마다 고통 그 자체였을 것이다. 사막지대처럼 사람이 많지 않았다면 그런 문제가 없었을 것이다.

그런데 보는 사람들의 눈길을 의식해야 했으니 반드시 별도의 공간이 필요했다. 물론 저녁에는 요강이라는 것이 있어 방 안에서 해결하기도 했지만 여자들의 경우에는 매번 뒷간을 사용해야 했다.

여름에는 사방이 막힌 공간이 주는 열기와 냄새, 제철을 만난 숱한 생명들의 포복활동은 역겨움과 혐오감을 갖기에 충분했고 겨울에는 노출된 부위가 얼어 버릴 것 같은 한기가 있던 공간이었다.

지금처럼 몸에 달라붙는 소재의 간단한 차림이 아닌 복장이었기에, 벨트나 탄력 있는 스판덱스가 아닌 그저 '허리띠'라고 불리는 끈으로 묶고 푸는 것 이었기에 시작과 마무리 또한 번잡스러운 일이었다.

더하여 가임기 여성들이 매달 한 번씩 치루는 행사는 근래에 들어 상용화된 편리한 일회용이 아니었기에 그 번잡스러움은 말할 것도 없었다. 빨랫줄에 올리는 것도 숨겨야 했을 정도이니 말이다. 이에 비하여 농경시대의 남자들은 작은 것을 해결하기 위하여 뒷간을 사용하는 경우가 거의 없었고 집안 구석에 별도의 용기를 비치하여 간이로 사용하거나 호박구덩이나 텃밭을 이용하거나 돌담 등의 은폐물을 이용하기도 하였다.

그 대신 농경시대의 여인네들은 길쌈과 빨래 등 엄청난 양의 가사노동과 더불어 농사일에 매달려야 했고 이에 더하여 멀게 배치한 뒷간으로 인하여 딴생각을 할 여력이 없었을 것이라고 봐야 한다. 요즘처럼 자녀교육에 매달릴 만큼 시간적으로나 경제적으로 여력이 없었고 엄청난 양의 노동을 통한 인내심과 수고로움이 자녀교육의 전부였다고 해도 과언이 아니다.

그러나 오늘날은 어떠한가? 식습관의 변화로 주방에서 소비되는 시간과 세탁 등의 가사노동은 절대적으로 감소하였고 집 안으로만이 아닌 방 안으로까지 끌어들인 뒷간으로 인하여 이제 남자의 우월성은 사라진 것과 마찬가지이다. 거기에다가 일부 가정에서는 위생과 청결을 고려하여 남자도 똑 같이 앉아서 해결하게 하는 것이 보편화되어 가고 있다.

오늘날 대세는 오래전 석기시대처럼 모계사회화 되어 가고 있다는 것이다. 아비 없는 자식을 낳아 키우겠다는 처녀들도 있으니 말이다. 아내의 불륜을 확인하고도 내치지 못하는 일부 이 시대의 사내들, 아내의 속옷을 가져와 불륜의 증거를 찾아봐 주라는 불쌍한 사내들. 이제 과거에 누렸던 사내들의 권력은 다 흘러간 옛일이 되었다.

최근 보도 자료에 의하면 아내의 외도 때문에 이혼 상담을 한 남편들이 4년 사이 90% 가까이 늘어난 것으로, 아내의 폭언이나 폭력을 호소하는 남편 역시 같은 기간 180% 이상 늘었다고 보도됐다. 이를 두고 시대 흐름에 따라 가정 내 전통적인 남녀 역할이 변하면서 가정 내 갈등에 대처하는 아내들의 행동 양식이 '인내'에서 '일탈'로 변화하고 있다는 분석기사가 나왔다.

나이가 들어 직업이 없이 백수로 생활하는 사내들이 늘어나면서 아내로부터 맞는 남편들이 증가하고 있다고 한다. 물론 전에도 그런 일이 있었지만 창피해서 신고하지 못했던 남편들이 이제는 신고를 하기 시작했고 그 수는 증가하고 있다. 앞으로 더 증가할 것이라고 예측도 할 수 있다. 아마도 아직은 이곳 사막지대에서는 그런 일이 없을 것이다. 인간의 본성을 외면한 이데올로기의 폐해라면 폐해랄 수 있을 것이다.

아침에 일어나 화장실이 아니 들판으로 나가면서 우리의 속담과 몽골의 풍습을 생각하다가 너무 생각이 깊어졌던가. 속이 편하지 않다. 나는 실내에 있는 화장실을 좋아하지 않는다. 가끔은 사무실에서 근무하다가 바로 옆에 있는 화장실보다는 산책로가 있는 숲으로 나가려는 자신을 발견하고 놀라기도 한다. 시골에서 자란 탓인지 어려서부터의 습관이기도 하고 한편으로는 갑갑하기도 하고 또 자연에 거름을 보탠다는 생각 때문이기도 하다. 또한 가외의 물을 소비해야 하고 물을 오염도 시킨다는 개인적인 생각 때문이기도 하다.

배설의 쾌감을 크게 느끼지도, 몸도 그다지 편하지 않았지만 사방이 펼쳐진 곳에서 배설하고 싶던 쾌감을 오랜만에 만끽했다. 동행한 여성들이 불편해하는 것을 보면서 오래전에 가졌던 남자의 우월감을 잠시 맛보기도 했다. 그런데 여성들도 점점 그 작은 불편함을 즐겨 가는 것 같기도 했다.

늑대토템

피곤한 몸을 씻지도 못하고 아침을 대략 초원에서 때우고 출발했다. 사막 군데군데로 시추공이 서있고 도로 포장공사가 진행되고 있다. 몽골은 사막지대이지만 석탄 등 지하자원이 풍부한 곳이다. 지난 80년, 시장경제로의 전환을 추진했고 92년 1월 헌법 개정을 통해 공식적으로 자본주의 체제로 전환했다. 소련이 붕괴되면서 원조도 소멸되었고 당시 통치자들은 국내 자원에 대한 개방정책을 펼쳤다. 이러한 개방정책은 가시적으로 양적성장의 모습을 보여주었지만 그에 따른 부작용도 생겨났다.

몽골의 주요 수출품이 동정광(구리 원광), 금, 석탄 등 광물이라는 점에서 알 수 있듯이 광산 산업은 몽골 경제의 90%를 차지하고 있다. 대다수의 광산은 현재 영국 등 외국 기업이 소유하고 있다.

사금 등 광물을 채취하는 과정에서 필연적으로 물이 오염되고 이로 인해 유목민 사회가 큰 혼란을 겪고 있다고 한다. 산림벌채와 호수 주변 갈대의 사료화로 담수의 증발량이 많아지고 광산개발에 의한 수원 차단 등으로 초원을 떠나야 하는 유목민의 수는 증가하고 있다. 지난 90년대에는 엉기강을 따라 6만 명이 100만 마리의 가축을 돌봤다는 데 근래에 들어서는 돌보는 사람이 5만 명에 돌보는 가축은 60만 마리로 감소했다고 한다.

한나절을 달렸을 때 산이 보이기 시작한다. 하루 한나절을 달려서야 산의 윤곽을 본 것이다. 마치 외계에서 지구로 귀환한 것 같은 위안을 주었고 손오공이 삼장 법사를 모시고 천축에 들어선 느낌이다. 몽골말로 작은 동네는 솜이라고 한다. 솜과는 다른 규모가 큰 도시가 보인다. 달란자가드, 고비의 가장 큰 도시이다. 사막에 세워진 도시이니 황량하기는 했지만 차에 기름도 넣었고 음료수며 간식도 샀다. 도시의 외곽에는 비행장도 있다. 활주로는 초원 그대로다. 점심 무렵 게르촌에 도착하여 샤워를 하고 점심을 먹었다. 오후에는 율린암 지역으로 출발한다.

달란자가드 서쪽 46km 지점에 있는 율린암은 대머리독수리가 많이 사는 곳이라 '독수리 계곡'으로도 불린다 했다. 우랄알타이 산맥의 입구에 해당하여 독수리의 입이라고도 한다. 몽골어로 '율'은 독수리를 뜻한다. 입구에는 매표소가 있고 작은 자연사박물관이 있다. 박물관도 관람할 것 같아 먼저 들어왔는데 일행은 들어오지 않았다. 주로 동물들의 박제가 전시되어 있었고, 사진을 한 장 찍었다. 날카로운 아랫니를 지니고 있는 늑대였다.

그렇다. 이곳에는 늑대가 있었다. 우리나라에서는 오래전에 멸종된 늑대가 말이다. 그런데 안타깝게도 몽골에서도 곧 멸종될 위기에 처해 있다.

'늑대 같은 놈'이라는 말은 흔히 사내들을 중심으로 야만적이고 부도덕한 의미로 늑대를 이야기하지만, 사실 늑대는 정조와 가족애가 뛰어난 것은 물론 생태계의 조절자로서의 역할도 한다. 먹이사슬의 상위 계층에 위치하면서 하위계층의 균형을 유지하는 중요한 역할을 담당했던 것이다.

무리로 사는 동물들이 대부분 마찬가지이지만 늑대들은 특히 정연한 서열을 통해 질서를 유지한다. 질서를 유지하는 방법은 몸짓과 소리를 통해서이고 이러한 소통방법을 통해 그 어떤 동물집단보다 강력한 질서체계를 유지한다는 것이다. 인간들 사회에서 늘 소통이 화두가 되기도 하는데 늑대는 말을 하지 않고도 그들만의 소통방법을 통해 서열을 표현하고 유지한다고 했다.

한반도에서의 늑대 멸종은 생물종 하나가 사라진 그 이상의 의미를 갖고 있다. 늑대가 없어진 이후 한반도의 생태계는 줄곧 '반쪽 모습'이다. 근래에 고라니나 멧돼지의 개체 수가 급격히 증가하는 이유도 이와 무관하지 않을 것이다.

사막의 삶, 생태계는 단순 그 자체이다. 그러므로 먹이사슬을 쉽게

무신론자를 위한 변명

설명할 수 있다. 초원의 풀은 생산자이고 그다음부터는 소비자이다. 물론 먹이사슬 속에 분해자도 포함되지만 사막에서 분해자의 역할은 미미하다. 분해할 대상이 없는 것은 물론 건조하기 때문이다. 풀을 먹는 메뚜기는 잠자리, 여치 등에게 먹히고 잠자리, 여치 들은 도마뱀, 박쥐 등에게 먹 힌다. 다시 그것들은 뱀, 여우 등에게 먹힌다. 뱀, 여우 등의 위로는 늑대가 있다. 인간이 없다면 이러한 먹이사슬은 자연스럽게 유지된다. 혹한이나 가뭄 등 특별한 자연재해를 제외한다면 말이다.

그러나 인간들은 이 먹이사슬에 인위를 개입시킨다. 개체의 생존에 필요한 것은 물론 잉여를 도모하는 유일한 존재가 인간이기 때문이다. 인간은 자기가 필요한 것 이상으로 욕망을 도모하는 유일한 동물이다.

인간은 오랜 시간 늑대와 대척하였다. 그러나 본래 사막에 살던 유목인들은 자신들을 '늑대의 후예'라 믿었다. 늑대의 성정을 닮은 징기스칸을 숭모했다. 늑대토템인 것이다. 그러나 그것은 인간의 욕심 앞에서 무력했다. 강대국 미국의 군사력에 저항하는 IS처럼 초원의 어딘가에는 늑대가 있었지만 이제 멸종상태다. 늑대들과 공존하기에는 인간의 도량이 너무 작았다.

『늑대토템』이라는 책을 읽은 것은 사막에 가기 전이었다. 저자인 장룽은 중국 문화혁명 당시 네이멍구 올란 초원에서 정신개조와 노동봉사를 하기 위해 스스로 하방되어 7년간 초원 민족과 늑대를 관찰하게 된다. 그도 처음에는 늑대들을 인민의 적으로만 생각하고 모조리 토벌해야 한다고 생각했을 것이다.

그러나 저자는 그곳에서 늑대를 관찰하면서 『시튼 동물기』에서의 '늑대왕 로보'처럼 늑대의 가족애와 조직력에 감탄하고 경외하게 된다. 늑대의 생존 전략과 전투 전략을 선비와 몽골, 거란, 여진 등 초원 유목 민족들이 자신들의 생존과 전투에 그대로 응용해 왔다는 역사적 사실들을 깨닫고는 몽골 늑대들에게 흠뻑 빠지고 만 것이다.

그 후 베이징에서 20년간 늑대에 관해 연구하고 7년 동안 이야기를 썼다. 이야기 중에 늑대 보호와 연구를 위해 새끼늑대를 생포해서 키웠던 이야기도 나온다. 그러나 그 행위가 늑대에게는 억압이자 탄압, 고통이라는 사실을 깨닫고 통렬하게 반성한다. 인간이 아무리 애정을 쏟아도 늑대는 자기 영역을 양보하지 않고 광야로 돌아가고 싶은 야성을 잃지 않으며, 그 어떤 위협의 순간에도 존엄성을 끝까지 포기하지 않았다. 늑대는 길들일 수 없다는 몽골인들의 말은 사실이었다는 것과 이 세상 어떤 서커스단에도 늑대는 없었다는 것을, 또한 인간과 자연의 교감과 순리적인 순환이 초원의 지배자며 관리자인 늑대에 의해서 이루어진다는 진리를 늙은 몽골 노인의 지혜를 빌어 전해 준다. 그는 이렇게 말했다.

"초원 민족이 지키려는 것은 큰 생명체이다. 그래서 그들은 초원과 자연의 생명이 사람의 생명보다 더 소중하다고 생각한다. 그러나 농경민족이 지키고자 하는 것은 작은 생명체이다. 그러므로 이 세상에서 가장 소중한 것은 사람의 목숨이라고 믿는다. 하지만 큰 생명체가 사라지면 작은 생명체도 전부 죽게 된다…… 만약 큰 생명체의 입장에서 본다면 농경민족은 대량으로 화전을 일구고 황무지를 개간하면서 초원과 자연이라는 큰 생명체를 파괴했고 인류라는 작은 생명체까지도 위협했으니 이야말로 더 야만스러운 행동이 아니겠는가."

　그의 늑대 이야기를 읽으면서 나는 가슴을 쳤다. 그가 눈도 뜨기 전에 데려다 길렀다는 새끼늑대의 본성을 만나면서는 강자 앞에서도 절대 무릎을 꿇지 않고 길들여지지 않는 그들의 정신에 소름이 돋기도 했다. 그러나 초원의 최강자로 언제까지나 군림할 것만 같았던 그들도 인간의 무자비한 횡포와 공격 앞에 설 땅을 잃어버렸다. 그 결과 가젤도 초원도 사라져가는 그곳은 황폐한 사막으로 변해 가고 있었다. 박제된 늑대를 보며 잠시 상념에 빠져들었다.

　이제 율링암으로 출발, 협곡을 지난다. 차에서 내려 개울물을 따라 내려간다. 날카로운 바위들이 협곡을 이루고 독수리들이 푸른 하늘을 난다. 누운 향나무들이 군락을 이루고 초원지대를 이루고 있다.

　하늘을 찌를 듯이 치솟은 바위 골짜기 사이로 1m가 넘는 두께의 얼음이 연중 내내 녹지 않고 있다. 40도가 넘는 고비평원을 달려와서 느끼는 얼음계곡의 시원함과 신비로움은 고비사막의 또 다른 경이로움이었다. 그곳에 있는 많은 새앙토끼들이 다람쥐처럼 귀여웠다.

　뜨거운 태양 아래 야생화가 한 무더기 피어 있고 졸졸거리며 시냇물이 흐르고 소들이 풀을 뜯고 많은 새앙토끼들이 평화롭게 사는 곳, 아쉬움으로 그곳을 떠났다.

사막의 무지개

이틀째 경주를 하고 있다. 점심나절이니 사막의 태양이 이글거린다. 계곡에서 모래가 흘러내린 길을 달린다. 발목이 모래에 빠져들어 초원을 달리는 것보다 힘이 들었다. 그래도 습도가 낮아 땀이 흐를 정도는 아니니 위안이 된다.

20km쯤 달렸을 때 간식이 준비되어 있었다. 스파게티 같은 칼국수에 양고기가 고명이었다. 입은 단내가 날 정도로 서걱거리고, 음식을 입에 넣을 수 없었다. 달리기 위해서는 억지로라도 먹어야 한다고 생각했지만 음식이 비위에 맞지 않아 물만 한 모금 마시고 다시 달리기 시작했다. 달려야 한다는 압박감이 있을 뿐 정신은 맑아지는 느낌이다.

긴 언덕을 넘었다. 사막 저 건너 초원지대와 호수가 보인다. 와! 사막에 호수가 있다니! 영락없는 호수다. 물결이 이는 모습도 보이고 호수 주변으로 푸른 초원지대도 보인다.

무신론자를 위한 변명

그러나 호수는 다가갈수록 가까워지는 것이 아닌 그만큼의 거리로 물러나고 있었다. 신기루라는 것은 거의 탈진 상태에서 보여지는 것이라고 생각한 까닭에 신기루라고 생각할 수가 없었다. 그러나 그것은 신기루였다. 정신이 멀쩡한 데도 신기루가 나타난다는 것이 신비롭고 신기했다. 후에 안 것이지만 지열이 오르면서 그런 모습을 보인다고 했다. 나의 삶에도 신기루가 있었던가?

이제 골인 지점이 가까워지고 신기루는 더 확연히 저 앞에 있다. 먼 길을 달려 골인점이다. 골인점에 들어왔을 때 진행본부에서 혈압을 체크한다. 혈압이 낮은 상태라며 맥주라도 마시라고 한다. 한 번도 들어보지 못한 말이라서 의아했고 그런 처방도 낯설었다. 이틀 째에도 순위는 상위 그룹을 유지했다.

동쪽 하늘을 보니 쌍무지개가 떠 있다. 어린 시절 잠시 소낙비가 그치고 검은 하늘에 무지개가 뜨면 가슴이 뛰곤 했었다. 무지개를 손으로 만져 보려 멀리 가 보고 싶었다.

북반구 고위도에서의 길고 긴 여름날 광활한 초원에 뜨는 완벽한 반원형의 무지개, 탈진상태의 몸이었지만 이제 어른이 되어 초원에 세워진 무지개를 보며 마음은 어린 시절로 돌아가고 있었다. 워즈워드의 〈무지개〉라는 시가 생각났다.

하늘의 무지개를 볼 때마다

내 가슴 설레느니.

나 어린 시절에 그러했고 어른이 된 지금도 그러하며

쉰 예순에도 그렇지 못하다면

차라리 죽음이 나으리.

어린이는 어른의 아버지

바라노니 나의 하루하루가

나의 생애가 자연에 대한 경건한 마음으로

하루하루 이어지기를.

마지막 주자가 들어오고 다시 이동준비를 하고 출발했다. 날이 저물면서 신기루는 사라져 가고 신기루처럼 보였던 호수는 황량한 사막지대였다. 선두차량이 멈춰 선다. 여러 대의 차량이 함께 이동하다 보니 길이 어긋난 것 같았다. 많은 시간을 기다려야 했다. 작은 촌락의 식당에서 라면으로 저녁을 해결해야 했다. 밤 10시가 지나서야 다시 출발했다.

사막의 하늘에 별이 반짝인다. 북두칠성이 선명하다. 이동 중에 차가 멈출 때마다 차에서 내려 밤하늘의 별을 올려다보았다. 어린 시절부터 밤하늘의 별을 볼 때마다 참 신비하고 예쁘다는 생각을 했다. 별이라는 이름도 마찬가지다. 자정이 지난 시간, 오늘의 목적지에 도착하려면 얼마만큼 더 가야 하는지 알 수 없었다. 길을 찾지 못하니 그랬다.

그곳에서 은하수를 보았다. 반짝거리며 시냇물처럼 흐르는, 은하수

무신론자를 위한 변명

는 여름철에 주로 볼 수 있지만 이제 우리나라에서는 쉽게 볼 수 없다. 인공의 불빛이 깊은 산골까지 스며들었고 밤의 습도가 높기 때문이다.

그러나 이곳에서 사흘 밤을 지나면서 목이 아프도록 별을 보았다. 불빛이 전혀 없고, 하현달로 새벽녘에나 달이 떠오르니 그렇게 많이 반짝이는 별을 볼 수 있었을 것이다. 자정이 지나면서 이동행렬이 자주 멈추었다. 길을 잃었다고 했다. 선두 차의 운전기사는 별을 보고 방향을 잡는다고 했다.

오래전 뱃사람들이 망망한 바다에서 별을 보고 방향을 잡았다는 이야기가 생각났다. 사막에서는 나침반은 필요할 수 있지만 내비게이션은 무용지물이 된다. 인위의 것들이 없기 때문이다. 낮에는 두 발로 달리고 밤에는 차로 달린다. 쉬어야 내일 또 달릴 수 있는데, 몸도 마음도 지쳐 간다.

사막을 건너가는 여섯 가지 방법

고비는 몽골어로 '황량한 땅 또는 사막'이라는 뜻이다. 그러니 고비사막이라는 것은 '축구차다'는 것처럼 잘못된 표현일 수도 있다. 영어로 '고비(Corvee)'는 봉건 시대에 영주가 공익사업을 위해 백성들에게 부과한 강제 노역, 즉 부역이다. '죽을 고비를 넘겼다'라는 말은 '강제 노역의 어려운 시련을 넘겼다'는 뜻이다. 흔히 삶에는 고비가 있다고 표현하기도 한다.

이곳, 고비에 오기 전 오래전에 읽고 책꽂이에 꽂아 두었던 책을 한 권 꺼내 여행 가방에 넣었다. 인생은 갈 길이 뚜렷하게 보이는 산이라기보다는 어디로 가야 할지 막막한 사막을 더 닮았다는, 스티브 도나휴가 쓴『사막을 건너는 여섯 가지 방법』이라는 책이었다.

이야기의 주인공인 그는 사막을 직접 여행하면서 어려운 고비를 만나고 이를 헤쳐 나가는 여섯 가지 방법을 제시한다. 살다 보면 길을 잃

무신론자를 위한 변명

을 때도 있고, 오도 가도 못하는 상황에 빠지기도 하며, 신기루를 쫓기도 한다. 깊은 낭떠러지를 만나기도 한다. 그것은 마치 사막을 건너는 것과 같다.

특히 인생이 불확실해 보이고 앞을 내다볼 수 없을 때, 계획과 경험과 준비가 그다지 도움이 되지 않을 때 더욱 그러하다. 산을 오르는 법은 이제 머리에서 지우고 사막을 건너는 법을 배우라고 조언한다. 비행기 안에서 책을 다시 읽으며 그가 말한 여섯 가지를 간단하게 메모해서 사막에 갔다.

첫째는 '지도보다는 방향을 가르쳐주는 내면의 나침반을 따라가라'이다. 사막에 보이는 목표란 없다. 끝없는 모래와 자갈밭을 헤쳐가려면 지도가 아니라 나침반이 필요하다는 것, 그것은 마음속에서 찾아야 할, 살아가는 방법 또는 존재하는 방법이다. 내면의 나침반이 가리키는 방향을 알 수 있다면 길을 잃었을 때도, 지도가 없는 곳에서도 계속 앞으로 나아갈 수 있다는, 방향이 올바르다면 목표가 아니라 사막을 건너는 여정 자체에 중점을 둘 수 있다는 의미이리라.

둘째는 '오아시스를 만날 때마다 쉬어 가라'라는 말이다. 사람들은 이 일을 마치면, 이 프로젝트를 끝내고 나면, 시간이 날 거라고 생각하며 오아시스를 지나친다. 그러나 사막은 한없이 계속된다. 여가 시간과 주말, 사교의 시간을 빼앗는 핸드폰과 이메일로부터 해방되라고, 오아시스에서는 지금 올바른 방향으로 나아가고 있는지 점검할 수 있고, 사막을 건너는 일에만 몰입하느라 소홀히 했던 부분을 보충할 수 있어야 한다. 나에게 필요한 사색의 오아시스, 친교의 오아시스, 반항의 오아시스, 대화의 오아시스를 찾으라고 한다.

셋째는 '모래에 빠지면 바퀴의 바람을 빼라'이다. 정체상태에 빠지면 자신만만한 자아에서 공기를 조금 빼내어야 다시 움직일 수 있다. 인생을 살면서 바람을 빼야 할 때 부끄러워하지 말라는 의미와 같다. 바람을 빼면 막힌 상황에서 벗어나 다시 여행길에 오를 수 있기 때문이다. 지나친 자의식 때문에 춤추기를 두려워하는 사람이 얼마나 많은가? 누구도 어리숙해 보이는 것을 좋아하지 않는다. 예전에 효과가 있었던 방법이 더 이상 먹히지 않을 때, 그 자리에 잠시 멈춰 자아(自我)에서 공기를 조금만 빼면 수많은 즐거움이 기다리고 있다.

넷째는 '필요할 때는 도움을 요청해라'이다. 사막을 건너는 것은 고독과 외로움, 다른 사람과 함께하는 것 사이에서 춤을 추는 것이다. 인생의 사막에서는 때때로 다른 차에 깃발을 흔들어 도움을 요청해야 한다. 모든 일을 혼자 하려다 결국 구조를 받아야 할 상황에 처하기 전에 먼저 도움을 요청하라. 알코올 중독, 이혼, 만성질환 등 위기에 빠지면 각종 지원 단체에 손을 뻗어라. 그러나 어느 누구도 나대신 사막을 건너 줄 수는 없다. 가끔은 하늘과 맞닿은 은자의 처소에서 혼자만의 시간을 가질 때 내면의 나침반이 가리키는 방향을 느낄 수 있다.

다섯째는 '새로운 세상을 경험하기 위해 안전한 캠프에서 한 걸음 벗어나라'이다. 안전하고 따뜻한 캠프파이어가 비추는 것은 진짜 세상의 일부분에 불과하다. 자리를 박차고 일어나 사막의 깜깜한 어둠으로 나아가면 새로운 세상이 기다리고 있다. 고통스러운 현실은 최소한 예상

무신론자를 위한 변명

은 할 수 있으므로 사막의 어둠보다는 덜 무섭다. 그래서 지겹고 스트레스로 가득 찬 직장 생활을 계속하고, 불행한 관계도 참고 견디며, 낡은 습관을 고수한다. 우리는 사막의 어둠으로 나아가기에는 항상 준비가 되어 있지 않다. 그러나 사막을 건너기 위해 우리는 준비되지 않은 삶에 익숙해져야만 한다.

마지막 여섯째는 '열정을 가로막는 두려움, 불안감의 국경에서 멈추지 말라.'이다. 하고 싶은 공부를 하기에는 나이가 너무 많다는 걱정, 하고 싶은 일 때문에 멀리 이사를 가면 부모님을 버리는 것이라는 죄책감, 가족을 떠나 혼자 생활하는 것에 대한 막연한 두려움 등 마음속 열정을 가로막는 허상의 국경에서 멈추지 말라는 것이다. 그러나 사막에는 허상의 국경만이 아니라 하나의 여행을 마감하는 진정한 경계선도 있다. 진정한 경계선을 건너고 나면 또다시 새로운 여행이 시작된다는 의미이기도 하다.

나에게도 사막보다 더 거친 고비가 있었던 시절이 있었다. 일찍이 공자님은 나이 사십을 '不惑之年'이라고 표현하였다. 우리가 흔히 말하는 불혹의 의미는 부질없이 망설이거나 무엇에 마음이 홀리거나 하지 않는 것이다.

그러면 일찍이 공자님은 왜 사십의 나이를 불혹이라고 표현하였을까? 불경스럽게도 천하의 공자님도 사십대쯤엔 부질없이 망설여야 했고 무엇인가에 홀리는 일이 너무나 많았을 거라는, 그러기에 오늘날 흔들리며 사는 사십대들에게 던진 역설적인 표현이 아니었을까 하는 생각을 한다.

사십대뿐만 아니라 중·장년의 남성들에게 '살아가면서 가장 큰 정신적인 고통은 무엇이겠는가?'라는 질문을 던졌을 때 다대수의 사람들은 첫째는 배우자의 상실이고 두 번째는 실직으로 직업을 바꾸는 것이라고 답변하였다. '평생직장'이라는 말은 산업화 시대의 미덕이었다. 그래서 그 시대를 지나온 기성세대들은 직업을 잃는다거나 그 여파로 직업을 바꾼다는 것에 엄청난 중압감을 가지게 되었을 것이다. 물론 두 가지 전부 크게 의식하지 못하고 살아가는 사람들도 있을 것이지만 '사오정'이란 말도 진부한 말이 되었을 정도로 평생직장은 이제 옛말이 되어 간다.

누구나의 삶이든 살아가면서 삶의 모습이나 방향을 바꾸어야 하는 순간이 온다. 그러한 것을 뭉뚱그려 변화라고 한다면 변화는 바람과도 같다. 가슴 저 밑바닥, 내 안에서 생겨나기도 하고 바다에서 때로는 산맥을 넘어 불어오기도 한다. 상황이나 타인의 강제적인 의도가 개입된, 외부에서 이는 바람은 혼란과 번민을 함께 몰고 오기도 한다.

40대 중반, 삶이 바위처럼 무거울 나이에 직업을 바꾸어야 하는 변화의 바람을 맞고 나는 서 있었다. 어버이를 모시는 자식으로서, 지엄한 아내를 받드는 지아비로서, 자식을 키우는 아비로서의 여러 가지 바람이 있었지만 가장 무거운 짐은 아비로서의 짐이었다. 아니 그보다는 자신의 정체성 때문에 두려워하고 괴로워했을 것이다.

직업군인이었을 때 정체성은 단순하다. 전투모와 군복에 붙었던 계급장을 자신의 정체성처럼 착각하거나 인식 하였기 때문이다. 사실 계급장이 정체성이 될 수 없는 것인데도 오랜 시간 정형화된 모습을 곧 정체성으로 간주하는 어리석음에 빠지기도 한다. 직업군인, 특히 장교들은 전역하기 전, 자신의 최종계급에 만족하는 사람이 거의 없다.

그러나 군복을 벗는 순간 만족하지 못했던 최종계급마저도 자신의 모습이 될 수 없다는 것을 깨닫는 데 많은 시간이 필요치 않는다. 그래서 군복을 입고 있을 때는 말할 것도 없고 군복을 벗은 후에 더 깊은 피해의식의 늪을 온전히 벗어나지못한다. 특히 자식들에게 비춰질 자신의 모습 때문에 힘든 시간을 견뎌야 한다. 자식들에게 아버지의 몫을 생각하기 전에 자신을 추스르는 데 더 많은 갈등으로 힘들어 하는 것이다.

대부분의 아이를 키우는 부모들은 삶의 가장 소중한 것으로 아이를 키우는 것을 꼽는다. 아이들을 키우는 일이 인생의 전부라고도 말한다. 과거와 달리 부모의 권위는 북극의 빙하처럼 소리 없이 무너져 내리고 보살핌의 영역과 역할은 범위를 확장해 가고 있다. 양육의 의무감에서 벗어나는, 산의 정상에 올라 '야호' 소리를 외치듯이 홀가분한 상황으로 소리를 외칠 순간은 멀고 흐릿하다.

사십대 중반을 넘어가면서 첫 번째로 나에게 불어 닥친 바람은 직업을 바꿔야 하는 전직이었다. 군 생활 이십여 년을 마치고 군문을 나와 새로운 사회생활을 시작해야 한다는 두려움 속에는 얼마만큼의 기대감도 있었다. 새로운 직업을 준비하는 1년 간의 유예기간에 얼마간의 여유도 가져 보고 '이제 내가 진정 하고 싶은 일을 한번 해 보고 싶다'는 생각도 했다.

하지만 그것은 쉽지 않은 일이었다. 사방이 꽉 막힌 공간에서 머리에 들어오지 않는 문자들을 통째로 집어넣어야 하는, 결코 적응되지 않는 시간들이었다. 그 와중에 아내에게 암울한 상황이 다가오고 있었다. 손전화가 불길한 전조처럼 흔들리며 떨고 있었다. 흐느낌이었다.

"나 어떡하면 좋아, 큰 병원에 다시 가보래."

죽어가는 세포들이 살아 있는 세포를 잔인하게 갉아먹으며 커져가고 있었다. 그리고 이 년여의 절망과 고통의 시간들은 참혹하게 한 인간을 허물어 가고 있었다. 응급실에서 일주일째, 의사는 얼마간의 연민을 내비치지지도 않고 사무적으로 선고하듯 내던지고 있었다.

"이제 호스피스 병실로 옮기시죠."

사십대 중반의 나이, 가장으로서 사회인으로 직업을 바꾸어야 했던 거센 폭풍우와 같은 바람과 마주섰던 시기에 아내를 하늘나라로 떠나보내야 했다. 그때 두 아들은 고3, 중3 이었다. 아내의 2년 여의 투병기간은 극단의 절망과 심적 고통이 있는 사막을 지나는 시간과 같았다.

앞서 이야기한 주인공은 여섯 가지를 이야기했지만 나는 두 가지만을 생각했다. 한 가지는 자기암시였다. 흔히 생각하거나 이야기하는 자기암시와는 다른 것이었다.

'죽기밖에 더 하겠어'라는, 다소 비관적이면서 냉소적인 그러면서 다분히 희화적인, 처절한 절망 속에서 가질 수 있는 자기암시였다. 앞서 이야기한 '모래에 빠지면 타이어에서 바람을 빼라'는 이야기와 연결될 수 있을지도 모르겠다.

무신론자를 위한 변명

인간은 누구나 죽음 앞에서 두려워질 수밖에 없는 존재이다. 그런데 스스로 죽음을 받아들이겠다는, 죽음의 계곡으로 떨어질 수도 있다는 것은, 허세라도 그것을 암시한다는 것은 가장 큰 두려움을 치고 나가 겠다는, 결국은 자기암시인 것이었다.

또 다른 한 가지는 인간사에 대한 호기심이었다. 호기심이라기보다는 통찰이었다. 호기심이라 하면 가벼움이 묻어나지만 내가 직접 겪어보지 않았더라면 알지 못하고 지나갔을 것이다. 인간들 대부분의 행동은 학습이나 본능의 반응이기도 하지만 그보다는 경험에 의한다. 내가 겪어 보지 못한 것들은 제대로 알지 못한다는 것이다. "이봐, 해 봤어?"라는, 유명한 재벌회장의 일화가 회자되는 이유일 것이다.

다른 사람들의 이야기를 듣거나 책을 통하는 것은 결국 간접경험이될 수밖에 없다. 숨거나 달아날 수 없는 막다른 절망과 두려움 속에서나는 내가 알지 못했던 것을 알아 나가는 성찰 같은 호기심은 사막과도 같은 시간을 건널 수 있는 힘이 되어 주었다. 지금 나의 말과 행동의대부분은 이미 경험한 것의 투영작용에 의해 생성된 산물이다. 불행과비극은 삶을 파괴하거나 흔들리게 하는 것만이 아닌 때로는 삶을 정화하기도 한다.

권태

끝없이 사막을 달렸다. 선두 차는 방향을 찾지 못하고 있었다. 내비게이션이 필요 없는 사막, 선두 차의 운전자는 별자리를 보고 방향을 잡는다고 했다. 옛사람들이 망망대해에서 별자리를 보고 방향을 잡았다는 전설 같은 이야기처럼 말이다.

사막지역에서는 한낮의 활동은 제한된다. 뜨거운 태양 아래 장시간 노출되어 있으면 그 누구도 쓰러지고 만다. 사막에서 사람들은 주로 밤에 이동했다. 깜깜한 밤에 방향을 잡으려니 별과 달의 움직임을 관찰하고 연구해야 했다. 천문학과 점성술이 발달한 이유가 된다. 이슬람 문화권 나라들의 국기에 별과 달이 새겨져 있는 것도 마찬가지일 것이다.

사람들은 해와 달, 별자리를 보고 책력을 만들었다. 천문은 국력과 궤를 같이하는 것이었다. 왕조시대, 우리는 조공을 바치고 사신을 보내어 책력을 받아 왔다. 지금까지 달력에 표기되는 24절기도 그 당시 들어온 것이었다.

가장 오래전에 문명을 이뤘던 수메르인들은 해와 달, 그리고 가까이 보이는 수성, 금성, 토성, 화성, 목성 등에 관심을 가졌다. 이 일곱 개의 별에 천지운행의 비밀이 담겨 있을 것이라고 생각했다. 동양에서 의학과 철학에 기반이 되었던 음행오행설은 바로 여기에서 비롯되었다. 몽골의 국기에도 태양과 달이 새겨져있다. 얼마만큼을 가야 도착할 수 있다는 정보가 전달되지 않는 것으로 몸도 마음도 지쳐 가고 있었다. 조르주 보르도노브가 쓴 『나폴레옹 평전』에서 나폴레옹이 했다는 말을 생각했다.

"어떤 큰 힘이 나도 알지 못하는 목표를 향해서 나를 몰고 간다. 그 목표가 완성되지 않는 한 나는 흔들리지 않는 불사신이다. 그러나 그 목표에 내가 더 이상 필요가 없게 되면 파리 한 마리도 충분히 나를 넘어뜨릴 수 있다."

목표를 잃거나 방향이 뚜렷하지 못할 때 사람들은 허둥거리게 된다. 단지 얼마간의 거리를 더 가야 목적지에 도착할 수 있는지 알 수 없음으로 인해 몸도 마음도 지쳐 가고 목적지에 도착할 수 있을 것인지 불안한 마음이 들었다. 시간은 초원을 지나고 있었다. 동쪽 하늘에 그믐달이 떠오르기 시작했다. 여명이었다. 아쉽지만 그렇게 그믐달도 볼 수 있었다.

떠오르는 그믐달을 보고 한 시간쯤을 더 달려 게르에 도착할 수 있었다. 밤새 달렸다는 것이 허탈했지만 도착했다는 안도감도 있었다. 숙소를 배정받고 짐을 풀었다. 제법 규모가 있는 캠프였다. 관광객을 위한 게르 숙소와 식사, 간단한 공연을 할 수 있는 통나무집으로 짜임새 있게 구성되어 있었다. 후에 이곳의 주인 사내와 이야기도 나누었는데 한국에 파견근로자로 다녀왔다고 했다. 통나무집 아이디어도 한국에서 일하면서 착안했다고 했다. 한국어도 조금은 쓰고 읽을 줄도 안다는 그에게 내가 가져간 책을 한 권 건네주었다.

샤워장에 가서 샤워를 했다. 소금기가 있는 물이라 개운함은 덜했지만 더운 물로 씻는 것만으로도 고맙고 행복했다. 씻고 나서 아침식사를 했고 오전 동안 게르 안에서 휴식을 취했다. 일찍 잠에서 깨어 게르 주변을 한 바퀴 돌았다. 캠프의 경계로 돌이 놓여 있었다. 땅의 경계를 이루는 것인지도 모른다. 몽골은 사유지가 없다. 내 땅과 집에 대한 욕망이 없이 바람처럼 대지를 떠도는 것이 유목민의 삶이다. 땅에 대한 욕망, 일용할 먹을거리, 생존의 문제를 넘어 소유의 욕망으로 삶은 비틀거린다.

〈사람에겐 얼마만큼의 땅이 필요한가〉 톨스토이의 단편선 중의 하나이다. 이야기는 이솝우화에 나오는 〈시골쥐와 서울쥐〉라는 동화처럼 시작된다. 도시에 사는 언니와 시골에 사는 동생이 만나 서로의 생활을 비교하며 자신의 삶이 우월하다고 상대방의 삶의 행태를 헐뜯는다. 주인공 바흠은 시골에 사는 동생의 남편으로 전형적인 농사꾼이다. 시골 농사꾼의 삶이 다 그러하듯이 마을 사람들과 온갖 구설수에 휘말리

무신론자를 위한 변명

기도 하고 더 많은 땅과 풍요로운 삶을 추구하기도 한다. 그리고 더 많은 땅을 갖게 되면서 더 많은 욕심을 내게 되고 결국 하루치라는 빠져나올 수 없는 유혹에 말려든다.

하루치란 해가 뜨기 시작하면서 걷기 시작하여 해가 질 때까지 돌아오는 반경의 땅을 천 루블에 살 수 있는 권한을 말한다. 해가 뜨면서 걷기 시작한 바흠은 억새풀 초원으로 손바닥같이 평평하며 검고 비옥한 땅에 말뚝을 박아 가기 시작한다. 그러나 너무 먼 곳까지 돌아온 바흠은 출발지점으로 돌아올 쯤엔 거의 녹초가 되었고 결국 피를 쏟고 그 자리에 쓰러져 죽는다. 그리고 바흠의 하인은 괭이를 집어 들고 그의 머리에서 발끝까지 정확한 치수로 구덩이를 파 바흠을 묻었고 결국 바흠이 차지한 땅은 그것이 전부였다.

점심식사를 하고 모래 언덕이 있는 곳으로 이동했다. 홍그린 엘스 모래언덕이 있는 지역은 고비사막의 다양한 풍경을 품고 있다. 초원의 길에서 만난 보랏빛 아이리스는 선명하게 기억에 남아 있고 언젠가 다시 보러 갈 것이라고 다짐해 두었다. 작은 개울이 흐르고 소와 양들이 풀을 뜯고 있다. 군데군데 물웅덩이들이 보인다. 작은 규모의 플라야(Playa)와 볼손(Bolson)이다. 플라야는 비가 오는 우기에 잠시 만들어지는 호수이다. 플라야가 마르면 볼손이 된다. 볼손의 바닥은 흰색을 띤다. 건조지역의 땅은 비가 오면 모세관 현상이 일어나 염분을 땅 표면에 올려놓는다.

건조 지역의 일시적 하천(Wadi)은 강물이 되어 바다에까지 이르지 못하는 경우가 더 많다. 와디의 물이 플라야를 만들었다가 볼손이 되면

염전같이 소금을 남긴다. 초원의 지표면에 흰 염분이 남아 있다.

홍그린엘스에서 엘스(Els)는 모래언덕이라는 뜻이다. 동고비의 남쪽 도시 달란자드가드 근처에 동서로 길이 180km, 최대폭 14km, 높은 곳은 300m에 이르는 띠 모양을 하고 있다. 일행은 당일 경기에 앞서 모래언덕을 올랐다. 경사가 급하고 고운 모래이다 보니 자꾸만 미끄러져 내려간다. 오르는 데 집중하다 보니 일행 중 제일 먼저 사구 정상에 오른다. 바람이 거세게 불어 몸이 날아갈 것만 같다. 사구 너머로 광활한 사막이 펼쳐져 있다. 그곳은 외계처럼 낯설고 두려움을 주기도 했다. 카메라를 손에 들고 올라왔는데 분명 모래가 들어갔을 것 같아 걱정이 되었다. 다시 미끄러지듯 모래언덕을 내려왔다. 오르는 데 집중하느라 너무 지쳤던지 몸이 무거웠다.

이제 3일째 경기가 이어진다. 초원지대다. 앞에서 말한 것처럼 지표면에 흰 염분이 남아 있다. 달리는 길가에 보랏빛 아이리스가 흐드러졌다. 사진을 남겨 놓지 못해서 너무 아쉬웠다. 오후의 태양은 뜨거웠다. 초원지대를 벗어나 거친 사막지역을 달려 골인점에 들어왔다. 선두로 들어왔기 때문에 후미 주자들이 들어오려면 한참을 기다려야 할 것이다.

돌아가는 길에 풀을 뜯고 있는 낙타와 다시 만났다. 풀이라 봤자 야생부추와 같은 거친 풀이었다. 하루 종일을 돌아다녀도 양도 차지 않을 것이었다. 해가 뜨면 새끼가 있는 곳을 떠나 하루 종일 초원의 풀을 뜯는다. 초원이라지만 드문드문 제대로 풀다운 풀도 없는 곳이다.

낙타와 다시 가까이 만나면서 그런 생각을 했다. 초원에 풀이 풍성했더라면 낙타들은 사막에서의 삶을 견디지 못했을 것이라고 말이다. 그 뜨거운 사막에서의 권태를 이기지 못했을 것이다. 그것은 내가 사막에서 발견한 특별한 것이었다.

'어서, 차라리 어두워 버리기나 했으면 좋겠는데, 벽촌의 여름날은 지루해서 죽겠을 만치 길다.'

이상의 작품, 〈권태〉의 시작이다. 그는 여름날 휴양차 찾아든 친구의 고향 벽촌에서의 하루를 권태스럽게 그려 놓았다. 도시에서 생활하다가 찾아든 한적한 시골이더라도 아마 여름이 아닌 다른 계절이었으면 그만큼의 권태는 생겨나지 않았을지도 모른다.

알베르 카뮈의 소설 『이방인』에서도 주인공이 뜨거운 태양을 이유로 살인하는 장면이 묘사된다. 여러 기후조건 중에서 더위는 권태를 유발하는 요인으로 작용한다. 신체활동을 억압하는 것이 주요 요인일 것이다. 물론 권태는 요즘 유행병처럼 번지는 우울증과도 깊은 상관이 있다. 아이들은 지루하면 벌레를 잡아 죽이기도 하고, 어른들은 권태가 오면 음주나 도박에 탐닉하게 되고 외도, 사기 등에 빠지기도 한다.

'권태'라는 말의 사전적인 의미는 '관심이 없어지고 시들해져서 생기는 싫증이나 게으름'이다. 권태라는 의미는 언제부터 생겨난 것일까? 태초에 하늘과 땅이 만들어졌다던 에덴에서부터 그 의미는 시작되었을 것이라고 생각하면 그 역사는 실로 장구하다. 그리고 후에 그 의미를 담아 문자로 표시하였을 것이다.

권태는 태초의 에덴에서부터 생겨난 것이었다. 아담의 갈비뼈로 만들어졌다는 하와, 그녀의 일상에도 차츰 권태가 찾아들기 시작했다. 사시사철 나무에서 익어 가는 갖가지 진귀한 과일들로 식욕을 해결할 수 있었으니 쌀을 씻어 밥을 짓고 밥상을 차릴 일도 없었다. 옷을 입지 않았으니 옷을 고르며 사야 할 일도 없었고 세탁기를 돌릴 일도 없었다. 아이들 또한 없었으니 공부하라고 닦달하거나 학원을 고르고 보낼 일도 없었다. 시댁도 없었고 친정도 없었으니 눈치를 보거나 신경 써야 할 일도 없었다.

여자라고는 오로지 자신뿐이었으니 남편이 바람피울 것을 걱정하는 것도, 남자라고는 남편 한 사람밖에 없었으니 옆집 남자의 지위와 재산을 비교하며 샘을 낼 일도 없었다. 다이어트를 하거나 화장에 신경 쓸 일도 없었다. 남편 눈치를 보며 다른 사내와 눈을 맞추거나 하는 허튼 것에 신경 써야 할 일 또한 없었다. 돈이 필요하지도 않았으니 남편에게 바가지 긁을 일도 없었고 맞벌이에 신경 써야 할 일 또한 없었다. 그것들은 그녀로 하여금 권태로 빠져들게 하는 이유가 되었을 것이고 결국 뱀의 무시무시한 유혹에 빠져들게 하였을 것이다. 권태는 불온한 유혹에 흔들리게 하는 요인이다.

낙원은 어쩌면 권태의 근원일지도 모른다. 그것은 아마 예정된 것으로 피할 수 없는 것이었으리라. 낙원이라는 천국은 결국 실낙원으로만 존재할 수 있는 공간이기 때문이다. 하루 종일 풀을 뜯어도 배를 채울 수 없는 척박한 사막의 초원, 그곳에서 낙타는 권태를 느끼지 못했을 것이다. 물질문명이 최고도에 달한 듯한 작금의 삶 또한 권태를 유발

　　　　　　　　　　　　　무신론자를 위한 변명

하고 있다.

'자연은 인간을 위해서 거기에 있는 것이 아니다.'
독일의 문호 괴테가 한 이 말은 물질만능으로 오염된 오늘날의 위기에 꼭 필요한 말이었다. 산업화와 양적성장을 추구한 나머지 자연을 개발과 착취의 대상으로만 보았던 사상가들에 비하면 그는 오늘날 당면할 인류의 문제를 이미 간파했었는지도 모를 일이다. 또한 가사노동을 포함한 인간 노동력을 최소화하는 물질문명 시대로 치달아 오는 동안 삶의 질은 높아진 만큼 권태의 분량도 그만큼 많아졌을 것이다.
이성을 어떠한 목적을 이루기 위한 도구로서만 사용한다는 것이 도구적 이상이다. 문명의 발달은 결국 도구적 이성에 의한 결과물이라고 볼 수 있는 것이다. 알고 보면 동양의 전통사상에서도 노동에 대한 심오한 성찰, 즉 도구적 이성에 대한 비판은 오래된 것이었다. 생태적 상상력의 보고인 『장자』에서는 그러한 도구적 이성을 기심, 즉 기계의 마음이라고 표현한다.
예를 들면 이렇다. 공자의 제자 자공이 남쪽 초나라에서 놀다가 한음이라는 땅을 지날 적에 한 노인이 채소밭을 만들고 있는 것을 보았다.
그 노인은 우물 속으로 들어가는 통로를 만들고는 그 통로로 들어가 항아리에 물을 길어 밭에 물을 주고 있었다. 힘은 많이 들고 효과가 적은 것을 안타깝게 여긴 자공이 도르래를 사용하여 물을 푸라고 충고하자 그 노인은 화를 내며 기계를 사용하면 기심(機心)이 생기고 기심이 생기면 순백한 마음이 없어져 도(道)가 사라진다고 했다. 자기는 기계를 사용할 줄 모르는 게 아니라 기계를 사용하는 것을 부끄럽게 여겨 사용하지 않을 뿐이라고 말했다는 고사(故事)다.

말하자면 기심이란 이해, 득실, 영욕에 사로잡힌 기계의 마음이고 외물에 속박된 마음으로, 곧 도구적 이성이다. 낙타는 다만 주어진 환경에 순응하고 살 뿐이지만 『장자』 속 노인과 같은 삶을 살아간다. 만약에 풍성한 초원지대가 있었다면 낙타들은 권태를 견디지 못하고 이곳을 떠났거나 진즉 사라졌을 것이다. 앉아서 쉬는 낙타는 한 마리도 없다. 다만 앞 다리가 끈으로 묶여 쉽게 움직이지 못하는 낙타가 있었다.

『짜라투스트라는 이렇게 말했다』에서 니체는 인간이 성숙해 가는 세 가지 과정에 대해 이야기했다. 니체가 얼마나 낙타에 대해 관찰했는지는 모르지만 세 가지 과정의 예에서 낙타가 나온다. 세 가지 과정은 자기를 인식하는 단계와 존재성을 갖는 단계, 통합된 존재로 참된 자기가 되는 정신적 이행과정을 말하는 것이다. 이는 한 인간의 변화과정을 이야기한 것이지만 각각의 인간이 가지는 등급이라 한다고 해도 무관할 것이다.

니체는 낙타를 인간이 지닌 가장 낮은 단계의 정신 상태를 나타내는 상징의 동물로 표현했다. 낙타는 짐을 나르는 동물이고 기꺼이 노예처럼 일하며, '노(No)'라고 말할 줄 모르기 때문이라고 했다. 낙타의 의식 속에는 "너는 마땅히 이것을 해야만 한다."고 말해 주는 '누군가'를 필요로 하는, 추종자이며 충실한 노예에 불과하다고 했다. 용기와 영혼이 없으며 자유에 대한 열망도 없다는, 다만 복종할 뿐이라고 말이다.

무신론자를 위한 변명

사막에 오기 전에 나는 니체라는 철학자는 왜 많은 동물 중에 낙타를 인간의식의 낮은 상징으로 표현하였을까를 고민해 본 적이 있었다. 낙타의 정신으로 살아가는 인간은 '~해야 한다'를 생각하며, 짐을 싣도록 자신의 등을 내어 준다. 인내심이 강한 낙타가 무릎을 꿇고 자신이 견딜 수 있을 만큼 잔뜩 짐을 싣고 사막을 통과하듯이 말이다. 나는 사막에서 만난 낙타에게서 그것이 피상적인 관찰의 소치라는 것을 확인할 수 있었다. 더욱이 서울대공원에서 만난 낙타의 엄마를 만나고 나의 예측은 빗나가지 않았음을 느꼈다. 낙타는 얼마간 영성이 있는 동물이었기 때문이다.

낙타들은 드문드문 나 있는, 하루 내내 뜯어도 얼마 되지도 않을 양의 풀을 먹는다. 아침에 초원에 나오면 어두워질 때까지 풀을 뜯는 것이다. 물론 중간에 물은 먹을 것이다. 그늘도 없는 뜨거운 태양만이 작열하는 곳에서 낙타들은 그렇게 살아가는 것이다. 이제 서울대공원에서 만난 낙타의 엄마를 찾아야 한다. 나이가 좀 들어 보이는 낙타에게 가까이 다가가 물었다.

'무지개가 뜨는 나라, 솔롱고스로 새끼를 보낸 엄마낙타를 찾고 싶은데 …….'라고 했을 때 그 낙타는 고개를 흔들었다. 주위에 있는 여럿의 낙타에게도 물었는데 마찬가지였다. 누군가 '날이 어두워지면 집으로 돌아가는데 거기에서 물어보면 알 수 있을 것이다.'라고 이야기했다. 아직 후미대열이 골인점에 도착하려면 많은 시간이 있어야 하기 때문에 그곳에서 낙타를 자세히 보았다.

여성이란

그리스로마 신화에 나오는 달의 여신은 루나이다. 일명 셀레네로 불리기도 한다. 낮을 지배하는 태양신 헬리오스와 남매지간이다. 동양에서도 달은 여성을 상징한다. 달은 해처럼 스스로 빛을 내지 않고 해가 내뿜는 빛을 받아 빛을 낸다. 약탈이 일상이었던 유목사회에서 여성의 존재감은 미약했다. 가사 일을 돌보며 아이를 키우고 보호를 받아야 하는 대상이었다.

달의 주기와 여성의 생리주기의 연관성으로 예전에는 월경(月經) 또는 '달거리'라고 했다. 태양의 빛을 받아 빛을 내는 존재이지만 분명 태양이 사라진 밤에 빛을 낸다. 태양과는 또 다른 존재감이다.

낙타의 등에 타 본 사람들은 겉으로 보이는 모습과는 다르게 낙타가 큰 몸을 가지고 있다는 것을 알 것이다. 낙타가 서 있을 때에는 등 위

무신론자를 위한 변명

로 오를 수가 없고 다만 낙타가 앉아 있을 때에만 등에 탈 수 있다. 그것은 낙타가 긴 다리를 가지고 있다는 말이다. 그런데 낙타가 땅에 앉을 때는 두 다리를 모으며 무릎을 꿇듯이 하고 앉는다. 마치 기도하는 자세이다. 긴 앞다리가 그렇게 밥상의 다리처럼 접혀진다는 것이 신기하기만 하다.

낙타는 왜 사막으로 온 것일까? 사막의 혹독한 환경을 견딜 수 있는 신체적인 조건을 가졌거나 진화하였다고 하더라도 나름의 계기나 이유가 있었던 것일까?

낙타가 본래 사막에서 산 것은 아니라고 했다. 고대 화석 자료에 따르면, 4500만 년 전 지구에 나타난 낙타는 수천만 년 동안 북아메리카 대륙에서 번성했고, 180만 년 전 빙하기에 알래스카와 시베리아 사이의 베링해협이 베링육교로 연결되자 낙타는 이주를 감행했다고 한다. 아시아 서쪽까지, 일부는 아프리카까지 말이다. 아메리카 들소의 등쌀에 견디지 못해서 이주한 거라는 이야기도 있다. 낙타는 아메리카 들소, 아시아에서 넘어온 마스토돈 등 거센 동물들과의 경쟁에서 밀린 것인가? 사막에 사는 이유도 그래서일까?

아프리카에서 대형 초식동물은 먹이가 풍부한 사바나 초원에서 무리지어 산다. 사막 같은 극한의 환경에서는 낙타 처럼 몸집 큰 동물을 찾아보기 어렵다. 그래서 낙타는 먹고 먹히는 사바나초원을 떠나 사막으로 온 것일까? 그게 낙타의 생존법인 것인가?

가까이 있는 나이가 들어 보이는 낙타에게 다시 다가갔다. 낙타의 다리를 보니 족쇄에 묶여 있었다.

"왜 발에 족쇄가 채워진 거니?"

"나는 이제 나이가 많아 더 이상 새끼를 낳을 수가 없고 새끼가 없으니 이렇게 족쇄에 채워진 거야. 내가 도망칠까 봐 그러는 것이겠지. 다른 낙타들에게는 자유가 주어진 것 같지만 실은 새끼를 볼모로 잡아두고 있지."

젖을 먹이는 동물은 다 마찬가지겠지만 낙타도 모성본능이 강한 동물로 알려져 있다.

청링이라고 불리는 징기즈칸 능은 말 그대로 하면 칭기즈칸의 무덤이라는 뜻이지만, 이는 상징적 의미를 가질 뿐, 실제는 징기즈칸의 주검이 묻힌 무덤은 아직도 그 소재가 확인되지 않았다. 다만 그가 사용한 물건 몇 가지와 기타 유물 몇 가지를 전시해 놓고 제사를 지내는 사당과 같은 곳이다.

그러나 진짜 무덤이 아니라고 별 볼일 없는 곳이라고 생각하면 곤란하다. 징기즈칸의 사망 이후 몽골인들은 매년 그의 제사를 지내 왔다. 제사를 담당한 다르하드 부족을 중심으로 가장 성대하게 제사를 지내고 있으며, 몽골인들의 성지나 다름없는 곳이다. 지금도 제사를 지내는 날은 각지의 몽골족들이 몰려들어 발 디딜 틈이 없을 정도라고 한다.

실제 징기즈칸 능은 아무도 모른다고 한다. 구전되는 이야기에 의하면 서하를 정벌하던 중, 병을 얻어 죽었고 이곳에서 말채찍을 떨어뜨려 마구를 안장했다는 전설이 있어서 능을 조성했다는 것이다. 몽골의 황제들은 봉분을 만들지 않는 풍습이 있는데, 이는 원나라 황제들의 능이 발견되지 않고 있는 이유 중 하나이다. 묘를 쓰고는 만여 필의 말을 봉분 위를 달리게 하여 흔적을 없애고 나무를 심는다고 했다. 징기스칸 능은 능을 만들 때 동원된 1,000여 명의 인원을 참살하고 800명의 병사도 하나씩 모두 죽여 능의 위치를 아는 사람은 아무도 없다고 한다. 진시황 능도 같은 이유에서 묘를 축조할 때 인원과 병사 모두를 죽였다고 한다.

다만 무덤을 찾을 수 있는 기발한 방법으로 아무 죄 없는 낙타의 모성을 이용한다고 했다. 무덤을 만들 때 젖을 먹이는 어미 낙타를 데리고 와, 그 어미가 보는 앞에서 새끼 낙타를 잔인하게 죽이면 어미 낙타는 껌뻑껌뻑 눈물을 흘리며 새끼가 죽는 모습을 본 장소를 잊지 못한다는 것이고, 제사를 지낼 때 그 어미 낙타를 앞세워 무덤을 찾는다는 것이다.

아침에 새끼들은 매어져 있는 곳을 떠나 초원에서 풀을 뜯다가 저녁에 돌아간다. 그러면 낙타들은 왜 사막으로 왔을까?

"너희 낙타들은 언제, 왜 사막으로 온 것인지 알고 있니?"

물었을 때 낙타는 멀리 지평선을 보았다. 이어 낙타는 오래전에 엄마 낙타에게서 들었다며 이야기를 시작했다.

"아담과 하와가 금단의 열매를 몰래 따먹고 난 후 창조주로부터 미움을 받아 낙원에서 퇴출된 일은 알고 있지? 순간의 실수일 것 같은, 그러나 그것으로 영원한 저주처럼 노동의 징벌을 받아 오늘날까지 이어지고 있다는 것을 말이야.

천지를 창조하고 그 마지막 날에 흙으로 빚어 최초의 남자 아담을 만들고, 아담에게서 갈비뼈를 취해 여자를 만들고는, 여호와는 둘을 불러다 놓고 경고했다지.

'이 동산에 있는 나무 열매는 무엇이든지 마음대로 따먹어라. 그러나 선과 악을 알게 하는 나무 열매만은 따먹지 마라. 그것을 따먹는 날, 너희들은 반드시 죽는다'라고 말이지.

아직 삶과 죽음도 모를 둘에게 던진 무서운 경고였어. 논리가 맞지 않는 이야기이지만 피조물 가운데 가장 간교하고 사악한 형상을 한 것이 뱀이었다고 했어. 그 뱀이 하와에게 그 비밀의 과일을 따먹어 보라는 유혹을 건넸다지. 피조물이면 피조물에 불과한 것인데 피조물을 만든 이의 주문을 넘어선다는 것, 견해에 따라서는 얄궂은 것이었지. 더하여 피조물이 창조자의 의지에 반할 수도 있는 악의 모습을 가진다는 것도 마찬가지이고 말야.

'여호와가 너희더러 이 동산에 있는 나무 열매는 하나도 따먹지 말라고 하셨다는데 그것이 정말이냐?' 이에 하와가 뱀에게 대답하였는바,

'아니다. 하느님께서는 이 동산에 있는 나무 열매는 무엇이든지 마음대로 따먹되, 죽지 않으려거든 이 동산 한가운데 있는 나무 열매만은 따먹지도 말고 만지지도 말라고 하셨다.'

그러자 뱀이 하와를 유혹하듯이 혀를 날름거렸지.

'그것은 거짓말이야. 그 열매를 먹는다고 절대로 죽지는 않아. 그 나무 열매를 따먹기만 하면 너희의 눈이 밝아져서 여호와처럼 선과 악을

알게 될 줄을 아시고 그렇게 말하신 것이다.' 하와는 예정된 것처럼 금
단의 선악과를 따먹고 아담을 불러 같이 먹었다는 것이지."

낙타는 그의 엄마로부터 전해 들었다는 이야기를 했다. 물론 그 이야
기는 나도 알고 있는 이야기였지만 낙타의 말을 듣는 중에 전에 생각하
지 못했던 의문이 생겨났다. 선과 악은 같이 공존할 수 없는 것인데 한
열매 속에 담아 두었다는 것이다.

나는 그것이 시사하는 의미를 생각했다. 선과 악이라는 것이 별개로
존재하는 것이 아닌, 실은 같이 공존한다는 것을 말이다. 그것은 피조
물이 뛰어넘을 수 없는 한계와도 같은 것이었던가? 그것을 낙타에게
말했을 때 낙타도 공감하는 것 같았다. 다시 낙타의 말이 이어졌다.

"여호와께서는 '이제 이 사람이 우리 중 하나같이 선과 악을 알게 되
었으니, 손을 내밀어 생명나무 열매까지 따먹고 끝없이 살게 되어서는
안 되겠다.'고 생각하시고 에덴동산에서 내쫓으셨지. 그런데 특이한
것은 '우리 중 하나같이'라는 복수의 표현이야. 그리고 땅에서 나왔으
므로 땅을 갈아 농사를 짓게 하셨다는, 이렇게 아담을 쫓아내신 다음
여호와는 동쪽에 거룹들을 세우시고 돌아가는 불칼을 장치하여 생명나
무에 이르는 길목을 지키게 하셨다는 것이지."

그러면서 낙타는 자신의 생각을 이야기하였다.

"선악과를 따먹지 말라는 것은 여호와가 마치 자신의 피조물이 자신
과 대등하게 되는 것을 견제하려고 추방하는 것처럼 묘사되기도 하는
거지."

"아냐, 그보다는 선악과를 따먹었다는 것이 옳고 그름, 선과 악의 개념이 되기도 어려운 것이고, 다만 지시나 명령에 거역한 경우로 보아 그런 경우에 반드시 징벌을 내린다는 의미로 보아야 하는 거겠지. 예수천국 불신지옥이라는 구호는 그 징벌을 강하게 함축하는 의미가 있을 것이고 말이야."

잠시 내가 생각한 바를 말했다.

이어서 나는 그리스 신화를 이야기했다. 그리스로마 신화에서는 천지가 창조되는 과정은 포함되지는 않는다는 것을 참고로 하고 말이다.

"그리스 신화에 첫 번째로 나오는 프로메테우스는 인간세계의 문명의 근원이기도 한 인물이지. 프로메테우스는 '미리 생각하는 사람', 그의 동생인 에피메테우스는 '나중에 생각하는 사람'이라는 뜻이기도 한데, 그 차이는 대단히 큰 의미를 가지게 되는 거지.

프로메테우스는 흙과 물을 섞어 반죽을 만들어 신의 형상을 본 따 인간을 빚어 탄생시킨 타이탄의 후예이지. 인간을 뛰어난 종족으로 만들고 세상을 사는 지혜를 알려 주었고, 다른 신들은 보호를 약속하며 인간들이 자신들을 숭배할 것을 요구했지만, 프로메테우스는 인간이 신에게 지나치게 종속되지 않도록 인간의 편에 서서 제우스를 속이고는 태양신으로부터 불을 훔쳐와 인간에게 선물로 주기까지 했어. 다른 동물들과의 경쟁에서 유리한 위치를 갖게 하기 위한 것 이었지. 이로써 인간은 지혜와 능력을 지니게 되고 이것은 신을 무시하게 되는 빌미가 되었다고도 할 수 있지. 이에 진노한 제우스는 인간과 프로메테우스를 동시에 징벌을 내렸다는 것이고.

먼저 인간에 대한 벌로 아프로디테가 아름다움을 주고 헤르메스가 목소리를 주고 아테네 여신이 곱게 장식한 여인 판도라를 탄생시켜 프로메테우스의 동생인 에피메테우스에게 접근시켰지. 제우스의 선물을 경계하라는 형 프로메테우스의 경고를 무시하고 판도라의 아름다움에 반한 에피메테우스는 그녀와 결혼하고는 후에 이 아름다운 선물이 재앙의 씨앗이라는 것을 알아차리게 되지만 이미 때는 늦었고 말이야.

판도라는 인간에 대한 신들의 벌이었지. 신들은 각종 재앙과 불운을 담은 상자를 판도라로 하여금 가져가게 보내면서 절대로 상자의 안을 들여다보면 안 된다고 경고했지. 그러나 판도라는 그 상자 안에 무엇이 들었는지 궁금해서 참을 수가 없었고, 상자를 열었을 때 신들의 의도대로 모든 불운과 재앙과 질병이 튀어나와 사방으로 흩어져 나갔지. 깜짝 놀란 판도라는 상자를 닫아 버리는데, 어떤 신이 넣은 것인지 몰라도 희망만이 상자 안에 남게 되었다는 것이지.

그래서 인간은 재앙, 불운, 질병 속에서 살게 되었다는 것이지. 여기에서 당시 여성들에 대한 남성들의 의식이나 인식을 엿볼 수도 있지."

"그럼 창세기의 내용과 그리스 신화는 뭔가 상관이 되는 게 있는 거네?"

내 이야기를 듣고 있던 낙타가 물었다.

"물론 상관이 있지. 그런데 다른 중요한 것 한 가지가 있어. 그것은 이야기가 다 끝난 다음에 말하기로 할게."

내 이야기는 계속되었다.

"앞서도 이야기하였지만 성경에서는 아담을 먼저 만들고 후에 하와를 만들었어. 그리고 하와가 뱀의 유혹에 넘어가 먼저 선악과를 따먹고 후에 아담에게 권하여 먹게 하였고, 후에 낙원에서 추방당하여 저주로 힘든 노동을 하며 살아가게 되었다고 하지. 역시 그리스 신화에서도 여성, 즉 판도라는 남성보다 늦게 세상에 등장하여 하와처럼 상자를 열어 고통의 근원이 되는 것으로 묘사되고 있지.

하지만 남성은 고통의 근원인 여성을 거부하지 못하며 그 뒤를 쫓아가고 있어. '경국지색(傾國之色)'이라는 고사성어도 마찬가지의 의미를 갖는 거겠지. 이는 현대에 이르러서도 달라지지 않는 남성들의 어리석은 모습이라고 할 수 있는 거라고 생각이 들기도 해. 어찌 보면 사내라는 존재는 여성의 몸을 빌어 태어났기 때문에 결국 여성에 종속될 수밖에 없는 존재라는 것을 의미하는 것이기도 하겠지.

프로메테우스라는 이름의 의미처럼 모든 것을 미리 생각하고 알아서 고통을 받지 말아야 하지만 결국 인간의 예지력이란 다만 알 수 있을 뿐, 그 이후의 결과를 변화시킬 힘은 없다는 것일 수도 있어. 인간의 지혜는 프로메테우스를 닮아서 알기만 할 뿐, 신들의 지혜처럼 그 지혜를 실현시킬 힘을 수반하지는 못한다는 것이지.

프로메테우스는 결국 가혹한 벌을 받게 되었는데, 아마도 그는 후일 헤라클레스가 독수리를 쏘아 죽여서 자신이 그 고통에서 벗어날 것도 미리 알고 있었는지도 몰라. 알베르 카뮈는 프로메테우스의 도전을 인간의 실존의지로 해석하기도 했어. 제우스는 인간을 벌했지만 분이 안 풀렸고 권력의 신 크라토스와 폭력의 신 비아로 하여금 프로메테우스를

무신론자를 위한 변명

코카서스 가파른 산꼭대기로 끌고 가 절대로 끊어지지 않는 쇠사슬로 바위에 결박시켰지. 제우스는 독수리로 하여금 매일 날아와 프로메테우스의 간을 쪼아 먹게 했고, 밤에는 새로운 간이 생겨나게 하였지.

　실제로 인간의 간은 재생능력이 있지. 간은 재생되었기 때문에 그 고통은 오랫동안 계속되었지. 그러나 그 이면의 진실은 제우스가 예언의 능력이 있던 프로메테우스로부터 미래의 비밀을 듣지 못하자 분노한 것이기도 했을 거야.오랜 세월이 흘러 드디어 프로메테우스는 구속에서 해방되어 자유의 몸이 되는데, 여기에는 두 가지 설이 있어. 하나는 불사의 몸인 켄타우로스가 프로메테우스를 대신하겠다고 자처했다는 것과 다른 하나는 헤라클레스가 독수리를 죽이고 프로메테우스를 구해주었다는 것이지. 어쨌건 프로메테우스는 다시 신의 세계로 돌아가 부정과 권력에 굴하지 않고 반항하는, 그리고 그 형벌과 고통을 참아 내면서 인간을 끝까지 사랑하는 반항과 박애의 상징 같은 존재가 되었던 거지."

　나의 긴 말이 끝났을 때쯤 앞서 질문한 것에 대한 확신 같은 것이 생겼다.

　낙타가 내게 이야기했다.

　"그럼 창세기에서 하와와 아담이 선악과를 따먹은 것은 그리스 신화에서 판도라가 상자를 열어본 것과 같은 것이겠네. 희망이 남아 있었다는 것은 어찌 보면 시간적인 차이가 있지만 예수를 상징하는 의미 같기도 하고."

"그래, 맞아. 대단히 중요한 관점이지. 그런데 창세기에는 프로메테우스 같은 존재가 없는 것이 차이가 있을 거야. 그건 왜 그럴까? 거기에는 누군가의 계산된 의도나 음모가 있다고 볼 수도 있는 거지. 결국 제우스나 프로메테우스는 당연히 신화 속의 인물로 남아 있게 된 것이고, 여호와는 그 추종하는 자들로 인해 신화가 아닌 현재까지 이어지는 절대적인 유일신의 존재로 이어지고 있다는 것이지.

신화도 인간이 만들어 낸 이야기이고 성경도 마찬가지인 거지. 그것은 바로 인간의 욕망이 개입될 수 있다는 소지가 되기도 한다는 것이야. 창세기를 비롯한 모세 5경이라는 구약의 다섯 가지는 모세가 적었을 거라고도 하지만 신빙성이 없다고 봐야 해. 〈출애굽기〉에는 모세라는 인물을 중요하게 부각시키고 있어. 아울러 유일신사상도 부각시키고 있지. 그것은 오늘날 기독교가 전 세계적으로 건재하고 있는 중요한 단서가 될 수도 있지."

무신론자를 위한 변명

신화

"그럼 신화에 대해서는 어떻게 생각해?"

내가 낙타에게 다시 물었다.

"너희 솔롱고스에 단군신화가 있듯이 신화는 지역마다 건국신화가 주를 이루기도 하지. 다른 범주로 그리스 신화에서 보듯이 신과 영웅 등 인물을 중심으로 하는 신화가 있는 것이고, 대개 비범한 인물이나 신과 연관성이 있고 국가적인 배경을 갖고 있는 것이 일반적이지.

예를 들면, 단군신화는 신(환인)의 아들(환웅)과 토테미즘의 산물(웅녀)이 고조선의 건국시조(단군왕검)를 낳는 내용이야. 그리고 세계 3대 종교의 공통 성서인 구약성서에는, 물론 이슬람에서 구약은 성서라기보다는 코란의 이해를 돕는 수준이지만, 예루살렘을 공간적인 배경으로 신이 천지를 창조하고, 최초의 인간 창조와 유대인 건국시조를 이야기하며, 이스라엘의 건국과 역사를 담고 있어.

또한 그리스 신화에서는 그리스의 도시국가(아테네가 대표적)들의 건설과 전설적인 왕과 영웅들의 이야기를 담고 있지. 너희 솔롱고스의 전래동화처럼 단순히 권선징악을 내포하는 이야기를 넘어서는 신화라는 것에는 인간의 한계를 극복하려는, 또는 마음속에 논리를 가지고 있었으며 문자가 만들어지고 더 구체적으로 시작된 것이지.

이러한 욕구는 공동체를 이루고 문명이 형성되면서 신화는 만들어지기 시작했던 것이야. 권력자를 우상화하거나 사회질서를 확립하는 방안으로도 권력을 집행하기 위해 수단으로서도 이용되고 활용되었고 말야. 『흥부전』이나 『홍길동전』 같은 이야기는 결국 이의 범주에 해당하기도 하는 것이지.

이처럼 신화나 옛날이야기들이 만들어진 목적은 민중에게 꿈과 소망을 불어넣어 주고 미래에 대한 희망을 갖게 함에 있었고, 또 그것은 삶의 시너지효과로 이어져 현실적 생산과 창출의 원동력이 되기도 했던 것이지. 따라서 지배자나 민중 모두 마다할 이유가 없었던 것이고, 이러한 신화적 요소에 체계적 논리와 진리가 결합되어 종교로 변화하였던 것이야. 종교는 신화의 연장선상에서 진화하였던 것이라고 볼 수 있는 것이지.

그럼 종교는 신화처럼 자연스럽게 꾸며낸 것인가? 아니면 의도적으로 기획되어 만들어졌을까? 신화나 종교도 자연현상에 대한 두려움과 인간을 정화하고 이상 사회를 열망하는 마음, 현실의 고통을 해소하고자 하는 염력에서 생겨났을 것이야. 단순하면서도 그러나 쉽게 달할 수 없을 목표와 지향성을 포함하는 것이고, 죽음의 공포에서 벗어나 영원한 내세의 행복을 얻고자 하는 마음도 지대했을 것이야.

문명이 발생되었을 당시의 종교는 토테미즘과 샤머니즘의 성격을 크게 띠었고, 주로 자연숭배, 동물숭배, 정령숭배 그리고 인간숭배로서, 현대에도 이 모습은 흔히 볼 수 있는 것이지. 이런 토테미즘과 샤머니즘은 인간의 호기심과 두려움을 자극하고, 스토리텔링으로 사람들의 공감과 믿음으로 발전해 온 것이고, 이러한 것들의 이야기화, 즉 스토리텔링의 중요한 부분을 맡고 있는 것이 바로 신화인 것이지.

이러한 신화를 통해 해당 종교나 문화, 국가의 성격과 특성을 이해할 수 있으며, 이는 오늘날에 이르러 상상력을 더해 가면서 소설, 시, 연극, 드라마, 영화에 이르기까지 다양한 장르의 문화에 영향을 끼쳤던 거야.

특히 최근에는 북유럽 신화가 각광을 받고 있는데, 북유럽 신화의 전체적인 분위기는 비장함과 황량함이야. 그것은 척박한 자연환경의 영향이 반영되었다고 볼 수 있어. 상대적으로 온화한 기후를 지닌 지중해 연안의 그리스, 로마나 이집트 등과는 다르게 일 년 내내 춥고 황량한 환경에서 생존해야 했던 생태적 분위기가 반영되었다고 볼 수 있다는 것이지.

신들은 이 운명을 극복하려 노력해 보지만 끝끝내 극복할 수 없고 마침내는 종말을 맞이하게 돼. 다른 신화와는 본질적으로 다른 성향을 보여 주는 거지. 바로 전지전능한 신의 능력보다 운명이 더 앞에 놓인다는, 비록 신이라 할지라도 그러한 세계의 운명을 끊어낼 힘을 가지지 못한다는 것이지.

　최근 각광을 받고 있는 판타지 소설이나 만화, 영화 등은 모두 이러한 신화에 기반을 두고 있는 것이지. 실례로 판타지 소설에서 주로 등장하는 엘프, 오크, 트롤, 용 등의 이야기처럼 말이야."

"그럼 신화는 인간들에게 어떠한 영향을 미친 것일까?"

　단지 지식적으로 신화의 내용만 이야기하려고 했던 나는 그것이 궁금했다.

"신화라고 하는 스토리텔링은 늘 현실의 다양한 문제에 직면하며 살아가고 있는 인간에게 무한한 상상력을 펼치도록 하며, 공감대를 형성케 하는 것은 물론 일종의 가상 세계를 공유하게 한다는 것이지. 예를 들면, 신화의 판타지화는 근래의 소설과 영화에까지 영향을 주었는데 대표적으로 『반지의 제왕』이나 『나니아 연대기』가 있어. 이 작품들은 서로 많은 이야기를 나눌 수 있는 소재를 제공해 주지.

　너희 나라에서도 어린 시절부터 그리스로마 신화를 읽고 있는 중요한 단서가 되는 것이지. 신화는 같은 공간의 동일문화권에 있는 사람들을 결속시킬 수 있는 중요한 요소가 되는 것이고, 현실의 고통과 불평등을 위안 받거나 해소하면서 문명화해 나가는 근본이 되기도 했어. 신화는 현실에서 부딪치는 희로애락과 더불어 죽음까지도 뛰어넘을 수 있는 가상의 공간을 만들면서 문명의 발전을 이끌어 오기도 했지."

카인과 아벨(억압)

낙타는 신화에 관련된 이야기를 마치고 그네들의 조상들이 사막에 들어온 이유를 이야기했다. 에덴에 살던 낙타는 후에 카인의 집에서 함께 살았다고 했다. 그때부터 제사에 참여했다는 것도, 두 무릎을 모으고 앉은 자세도 그때부터 만들어졌다는 것도 말이다. 낙타는 한낱 짐승에 불과했지만 카인과 특별한 관계를 유지했다고 했다.

"성경에 기록된 것이라 기독교 신자든 아니든 많은 사람들이 사실처럼 알고 있듯이 아담과 하와는 선악과를 따먹고 낙원에서 퇴출 당했지. '네가 먹는 날에는 정녕 죽으리라'라고 했지만 그런 최악의 일은 생겨나지 않았어. 그때 만약 둘을 죽음으로 응징했다면 다시 인간을 만드는 과정을 기술해야 했을 테니 번거로움도 의식했을 거라고 생각할 수도 있겠지.

'땅은 너로 인하여 저주를 받고 너는 종신토록 수고하여야 그 소산을 먹으리라'라고 기록되었듯 처음 가족을 이루었던 아담과 하와는 서툰 농사일을 하며 살았을 것이야. 세월이 흘러 둘 사이에서 카인과 아벨이 태어났는데, 아벨은 양 치는 자였고 카인은 농사짓는 자이었다고 기술되어 있어.

에덴에서 퇴출될 당시 여호와는 '흙을 파먹고 살아라'라고 했는데, 양 치는 것도 그것에 포함될 수 있겠지만 자연스런 흐름은 아닌 듯해. 그런데 갑자기 성경에 제사에 관련된 이야기가 나오는데, 그 이유는 무엇일까?"

"내 생각에는 절대자로서의 존재성을 드러내려는, 거대한 음모가 도사리고 있는 것이 아닐까? 아니 그보다는 인간의 욕망이라는 말이 맞을 거야. 흙을 빚어 생명을 불어넣어 인간을 만들고 선악과를 따먹지 말라는 경고를 무시했다며 낙원에서 퇴출시킨 후에 몸을 움직여 노동으로 농사를 지어 먹고 살라고 했는데, 그냥 웃고 즐기는 편한 사이가 될 수 없는 것처럼 말이야.

기록에는 없지만 다시 모종의 지시가 있었을 것이라고 생각할 수 있지. 예나 지금이나 시키는 것도 다하지 못하는 것이 인간이니까 말이야. 아담의 시대에는 없지만 그 자식들의 시대에 제사 이야기가 나와. 카인은 땅의 소산으로 재물을 삼아 여호와께 드렸고 아벨은 양의 첫 새끼와 그 기름으로 드렸어. 여호와께서 아벨과 그 제물은 열납하셨으나 카인과 그 제물은 열납하지 않으신지라 카인이 심히 분하여 안색이 변하였다고 기술되어 있어.

선악과를 따먹은 죄를 벌하기 위하여 경고한 대로 죽이지는 않았지만 농사를 지어 먹고 살라고 명령하였고 카인은 농사를 지었겠지. 창세기에는 여호와가 자신에게 제물을 바치라고 한 구절은 보이지 않아. 기록만으로 보면 여호와로부터 따돌림을 당한 이유가 동생 아벨 때문이라며 동생을 죽이는 것으로 나오는데, 어떤 이들은 농경민족과 유목민족 간의 다툼을 암시하는 것이라고도 하지.

카인은 농사를 지어 떡을 만들어 제사를 올렸고 낙타도 제사를 지낼 때마다 그 자리에 같이 있었기 때문에 알 수 있었지. 아벨이 처음 난 양의 새끼를 제물로 바쳤고 이때 여호와는 아벨을 칭찬했어. 카인은 자신을 따돌림 하는 이유를 알 수 없었고 오로지 여호와가 동생을 편애하기 때문이라고 단정해 버린 것이야.

오늘날 왕따로 인해 발생하는 많은 문제들도 마찬가지인 셈이야. 카인의 제물이나 태도에 문제가 있었다면 그의 잘못을 직접 경고하여 범죄를 막을 일이지 '네가 만일 마음을 잘못 먹었다면 죄가 네 문 앞에 도사리고 앉아 너를 노릴 것이다. 그러므로 너는 그 죄에 굴레를 씌워야 한다.'는 간접적인 표현으로 카인을 혼란스럽게 하는 이유는 무엇이었을까. 아무튼 여호와의 저주를 받은 카인은 동생 아벨을 불러냈지만 다짜고짜 동생을 죽이지는 않았어. 성경에는 '쳐 죽이니라' 하고 표현되었지만 단순히 그러지는 않았지. 여호와에 대한 서운함을 표현하고 자신의 제물도 양으로 바꿔야 할지를 고민하는 이야기도 했어.

그러나 아벨은 형의 서운함 마음을 헤아리지 못하고 빈정거렸지. 본래부터 여호와가 카인을 별로 맘에 들어 하지 않았다는 식으로 말이야. 형은 아무리해도 여호와의 사랑이나 관심을 받지 못할 것이라고도 단정했어. 카인은 순간적으로 화가 났고 동생을 죽이게 되었어.

지금까지 아무도 카인의 편에서 이야기해 준 사람은 없었어. 성경에도 왜 여호와가 카인의 예물을 반기지 않았는지에 대한 이야기는 없어. 창세기를 기록한 이가 유목민 편에서 반 유목민인 이스라엘 민족이 약속의 땅인 가나안에 들어왔던 것에 대한 반감 때문이었을까?

카인과 아벨 이야기는 당시 고대 메소포타미아에서 자주 등장하는 목자(牧者)와 농부(農夫)의 대결구도로서 이해될 수가 있어. 양치기 아벨은 선하게 그려진 반면에 농부인 카인은 아벨에게 질투를 느껴 살인을 저질렀다는, 이유가 나타나지 않은 채 미움을 받는 것으로 기록된 것은 농경 문화권을 정복한 유목민족의 신화가 반영되었기 때문인 것으로 볼 수 있지.

구약 속에서 가나안의 신 바알(Baal)은 유대인들에게 혐오의 대상이었어. 바알의 경우 번개와 천둥의 신으로 알려져 있지만, 다른 한편으로 생식의 신이기도 해. 유대민족이 가나안의 신 엘을 아무런 무리 없이 잘 받아들였으면서도, 엘의 아들로 알려진 바알을 혐오했던 이유가 생식의 신이라는 바알의 측면 때문일 것이야. 유목문화가 농경문화를 접하게 되면서 인류학적으로 상당한 문화적 충격을 받았을 것이라고 생각할 수 있는 거지.

바알신과 여호와 신과의 투쟁은 고도로 성숙한 가나안 문화의 유혹과 유목민족으로서의 정체성 사이에서, 유대민족에게 여호와를 재인

식시켜 정체성을 확립해야 했던 힘겨운 싸움을 암시한 것이야. 그러한 저변에 카인과 아벨의 이야기가 이어진다는.

카인은 야훼의 앞을 떠나 에덴 동편 놋땅에 거하였다고 표현 되어 있어. 놋땅은 신이 존재하지 않은 땅이라고 말할 수 있을 것이야. 바로 사막이었어. 낙타는 그렇게 카인과 함께 사막으로 갔던 것이지."

낙타는 그때부터 이곳 사막에 살았다고 전해 들었다고 했다. "처음 사막에 와서 카인은 자신이 저지른 일을 후회하고 참회하는 마음으로 생활했다고 했어. 사막으로 와서 카인은 신을 버렸다고 했어. 그 후로 이곳 사막에 사는 사람들은 여호와를 믿지 않아. 그렇게 사막으로 온 이후 사막에 칭기즈칸이라는 자가 나타났고 당시 유럽까지 정벌을 다녀오면서 그곳의 이야기를 듣게 되었어."

낙타는 그 당시의 이야기를 계속했다.

암흑시대

사막에 정착한 카인과 낙타는 어쩔 수 없이 양과 염소를 치고 살아야 했다는 것부터 이야기는 이어졌다. 유럽까지 영토를 넓히고 대제국을 건설한 이곳 사막 사람들은 그곳을 다녀오면서 비로소 먼 서쪽의 이야기를 들을 수 있었다는 것도 말이다.

"당시 너희 솔롱고스는 고려라는 이름을 가진 나라였고 후에 여기 사람들이 그곳 영토를 넘보기도 했지. 당시 유럽은 암흑시대를 살고 있었어.

'로마는 하루아침에 이루어지지 않았다'라는 말은 여전히 유효하지. 로마는 공식적으로 서기 476년에 그 존재가 사라졌다고 하나 제국의 뿌리는 동로마제국으로 15세기까지 이어졌다고 볼 수 있어. 기원전 8세기부터 중세까지 2000년을 넘게 영속된 문명이었으니 인류역사의 주류는 로마제국과 밀접하다고 할 수 있어.

그러면 하루아침이 아닌 숱한 세월을 거쳐 제국을 이룬 로마가 망한 이유는 무엇이었을까?

이에 대해 『로마제국의 멸망사』의 저자 에드워드 기번(1737~1794)은 두 가지 야만이 작용했다고 단언했어. 게르만의 야만과 기독교의 야만이 그것이야. 기독교 영화에서 로마의 위정자들은 잔인한 박해자들로 등장하지. 기독교를 승인한 콘스탄티누스 이전 300년 동안 그건 사실이었어. 그러나 테오도시우스 황제 때에 기독교를 국교로 인정하면서 오늘날 기독교의 세계화를 이룰 수 있었던 기틀을 만들었다고 볼 수 있어.

로마는 그리스의 영향으로 다신교국가였지만 기독교를 승인하고 국교로까지 인정하면서 이후 비잔티움 제국 시대에 이르러서도 동방의 이슬람 세력을 막아 내는 방파제 역할을 했어.

유대교는 모세를 통해 창조주 신에게 직접 선택되어 십계명을 받았다는 선민사상에 기초하고 있지. 그러니 다른 민족이나 종교에 배타적일 수밖에 없는 것이고. 오늘날에도 기독교가 그런 것처럼 말야. 이것은 당시 로마인들에게 불편했고 유대인을 배척하는 이유가 되기도 했어. 당시 유대민족이 소수이고 약자 축에 드는 사정으로도 그러했고 말야. 유대교는 이 한계를 극복할 수 없었어.

그런데 예수의 탄생은 이런 선민사상을 희석하는 중요한 계기가 되었어. 당시 로마는 로마제정의 기틀을 닦은 카이사르가 암살된 지 40년이 지난 시점이었어. 이즈음 예수를 통한 기독교의 탄생은 절대적인

배타성으로 무너질지 모르는 유대교의 궁여지책이라고도 볼 수 있는
것이지."

낙타의 이야기는 단순히 전해 들었다고만 할 수 없는 신빙성이 있는
말이었다.

"그럼 예수를 통해 유대교의 한계를 극복할 수 있는 발판을 구축하게
된 거네."

"그렇지. 이전에는 유대민족이 아니면 구원의 대상조차 들지 못했지
만 예수를 통해서는 이방인이라 하더라도 믿고 따르면 구원받을 수 있
다는 관용을 가지게 되었지. 이것이 결국 기독교인들을 박해하던 로
마의 황제가 기독교 승인에 이어 국교로까지 인정하는 기틀이 된 것이
고. 그러나 예수가 창시한 기독교가 유대인의 영광이 될 수는 없었던
것이고 말이야. 그러니 기독교의 승인과 국교로 인정한다는 것은 엄청
난 차이가 있는 것이었지. 결국 그것은 암흑시대의 전조이기도 했던
것이고.

기독교를 국교로 선언했다는 것은 민족의 배타성은 무너뜨렸지만,
다른 종교에 대한 배타성을 잉태하고 있었다는 의미이기도 해. 결국
하루아침에 이루어지지 않았던 제국은 기독교를 국교로 인정한 지 3년
후에 동서로 나뉘게 되고, 로마 중심부가 속했던 서로마제국은 후에
멸망의 길을 걷게 되지. 제국이 멸망한 한편으로 기독교는 그만큼 융
성해 졌어.

기번이 이야기한 것처럼 야만이라 함은 문명의 대척점에 있는 말이

야. 이는 로마제국이라는 문명권이 무식하고 주먹만 앞세우는 게르만족들에 의해 무너진 한편으로는, 기독교가 종교적 야만을 부려서 로마제국을 무너뜨렸다는 이야기 이기도 하지.

로마를 이어받은 게르만계 왕조들이 로마에 이어 기독교를 바탕으로 통치하면서 그리스로마 시대보다 더 미개한 야만의 상태로 퇴보하였어. 미신과 점술 등이 다시 생겨나고 통치체계 오히려 비민주적으로 퇴보하였지. 그 결과는 부와 권력이 집중되고 치안과 질서의 부재로 민중들의 삶은 말할 수도 없이 피폐할 지경이 되었고 말이야.

다른 한편으로는 로마가 문명제국이라 하더라도 그들은 생산주체가 아니고 약탈민족이었고 그 침탈을 정당화하였어. 정복은 피정복지에 씨를 뿌리는 혼혈과 궤를 같이 하는 것이니, 사실 로마와 비로마에 대한 경계가 모호했고 로마가 망했다는 것도 어쩌면 애매한 표현이기도 한 것이지.

아무튼 로마제국의 멸망은 새로운 세력의 잉태를 예고하는 것이었고, 아틸라는 서양역사의 중심에 등장하는 최초의 동양인이었고 레오 1세는 유럽을 구해 낸 영웅이었어. 그러니 당연히 지분을 챙겼고, 결국 로마의 수장권 즉 최고의 대권을 장악한 것이야. 이로써 바야흐로 중세 기독교 세계의 문을 열게 되었어.

로마는 사실 기독교 순교자의 피를 먹고 번성했다고 볼 수 있지. 순교자들은 죽음도 불사하고 로마제국의 황제가 볼거리로 제공하는 원형경기장에서 맹수의 먹이로 세상을 등졌어. 결국 그 많은 피의 대가를 요구하게 되었고, 레오 1세는 기독교세계를 대표하여 로마로부터 제국의 통치권을 인수하게 된 것이지.

이에 따라 유럽 각지의 왕들이 레오 1세 앞에 무릎을 꿇고 충성을 맹세함으로써, 유럽은 신 앞에 헤쳐모여 식으로 완전히 변모된 세계를 하나님께 선사했어. 이것이 기독교를 중심으로 된 결정적 계기야. 그렇다면 성경 속의 어떤 인물이 레오 1세의 배경으로 존재하게 되었던 것일까?

예수의 12제자 중에서 어부출신인 베드로가 예수의 진정한 후계자로 지명이 돼. 베드로의 유대명은 '반석'을 뜻한다 하여, 베드로가 중세기독교를 세우는 데 절대적 존재가 되었던 것이지. 마태복음16장과 요한복음21장에서 근거가 명료하게 나와 있어. 결국 중세 기독교를 떠받치는 두 개의 기둥이 바로 순교자의 피와 베드로인 것이었어. 베드로는 예수의 대리자이고, 예수는 여호와의 대리자이니, 교황은 결국 이와 같은 수직구조에서 인간세계의 최고우두머리인 셈이었지.

그렇다고 레오 1세가 임의로 대권을 접수할 수는 없고, 뭔가 공식적인 절차가 있어야 다른 세력들이 넘볼 수 없었는데, 마침 '바보 같은' 로마황제 발렌티니아누스가 칙령(455)을 공표하여 교황의 수장권이 이제 만방에 알려졌어. 로마의 실질적 몰락은 서로마제국의 멸망(476)보다 훨씬 앞섰던 것이지. 동로마제국의 건재 역시 따지고 보면 로마 정교, 즉, 모양만 다른 기독교의 휘하에 이미 편입되어 있었던 것이고 말이야.

이렇게 로마황제 스스로가 대권을 포기하니, 이제 교황은 지상의 사법권까지 접수하여, 종교의 이름으로 속세인들은 재판 했지. 내세의

심판을 빌미로 세상의 모든 권력을 한 손에 장악했고, 세상의 지배자
는 사제집단이며, 바이블이라는 통치지침으로 세상을 장악한 것이야.
이때부터 중세의 어두운 시간들이 도래한 것이야. 더하여 십자군전쟁
이 시작되고 마녀사냥도 이의 연결점에 있었던 불행한 사실이었지."

세 번 째   이 야 기

낙원

낙타의 이야기를 듣고 보니 상당한 신빙성이 있는 것 같은, 그러나 생소한 이야기였다. 일반적으로 중세를 종교가 득세한 것처럼 표현하지만 결국 인간이 신을 등에 업고 인간을 억압한 시대였던 셈이다.

"내가 어려서 다녔던 교회는 산간벽지의 작은 교회이다 보니 신학교를 마치고 목사 안수를 받기 전의 전도사들이 부임했었어. 궁핍함은 둘째로 안온한 가정환경을 가지지 못했던 어린 시절에 교회라는 공간은 나에게 가정에서 채울 수 없던 가족애와 평안을 채울 수 있었던 특별한 공간이기도 했지.

그러나 편협한 인식과 세계관을 가질 수 있는 단초가 되기도 했다는 것을 안 것은 그 후의 일이었지. 설교시간이면 미국 등 당시 잘사는 나라들은 모두 기독교가 주를 이룬다는 것을, 부처님은 부활하지 않았고 불상도 단지 죽어 있는 우상에 불과하다는 것을 주입하는 데 급급했

무신론자를 위한 변명

어. 거기에는 내세관이 중요한 기저를 이루고 있었던 것은 당연한 것이고.”

“그래, 맞아.”

낙타가 내 말에 응수하며 말을 이어갔다.

“에덴에 대해서는 많은 이야기를 들을 수 없었어. 아름다운 환경과 일하지 않고도 먹을거리를 구할 수 있는, 즉, 단순히 의식주를 해결할 수 있다는 차원의 의미가 전부였지. 에덴의 평화가 길지 않았던 것처럼, 그 낙원에 대한 구체적인 묘사는 없어. 그만큼 천국의 설정이 애매할 수밖에 없다는 것이지.

천국은 인간의 욕망이라는 것이 제거되어야 한다는 전제가 반드시 필요할 것 같은데, 이는 역설적으로 욕망을 완벽하게 충족시켜 준다는 것과 궤를 같이 하는 것이야. 근데 이는 인간의 존재성을 부인하는 것이지. 욕망이 없다면 행복도 생겨날 수 없다는 것이 인간사의 비극인 거야. 행복의 정의가 애매한 점이 있지만 행복이 없다면 천국도 의미 없는 공간이 될 것이고.

다른 하나는 공간적인 면에서야. 예전에 교통이 발달하지 않았을 때는 이 지구상 어딘가에 천국이 있을 거라고도 했어. 제임스 힐튼의『잃어버린 지평선』에서 ‘실제의 증거 없이 사물을 믿을 때에는 자신의 마음이 제일 끌리는 것을 믿고 싶은 것’이라 했듯이 말야.

서양에서 이상향의 대명사로 통하는 ‘샹그릴라’는 바로 이 책에 등장하는 히말라야 깊은 산속 신비의 낙원을 뜻하지. 무릉도원이나 유토피아가 현실에는 없는 공상적 낙원을 의미한다면, 샹그릴라는 어딘가에 진짜 있을 것 같은 실재감이 강하게 느껴 지지.

실제로 중국에서는 소설 내용과 비슷한 윈난성의 한 고장을 샹그릴라로 개명하여 많은 관광수입을 올리고 있어. 이처럼 이제 지상에서의 천국은 큰 의미가 없어졌다고 볼 수 있지. 그러면 공간적으로 천국을 어디로 생각해야 하는 것일까. 영화 〈인터스텔라〉에서처럼 또 다른 별에 존재하는 것으로 생각해야 하는 것일까?"

낙타의 말을 듣고 있던 나는 예수의 말을 인용했다.

"예수님이 '너희들 안에 천국이 있다'라고 말했어. 여러 갈래의 해석이 나올 수도 있지만 불가에서 말하는 일체유심조(一切唯心造)와 뜻이 통하는 말일 거야. 왜냐하면 많은 사람들이 지상에서 과거의 에덴을 찾아내려고 노력했고 어디쯤일 거라고 이야기했지만 애매한 부분이듯이 말이야. 사실 낙원은 이 세상 어느 곳에도 존재하지 않을지도 몰라."

날이 저물고 있었다. 이제 숙소로 돌아갈 시간이었다. 낙타에게 고맙다는 말을 했다. 낙타는 나에게 솔롱고스에 사는 낙타의 엄마를 만나라고 말했다.

무신론자를 위한 변명

꼴값

낙타와 너무 많은 이야기를 한 것 같았다. 숙소로 돌아와 몸을 씻고 잠시 쉬었다가 낙타가 모여 사는 곳에 다시 가 보기로 했다. 이제 이곳을 떠나면 다시 낙타를 만나기는 어려울 것이라고 생각했기 때문이다. 일행들도 낙타를 시승하기 위하여 게르가 있는 곳으로 이동했다. 그곳에 도착했을 때 양과 염소들은 돌아와 있는데 어미 낙타들은 돌아오지 않았다. 새끼낙타들은 긴 울음을 허공에 날리고 있었다. 갓 피리를 배운 아이가 부는 서툰 음색의 피리소리와도 같았다. 엄마를 부르는 소리였다. 긴 여름날에 온종일 말뚝에 매여 있다가 저녁나절이 되면 엄마를 부르는 소리이다. 엄마는 반드시 돌아온다는, 새끼 낙타들은 그기다림에 익숙해졌을지도 모른다.

멀리 어미 낙타들이 돌아오고 있었다. 어미 낙타들은 풀을 뜯을 때와는 다르게 발걸음을 서두르고 있었다. 서울대공원에 사는 낙타의 엄마를 찾아야 하는데, 먼저 낙타를 한 번 타보기로 했다. 낙타의 키는 생각보다 훨씬 컸다. 이 곳을 먼저 다녀왔던 이는 낙타 한 마리를 만나면 산이 없는 그곳에서 산맥을 만난 것 같았다고 말했다. 약간의 과장된 표현이라는 느낌도 있었지만, 낙타의 몸집은 상상했던 것 이상이었다. 낙타가 앉지 않으면 등 위로 오르는 것은 어려웠다. 일어날 때도 산맥이 흔들리듯 온 몸이 흔들렸다.

'비단길'이라는 말을 만들었던 과거 속 낙타와 대상(隊商)들을 생각했다. 거친 삶을 살았던 사람들이다. 낙타들은 그들의 둘도 없는 동반자들이었다. 낙타 등에 타고 낙타를 다시 보았다. 낙타는 여느 동물들과는 다른 모습이었다. 그런 생각은 생소한 것이었다. 낙타는 낙타라서 이런 생김새니 했다. 그런데 영화에서나 본, 실제로 한 번도 볼 수 없었던 외계인처럼 낙타가 새롭게 눈에 들어왔다. 참 못생긴 동물이라는 느낌이었다. 등 위에 있는 혹마저도 생뚱맞다는 생각이었다. 낙타의 등에서 낙타에게 물었다. 몸을 흔들어 떨어뜨릴지도 모른다는 생각을 하면서 말이다.

"낙타야, 너희들이 못생겼다는, 이상하게 생겼다는 것을 알고 있니?"

참 무례한 질문이었다.

'못생겼다'라는 말의 반대일 수도 있는 '예쁘다'의 사전적 정의를 보면 '생긴 모양이 아름다워 눈으로 보기에 좋다.'로 나와 있다. '아름답다'라는 말은 '보이는 대상이나 음향, 목소리 따위가 균형과 조화를 이루어

무신론자를 위한 변명

눈과 귀에 즐거움과 만족을 줄 만하다.'로 나와 있다. 그렇다면 '세상에서 가장 못생긴'이란 뜻은 보이는 대상이 균형과 조화가 이루어지지 않거나 생긴 모양이 보기 싫다는 의미일 것이다. 보기 싫을 것까지는 아니지만, 신체의 균형과 조화가 이루어지지 않은 낙타는 못생긴 모습이었다.

낙타는 그런 것쯤은 달관한 것처럼 내게 말했다.

"내가 전해 들어서 기억하는 것으로 우리 조상들이 이 불모의 사막에서 살아온 것은 카인과 아벨이 살았던 시대에 있었던 최초의 살인과도 관련이 있다고 했어."

앞서 만났던 낙타와 같은 이야기였다.

"나는 종교적인 것은 자세히 몰라. 다른 또 하나의 이유로 바로 우리들의 외모와도 관련이 있을 거야. 우리 낙타들은 비교할 대상이 있어서라기보다는 보이는 모습이 못생겼을 뿐이야. 거울이 없지만 옆에 있는 친구들을 보면 알 수 있잖아. 그런 이유만이 아니겠지만 우리는 덩치도 큰데 12가지 지신동물에는 들지 못했어. 뱀까지도 그 자리를 차지하고 있는데 말이야."

그러고 보니 낙타는 12가지 지신동물에도 들지 못했다. 그 대신 12가지 동물의 특징 한 가지씩을 다 가졌다는 소문이 있는데 전혀 근거 없는 이야기는 아니었다.

"옛날 옛적 왕국에서는 열두 해에 해당하는 동물을 정해야 하는 일이 있었지. 열한 가지 동물은 정했는데 첫 번째에 해당하는 한 가지 동물을 정하지 못했어. 그 대상으로 낙타와 쥐가 남아 있었지. 결정권을 가진 왕은 두 동물에게 조건을 제시했어. 내일 아침에 뜨는 해를 먼저 보는 동물로 정하겠다고 말이야. 이는 키가 큰 낙타에게 유리한 조건이었지만 다음 날 쥐는 낙타의 등 위로 올라가 먼저 해를 보았다고 소리쳤어. 그래서 쥐는 첫 번째 동물이 되었고 낙타는 제외되었던 것이지.

그 대신 낙타에게는 12가지 동물의 특징, 즉, 쥐의 귀를, 토끼의 코를, 양의 털 등 한 가지씩을 물론 이것은 이치에는 맞지 않는 말일 수도 있어. 왜냐하면 낙타는 이미 낙타의 모습을 가지고 있었기 때문이지. 아무튼 이러한 이야기들은 우리 낙타의 외모와 관계가 있는 거야."

낙타가 사막으로 온 까닭은 여러 이유가 있었지만 낙타의 꼴, 즉 외모와 관련이 있을 것이라고 생각했다.

또 다른 이야기는 낙타에 머리에 있을 법한 뿔이 없는 이유에 관한 이야기이다.

"내가 들었던 또 다른 이야기는 아주 오래전에 살던 낙타에게는 뿔이 있었다는 것이야. 그런데 어느 날 사슴이 낙타한테 와 뿔을 빌리고 싶다고 해.

'낙타야 뿔 좀 빌려다오. 서역에서 동물잔치가 있어 나도 뽐을 잡고 싶은데…….' 낙타는 그 말을 곧이 믿고 사슴에게 뿔을 빌려 주었다는 거야. 그 후 사슴은 다시는 사막으로 돌아오지 않았고 말야. 그래서 사슴은 낙타가 가졌던 멋진 뿔을 갖게 되었다는 것이지. 그때부터 낙타는 풀을 뜯으면서도 지평선을 바라보고 있는 거지. 사슴이 돌아오길 기다리면서 말이야."

아무튼 지어낸 이야기라고 하더라도 사슴을 기다리는 낙타의 심정을 이해할 수는 있을 것인가? 낙타도 그러하다면 현대를 살아가는 사람들에게 외모는 어떤 의미인가?

그녀 이야기

나는 다시 낙타에게 내가 알고 있는 친구 이야기를 했다.

"내가 알고 있는 친구 중에 얼굴에 화상처럼 큰 상처를 가진 친구가 있어.『지선아 사랑해』라는 책으로 널리 알려진 이지선씨처럼 말이야. 물론 그녀보다는 덜한 편이지. 그러나 내 친구는 아주 어린 시절부터 그런 상처를 갖고 자라왔으니까 다른 경우로 보아야 할 거야. 지선씨는 음주운전 차량이 낸 사고로 전신 55%에 3도 화상을 입었고 생사를 오가는 수차례 수술, 재활 치료로 기적처럼 새로운 삶을 살아가 고 있어. 현재 미국에서 사회복지 박사 과정을 밟고 있지. 이런 기적 같은 삶을 살아가는 그녀의 이면에는 본인의 의지도 중요한 것이겠지만 가족들의 헌신적인 사랑이 많은 도움이 되었을 것이야.

내가 알고 있는 친구는 그런 사정이 되지 못했어. 초등학교만 졸업하고 본인의 의지와 노력으로 가정을 일구어 자녀들을 훌륭하게 키워낸 대단한 친구야.

어느 날 지방에 문상을 갔다가 만난 그녀와 상경하는 길에 우연히 같은 차에 타게 되는 행운이 있었어. 그녀는 세상에 태어나 누구에게도 꺼내놓지 않았을 법한 이야기를 나에게 털어놓았기 때문이야.

그녀는 가끔 모임이 있을 때마다 만났지만 의례적인 인사를 나누었는데, 그것은 알게 모르게 그녀의 외모가 영향을 미쳤을 것이야. 그녀의 외모가 그녀의 책임인 것처럼 말야. 그녀에게 접근하는 것조차 은근히 마뜩치 않아 했을 거구. 그만큼 외모는 어떤 이유로든 접촉하는 상대방을 인식하는 데 결정적인 영향을 주는 요소인 셈이야. 그녀가 왜 그런 얼굴이 된지 이유를 알려고도 하지 않았고, 사실 관심도 없었고 말야.

그녀가 태어났을 때 그녀의 집안은 말할 수 없이 가난했 댔어. 갓난아기 때 열병을 앓았는데 그녀의 부모는 약을 사먹이는 것은 물론 병원에 갈 여유도 없었어. 하루 종일 밭고랑을 굼벵이처럼 기어도 입에 풀칠하기도 어려운 형편이었기 때문이었을 거야. 병은 자꾸만 악화되어 갔지만 무당을 불러 굿을 하거나 구전되는 민간요법을 따라하는 것이 전부 다였지.

어느 날 이웃동네에 사는 먼 친척 되는 분이 특별한 민간요법 으로 약을 처방해 주었는데, 결국 그때부터 그녀의 얼굴이 그렇게 된 것이지. 시간이 흘러도 여전히 사는 것은 궁핍했지. 초등학교를 졸업하고 중학교를 갈 형편이 되지 못했고 서울로 올라가 문구점의 종업원으로 일하게 되었어. 자신의 얼굴에 대한 자괴감은 나이를 먹어 갈수록 점점 커졌어.

동생들 학비를 보태면서도 악착같이 돈을 모았어. 스무 살이 되면 병원을 가려고 말야. 그렇게 기다리던 스무 살이 되어 병원을 찾아가 의사선생님께 얼굴을 고쳐 달라고 했대. 너무나 오랫동안 가슴속에 숨겨

무신론자를 위한 변명

두었던, 수없이 되뇌었던 말이었 어.

나이가 들어 보이는 의사는 처자의 바람을 아는지 모르는지 그녀를 살펴보더니 고개를 가로저었다고 했어. 그녀는 의사에게 소리쳤다고 했어. '나는 여자란 말이어요.'라고.

눈물을 그렁그렁 매단 채 병실을 빠져나왔고, 막막하다는 표현이 그런 것처럼, 가 보지는 않았지만 사막 한가운데 서 있는 느낌이었다고 했어. 회사에도 나가지 않고 집 안에 틀어박혀 있던 그녀는 어느 날 서울역으로 갔대. 밤에 출발하는 목포행 완행열차를 열차를 탔어. 어디를 가겠다는 목적지도 없이, 다만 멀리 떠나고 싶었다고 했어. 지나온 삶이 어둠 속의 차창 밖으로 흘러가고, 이제 더 이상 살아갈 힘이 없었대.

새벽녘에 목표역에 도착했고, 비린 갯냄새에 마음은 더 우울해졌다지. 부둣가로 가지 않고 유달산으로 갔대. 어릴 적 엄마는 술에 취하면 목포의 눈물을 부르시곤 했는데, 엄마의 노래는 긴 한숨이 찾아들곤 했었겠지.

인적이 드문 아침나절 소주 한 병을 사고 유달산의 계단을 오르기 시작했어. 이제는 살아갈 힘이, 용기가 없었다지. 자신이 없어진다고 해도 하나도 슬퍼할 사람도 없을 것 같았지. 병원을 나오면서 모아두었던 수면제를 꺼냈어. 해가 떠오르고 있었는데, 가물가물 의식이 흐려져 갔다고 했어.

그녀가 깨어난 것은 병원이었다고 했어. 아침 산책을 나왔던 분이 쓰러져 있는 그녀를 발견하고 병원에 옮겼던 거지.

세월이 가고 그녀는 결혼도 했고 아이도 생겼지. 남편도 그녀도 직장

생활을 하면서 가정생활도 안정되어 갔지만 그녀의 얼굴은 어쩔 수가 없었어. 다시 사십대에 긴 세월의 미련한 미련처럼 병원 문을 두드렸대. 한 번의 경험이 있었고 그동안 수없이 상상을 불러온 장면이었지만 마음속의 불안은 어쩔 수 없었지. 의사의 반응은 마찬가지였대. 너무나 오랜 시간 마음 졸이며 기다린 세월에 비하면 너무나 허망하고 허무했지만 그렇다고 다시 목포행 열차를 탈 수 있는 나이도 아니었어. 그녀에게는 선물과도 같은 두 딸이 있기 때문이기도 했고.

이 세상의 누구든 자신의 외모에 100% 만족하는 사람이 있을 거라는 생각을 하기가 쉽지가 않아. 왜냐하면 분명히 자신도 어느 한 군데 불만족스러운 데가 있기 때문일 거야. 나도 마찬가지로 키 때문에 그런 경우였지.

초등학교에 다닐 때는 키에 대해 그렇게 큰 고민이 없었는데 중학교에 들어가면서부터 쉽게 자라지 않는 키가 나를 억압하고 괴롭히기 시작했던 거지. 학습을 위한 배려 차원이었겠지만 키를 세워 출석부에 번호가 정해졌고 그것이 후에 군 생활까지도 길게 이어지면서 키는 지금까지도 암울한 그림자를 드리우고 벽과 같은 것이었어.

그보다도 중학생시절에 키는 어울리는 친구의 범주를 정해 주는 야만적인 요소가 되기도 했지. '여자의 피부는 권력이다'라는 광고카피처럼 사춘기를 지나면서 원하는 만큼 자라지 않는 키는 바로 야만의 권력처럼 나를 억압했었던 것이지.

자존심이 똬리처럼 자리를 잡아가던 그 시절, 하늘이 높다는 것은 물론 방 안의 천장도 높다는 걸 모르는 것같이 자라지 않는 키가 얼마나 원망스러웠던지 몰라. "키만 조금 더 컸으면 국가대표 축구선수도, 영화배우도 했을 텐데……"라며 가끔씩 빈정거림으로 던져지는 말에도 상처를 받아야 했지. 어느 땐가는 빨랫줄에 걸린 내 짧은 교복바지를 쳐다보면서 한심하다는 듯 남 일처럼 비웃음을 날리기도 했어.

그렇게 중학교 시절은 결코 맞서거나 넘을 수 없는 '키'라는 장애물 앞에서 참으로 무력해야 했고 울분이 쌓여 가던 시절이었어. 그래도 세월이 약인 것처럼 그 깊은 상처는 딱지를 만들며 아물어 가기도 했는데, 그래도 완전히 아물지는 못하고 살아야 했어.

아내가 특별히 키높이 구두를 사왔다며 풀어놓을 때도, 무릎이 시큰거리는 그 구두를 신어야 할 때도 다시 덧나기도 해서 아프기도 했지. 그리고 아이들은 아비의 키를 기준으로 자신들이 커가는 것을 말했어.

"이제 아빠 키보다 커졌어!"라는 말에 일견 대견스럽기도 했지만 아문 상처가 속으로 곪아지기도 했어. 아내가 무슨 클리닉인가 하는 곳에 아이들을 데리고 가기도 했고, 거액을 들여 무슨 기구를 들여놓는다, 보조식품을 먹인다며 호들갑을 떨 때는 그 돈이 아까운 것은 물론 내 작은 키에 대한 빈정거림 같다는 속 좁은 생각과 '나 때문에'라는 자괴감도 가져야 했고 말야."

욕망의 시대

잠자코 내 이야기를 듣던 낙타는 어디서 들었는지 아는 체를 했다.

"외모가 모든 가치기준에 우선하는 세상이 되어 가고 있지. 너희 인간들이 보기에 다 똑같은 낙타로 보이지만 우리 낙타들 사이에도 서로 차이점이 있어. 쉽게 이야기하면 잘생기고 못생기고 한 점이 있다는 것이지.

그것은 이 세상에 존재하는 모든 만물이 다 같다는 의미이기도 해. 짝을 고를 때도 마찬가지지. 너희 인간들은 주로 여성들의 입장에서 취업 등의 이유를 붙이기도 하고 심지어는 하나밖에 없는 목숨을 담보로까지 살을 빼거나 성형을 하기도 하는 세상이기도 하잖아. 많은 여성들에게 그리고 일부 남자들까지 합세하여 단지 자신을 거울에 비췄을 때나 타인에게 보여질 외모 때문에 성형은 통과의례처럼 되어 가는 것도 마찬가지고. 대부분 취업 등 사회생활을 위한 것이거나 자신감을 갖고 싶었다는 이유를 대기도 하지.

결국 자신감은 자신이 만드는 것인데 거울이나 타인이 만들어 준다고 착각하는 것일지도 몰라. 그러면서 알게 모르게 그 속에 빠져들기도 하지. 어떤 여자를 만났을 때 '미인이시네요' 하는 것도 마찬가지겠지. 상대방에게 호감과 자칫 과잉의 호의를 표시하는 방법이기도 한데, 이런 유의 말이 상대방에게는 불쾌감을 주는 이야기가 될 수 있다는 것이지."

사막에 사는 낙타도 인간세상의 이야기를 비교적 상세히 알고 있었다. 내가 다시 이야기를 시작했다.
"최근 조사에 의하면 대학생의 94%가 자신의 외모에 콤플렉스를 가

무신론자를 위한 변명

지고 있고 남학생은 신체부위 중 '키'를, 여학생은 '몸매' 때문이라는 비율이 높았다고 해. 대중목욕탕에나 가야 타인에게 보여지는 사내의 내밀한 부위까지도 자신의 사후 누군가에게 보여질 걸 염려해서 확대시술을 한다는 귀도 안 막히는 이야기도 들었던 적이 있고.

언젠가 방영되었던 TV프로그램에서 한 여성출연자가 키가 얼마 이상이 안 되면 루저라고 한 것이 사회적인 논란으로 부각되었던 적이 있었어. 그즈음 아침 출근길 지하철 안에서 읽은 무가지 한 조각의 내용이었는데, 어떤 남성(30대, 162cm)이 그와 관련되어 정신적인 피해를 입었다며 손해배상을 청구했던 모양이야. 이에 모 변호사는 '여성 외모에 대한 평가가 남성 전유물인 시대는 지났고 종교에서 이성으로, 이성에서 삶으로, 그리고 욕망의 시대를 살고 있다'라고 언급했어.

결국 그 욕망의 주체는 외모와 돈이라는 것이지. 이제 그냥저냥 살아갈 수 있으려나 생각했는데 다시 키와 관련된 이야기가 사회적으로 회자되고 있으니 곤혹스럽기만 했어. 나잇살이나 먹었다고 결코 자유스러워진 것도 아니고 다시 가슴이 답답해지는 상황이 된 것이지.

누구든 외모의 그릇된 욕망에서 자유스러워지기는 어려운 것이고, 그렇다고 그 굴레에서 빠져나갈 확실한 방도도 찾아내기가 어렵다는 게 문제이지. 한 가지 방법이 있다면 서로서로 외모에 둔감해지는 것이지. 만약 그런 사고방식이 보편화된다면 한층 성숙된 세상을 만들어 갈 수 있을 텐데 말이야.

그렇다면 이런 외모지상주의, 외모차별주의가 새삼스럽게 부각된 이유는 무엇일까? 남녀 간의 순수한 사랑을 추구한 시대가 그다지 오래된 것이 아니듯이 외모에 대한 집착도 마찬가지일 거야. 80년대를 지나며 경제적으로 과거보다는 비교할 수 없을 풍요를 누리게 되고 사회가 안정되면서 그렇게 되었다는 것이지. 또 다른 이유로는 인터넷과 디지털카메라 등 영상기기 및 폰 카메라의 일반화로 개인주의 성향을 추구하는 청소년들을 중심으로 소위 얼짱문화라는 것이 생겼다는 것이야.

그러나 실제로는 대중매체와 기성세대들이지. 대중매체는 대중의 시선을 의식하며 끊임없이 이슈를 만들어 내듯이 얼짱들을 클로즈업시켰던 것이야. 기업의 광고도 마찬가지였고, 대중들은 은연중에 이런 사회풍조에 휘말려 들었다는 것이지. 이 와중에서 취업 시 면접에서 외모는 결정적인 요소로도 작용하기 시작했어. 그러면서 성형수술은 당연히 거쳐야 하는 합리성을 배태할 수 있었던 것이지.

아름다움이라는 것에 내면을 대비하거나 아름다움을 인위적인 수단으로 정형화된 기준이 아닌 개성이라고 한다면 이것이 바로 요즘 회자되는 섹시함의 지표가 되는 것은 아닌지. 종교처럼 섹시함에 함몰된 지표를 집어던지고 자신과의 긍정을 이루는 것, 자신과 적극적으로 교감하고 나아가서 타인과 교류하고 교감하는 것이 섹시함이라고 재정의한다면 이 시대를 살아가는 사람들은 훨씬 평안하고 풍요로운 삶을 살아갈 것이라는 생각을 해.

무신론자를 위한 변명

누구에게나 용기가 필요해

"얼마 전에 그녀가 일하는 가게를 찾아갔을 때 그녀는 근처의 찻집에서 차를 사주었고, 나는 그 자리에서 배낭에 넣고 다니며 읽던 책을 그녀에게 주었어.

그 책은 알프레드 아들러의 심리학을 통해 심리 치유의 메시지를 전하는 일본 작가 기시미 이치로의『미움 받을 용기 』라는 책이었지.

가정주부로 그리고 저녁 늦은 시간에 일이 끝나는 직장을 가진 일상이 바쁜 그녀가 그 책을 읽을지는 미지수였지만, 건방진 생각이었을 수도 있지만 그녀가 지금까지 살아온 가파른 삶에 또 다른 의미로 위안이 되었으면 하는 마음이었어. 그러나 결국 그런 생각은 그녀를 생각했다기보다는 나에 대한 자각이나 연민이었을 거야.

그 책을 읽으면서 부끄러운 것이 많았어. 자기 연민은 자기가 치는 덫이라는 표현이 맞을 거야. 그 책을 읽으면서 그런 생각이 들었어. 내가 아버지를 미워했던 것은 아버지가 원인을 제공한 것이 아니라 내가 스스로 선택한 것이라고 말이지.

나에게 아버지는 늘 불만과 불편한 대상이었어. 특히 어머니를 업신여기고 하찮게 대한다는 것이 그 불만의 중심에 있었어. 독선적이고 권위적인 행태에 대한 것도 불편했지. 아버지와 사이가 좋지 않은 것은 당연한 것이었고 나로서는 너무나 당연한 이유가 있었던 것이지.

그런데 아들러라는 심리학자는 내가 아버지와 소원한 것은 아버지가 제공한 것 같은 불만과 불편이 원인이 아닌, 아버지와 함께하기보다는 소원해지고 싶어 그런 원인을 부각하는 것이라고 했어.

결국 목적 때문에 원인을 끌어들인다는, 여기에서 원인은 우리가 흔히 이야기하는 트라우마와도 같은 것이겠지. 결국 내가 아버지와 소원한 관계를 설정한 것은 아버지가 제공한 것 같은 이유가 아닌, 나의 이기적 편의나 나약함에서 벗어나지 못한, 용기 없는 선택에 불과하다는 것이야.

정확한 수치는 없지만 최근 증가하고 있다는, 은둔형 외톨이가 있다면 문제는 그 개인과 과거가 아닌 현재에 있다는 것이지. 방에서 나오기 싫은 것이 우선이고 그 방에 있고 싶어 하는 것을 합리화하기 위해 왕따를 이야기하고 가정환경과 주변 환경의 이유를 만든다는 것이야. 결국 방에서 나오기 싫으니까 가지가지 이유를 만들었다는 것이지.

나의 불행은 내가 선택한 것, 인생은 과거나 미래가 아닌 지금 여기에서 결정된다는 것이 책의 결론이야. 그 결론처럼 자유란 타인에게 미움을 받는 것, 그것은 자유롭게 살고 있다는 증거이자 스스로가 그때그때 정하는 바에 따라서 살고 있다는 것이지."

긴 이야기가 끝났을 때 낙타가 나에게 물었다.

"타인의 시선을 의식하지 않는다는 것은 결국 외톨이가 되어야 한다는 것 아니야?"

"물론 그럴 수도 있지. 공부도 재물도 마찬가지지만 외모도 남과 비교하고 경쟁하다 보면 자신만이 피폐하게 되는 것일 거구. 공부야 남보다 앞서려고 하는 것이 아니라 지식을 배양하려고 한다면 스스로 열정이 만들어지는 것이지만, 쉬운 것은 아니지. 남과 경쟁해서 앞설 수 없다고 생각해 공부를 그만둔다면 어리석은 것이고 남과 비교하지 않을 때 오히려 진정한 성장을 가져올 수 있는 것 아닌가? 남과 비교하지 말고 자신이 할 수 없었던 일을 할 수 있도록 스스로 노력하는 게 중요하다는 것이지.

타인이란 나를 도와주는 동료라고 여길 때 외톨이가 될 위험성은 감소하지만, 타인이 나를 어떻게 생각할까 고민하며 남의 시선을 의식하며 살기보다는 차라리 고립을 택하는 것이 낫다는 것이지. 결국 핑계나 구실을 만들거나 찾지 말고 마음을 수양하고 실천해야 한다는 것이야.

내가 아닌 대상을 보는 관점을 바꾸는 것, 즉, 내가 맞닥뜨린 과제를 해결할 힘이 나에게 있고 남이 나를 어떻게 보는지는 '타인의 과제'일 뿐이라는 것이지. 이는 수양이라기보다는 인식의 문제라는 거지. 물론 실천을 통해 이를 배울 수도 있는 것이지만."

내 말이 끝났을 때 낙타는 긴 한숨을 내쉬었다.

"문제는 인식의 틀을 바꾸고 고친다는 것이 쉽지 않다는 것이지. 감정도 습관이라는 이야기를 들어봤겠지? 우리 낙타들은 사막으로 와서 오랜 세월을 살아오는 동안 인간들에게 억압을 받으면서 생겨난 습성들이 습관이 되었을 거야.

노자로부터 아리스토텔레스까지 동서고금을 통해서는 물론 '세 살 버릇 여든까지 간다'라는 것까지 습관에 관한 많은 이야기들이 회자되고 있어. 자기 계발서로 분류되는 책도 마찬가지이고. 습관은 자신이 만들어 가는 것이지만 자신의 정체성을 한정하는 결정적인 요소로도 작용하지.

수렵생활을 하던 시절부터 생존을 위한 안전이 우선인 '현상유지'가 중요한 삶의 방편이었을 것이고, 그래서 생각과 활동을 조종하는 머리는 변화를 싫어한다는 것이지. 너희 인간 족속들 중 체중감량을 위해 노력하는 이들이 겪는 요요현상이 이를 뒷받침한다고 볼 수 있는 것이지. 심각한 우울, 불안을 느낄 때의 자극이나 쾌락과 만족을 느낄 때의 자극은 같은 모드라는 것이지."

"그래, 맞아. 내가 직장에서 업무로 또는 상하 직원 간의 갈등으로 과도한 스트레스를 받는 상태가 해소되지 못할 때 이를 해소하는 방편으로 폭음을 하거나 주말에 마라톤이나 등산 등의 취미 활동에 과도하게 집착하는 경우가 있었지."

"그래, 그러한 행위를 통해 스트레스를 해소한다는 구실을 쫓는 것이라지만 이도 결국 스트레스를 가중시키는 요소가 된다는 것이야. 자타가 그와 같은 삶의 모습을 열심히 살고 있다며 긍정적으로 평가하거나 평가받기도 하고, 그저 열심히 살고 있다는 자기만족의 착시 속에 매몰되고 그것이 익숙해지 면 결국 스트레스에 찌든 습관이 된다는 것이지. 그래서 중독처럼 스트레스를 받을 때 습관적인 행동을 취할 확률이 더 높아진다는 것이지."

낙타와는 말이 잘 통하는 것 같았다.

해후

　내 긴 이야기가 끝났을 때 낙타는 목이 말라 물을 먹으러 가야 한다고 했다. 우물가를 향해 가면서 낙타는 나에게 이야기했다.

　"우리 조상들이 이 삭막한 사막으로 들어올 수밖에 없었던 것은 앞서도 이야기했지만 당시의 상황이 우선이었지만 외모의 문제도 굉장히 중요한 요인이라고 했어. 우리와 같이 이 사막에서 오축(五畜) 속에 드는 말이나 양, 염소 등을 만나기도 하지만 이 사막에서 만나는 동물은 매우 한정적이지. 말을 제외하고는 신체적으로 차이가 많이 나기도 하고. 그래서 비교할 수 있는 대상이 없지.

　만약 우리가 좋은 환경에서 살아간다면 너희 인간들처럼 외모의 늪에 빠져들 수도 있다는 것을 알고 있었지. 너희 인간들이 외모 때문에 목숨을 걸기도 한다는 것을 생각해 보면 잘 알 수 있을 거야. 외모에 치중한다는 것은 그만큼 사는 형편이 좋아졌다는 의미일 수도 있어.

　　　　　　　　　　　무신론자를 위한 변명

외모를 중요시하고 외모에 치중하여, 결국은 삶을 황폐화시키지. 사회 기류가 그렇게 흐르니 어쩔 수 없이 거기에 편승할 수밖에 없는 것이라고 하지만 자신도 그 기류의 중심에 서 있다고 볼 수도 있는 거야."

낙타와 함께 우물가에 도착해서 두레박으로 물을 길어 구유에 채웠을 때, 낙타는 물을 먹기 시작했다.

낙타의 등에서 내려 출발했던 곳으로 돌아왔다. 양과 염소는 초원에서 돌아와 있었고 몇 마리의 낙타 새끼들이 서툰 피리소리처럼 여전히 울부짖고 있었다. 아직 돌아오지 않은 어미를 기다리고 있는 것인가? 하루 종일 뜨거운 태양 아래 말뚝에 매여 견딘 서러움과 슬픔이 묻어나고 있었다. 돌아온 어미들은 제 새끼들을 찾아가고 있었고 젖을 물리고 있었다. 젖을 물리고 난 낙타에게 다가갔다. 두 해 전쯤에 솔롱고스로 새끼낙타를 보낸 엄마낙타가 누구인지 물었다. 낙타는 주위를 둘러보더니 아직 돌아오지 않았다고 했다. 일행들은 낙타시승을 마치고 숙소로 돌아갈 준비를 하고 있었다. 나는 일단 숙소로 돌아갔다가 다시 돌아오기로 했다.

저녁 메뉴는 허르헉이라는 몽골 전통 음식이었다. 몽골을 다녀간 사람들은 한번쯤은 반드시 먹고 가는 음식이었다. 양고기에 감자와 당근 등의 야채를 넣고 만드는 음식이었다. 당근과 감자 등 야채가 들어간, 소금 외에 별다른 양념을 치지 않은 우리의 갈비찜 같은 것이었다. 한 가지 특별한 것이 있다면 고기를 삶을 때 장작불에 뜨겁게 달군 주먹만 한 돌들을 원형의 솥 안 고기 사이로 넣는다는 것이다. 음식을 익히기 위한 것이다. 우리 갈비찜은 간장이 많이 들어가 색깔부터 진하지만, 허르헉은 뭉텅뭉텅 썰어 놓은 껍질 붙은 수육 같다. 육질이 조금 질기다는 느낌이었지만 냄새는 크게 심하지 않았다. 맥주도 몇 잔 마셨다. 간단한 공연이 시작되고 있었다.

그곳의 주인은 취업비자로 솔롱고스에 가 8년을 지냈다고 했다. 캠프는 관광객을 위한 게르 숙소와 식사를 할 수 있는 통나무집 등으로 구성돼 있고, 통나무집은 솔롱고스에서 일하면서 착안했다고 했다. 한국말로 대화도 가능할 정도였다. 그에게 가져간 책을 한 권 건네주었다. 언제 다시 올 것이라는 나름의 기대나 설렘과도 같은 것이었으리라. 식당을 조용히 빠져나왔다. 서울대공원에 사는 낙타가 건네준 목도리를 챙겼다. 낙타가 있는 곳까지는 30분 정도를 걸어야 하는 거리였다.

밤기운은 서늘했다. 밤하늘을 올려다보았다. 어린 시절 선명했던 북두칠성이 이곳에서는 아직도 선명한 칠성(七星)의 배열을 이루고 있다. 떠나온 도시에서 볼 수 없는 별들이 이곳 사막으로 죄다 몰려온 듯 밤하늘은 별로 총총했고 반짝거리며 시냇물처럼 흘렀다. 은하수라고 이름을 지은 사람의 감성이 부럽다. 처음에 '별'이라는 이름을 지은 이는 '셀 수 없을 만큼 많은 것'이라는 의미도 담아 두었을 것이다.

밤의 사막은 서늘했다. 멀지 않은 길이었지만 방향을 잡는 것이 쉽지 않았다. 인공의 불빛이 보이지 않았기 때문이었다. 어젯밤에 방향을 찾지 못하고 밤새워 달린 것이 생각났다. 방향을 찾아낼 수 없을 때 별

무신론자를 위한 변명

을 볼 수밖에 없었던 옛사람들을 생각했다. 멀리 게르의 형체가 모습을 드러냈을 때 깊은 안도감과 반가움을 느꼈다. 하늘을 가린 양과 염소들의 우리는 없다. 간단한 바람막이가 있을 뿐이다. 양과 염소들은 서로의 몸을 기댄 채 잠들어 있었다. 새벽으로 저들의 등에 차가운 이슬이 내릴 것이다. 낙타의 무리는 좀 더 떨어져 있었다. 낙타들은 대부분 잠들어 있었다. 그중 한 낙타가 먼 곳을 응시하다가 나를 바라보았다. 낙타에게 다가가 물었다.

"혹시 솔롱고스로 간 낙타의 엄마가 누구니?"

순간 낙타의 눈이 커지더니 벌떡 몸을 일으켜 세웠다.

"어떻게 네가 그곳에 간 내 아이를 알고 있는 거야?"

낙타의 목소리는 떨려 나오고 있었다. 멀리 별똥별 하나가 짧게 빛을 늘어뜨리며 떨어지고 있었다. 나도 낙타도 그 별똥별이 스러진 곳을 보고 있었다. 감정이 복받쳐 올라 목이 메었다.

주머니에서 서울대공원의 낙타가 주었던 하뜨크를 꺼냈다. 하뜨크를 든 내 손은 떨리고 있었다. 하뜨크를 받아오면서도 과연 그것을 전해 줄 수 있을 것인지, 확신을 가질 수가 없었는데, 지금 이 순간이 꿈만 같았다. 하뜨크를 가지런하게 펴 낙타의 코로 가져갔다. 낙타는 코를 벌름거렸다. 그러더니 하뜨크에 얼굴을 부비더니 닭똥 같은 눈물을 흘렸다. 멀리 떠나 생사조차 모르던 자식의 소식은 물론 그 체취를 확인할 수도 있었으니 그랬을 것이다.

"솔롱고스에 간 네 아이는 잘 있어! 이제는 어른이 되었지만 엄마를 그리워하고 있어."

사진을 꺼내 보여 주었다. 낙타는 해가 뜨는 동쪽을 한참을 바라보았다. 낙타는 나에게 고맙다는 이야기를 여러 번 했다. 하뜨크를 낙타의 목에 걸어주었다. 낙타는 자신의 목에 걸려있던 하뜨크를 나에게 건네주었다. 서울대공원에 사는 낙타에게 가져다주라고 했다.

"그곳에서 내 아이는 아프지 않고 잘 지내고 있는 거지?

"그럼."

"그곳에서 그 아이는 먹고 사는 걱정은 안 하겠지?"

"그럼."

동물원에 사는 이야기를 다 할 수는 없었다. 어쩌면 그곳에서의 낙타의 생활은 천국 같은 생활일지도 모른다. 사막을 돌아다니지 않아도 철마다 먹을거리가 풍족하고 비가 오고 바람이 불면 피할 집도 있었다. 무거운 짐을 지거나 사람을 태우고 먼 사막 길을 오고 가야 할 일도 없었다.

낙타와 나는 그 자리에 털썩 앉았다. 별은 더 밝은 빛으로 사막을 비추고 있었다.

"낮에 다른 낙타에게서 오래전 너희 조상들의 이야기를 들을 수 있었어. 동생을 죽이고 사막으로 쫓겨 온 카인과 함께 와서는 지금까지 살아왔다는 이야기를 말이야. 후에 이곳에 살던 사람들이 서쪽으로 영토를 넓히며 보았던 중세 유럽의 이야기도. 지금까지 생각하지 못했던 종교를 생각했고 외모에 관한 것도 생각하게 되었지.

사람들이 사후에 천국을 염원하는 것은 예쁜 외모를 추구하는 것과도 잇대어 있다는 것을 생각했어. 지금 살고 있는 세상이 천국이라거

무신론자를 위한 변명

나, 천국을 만들 수도 있다는 것을 사람들은 생각하지 않고 있어. 또 다른 세상에 천국이 있을 것처럼 마음대로 땅과 공기를 더럽히고 있어. 지금 현재의 모습을 존중하고 인정하지 못하는 외모에 대한 이데올로기도 마찬가지일 거구."

"그래, 맞아."

낙타가 맞장구를 쳤다.

"오래전부터 사막에 살면서 조건을 제시하며 섬기기를 강요하는 신을 버렸어. 물론 신이 줄 것이라는 현세도 내세의 축복도 말야. 신이 요구하는 조건이라는 것이 결국 인간의 욕망이 배태된 것이라고 볼 수 있어. '예수천국 불신지옥'이라는 극단적인 배타성은 인간이 만든 도그마의 일단이고 이것은 오늘날까지 이어지는 분쟁의 뿌리이기도 한 것이지.

너희 솔롱고스에서 생겨났던 인내천, 사람이 곧 하늘이라는 것이 의미 있다는 생각을 해. 물론 나는 사람이 아니지만 말이야. 우리 낙타들도 사막에 오래 살면서 영성을 가지게 되었다고도 할 수 있지."

낙타도 종교에서 자유롭지는 못했던 것 같았다. 우리가 흔히 혹이라고도 하는 그것을 나는 '등마루'라고 하고 싶다. 혹이라는 것은 나쁜 의미가 더 많으니까 말이다. 낙타의 등, 두 개의 등마루 내용물을 물이니 지방이니 이야기하지만 나는 날개가 숨겨져 있다고 생각한다. 그리스 신화에서 이카루스의 이야기처럼 말이다.

이카루스의 아버지인 다이달로스는 손재주가 비상하여 만들어 내지 못하는 게 없는 발명가였고, 미노스 왕에게 의탁하던 시절에 반인반우의 모습을 한 미노타우로스를 가둬 두기 위해 미로를 설계한 장본인이기도 했다.

그는 미노스의 뜻을 거역한 죄로 아들 이카루스와 함께 그 미로에 갇히게 되었고 그곳에서 다이달로스는 기발한 탈출 계획을 세웠는데, 몸에 날개를 달기로 한 것이다. 두 사람은 깃털과 밀랍으로 만든 날개를 달고 날아올라 미로를 쉽게 빠져나왔다. 날아오르기 전 다이달로스는 아들에게 태양에 너무 가까이 가지 말라고 당부했다.

하지만 하늘을 나는 마법에 도취된 이카루스는 그 말을 까맣게 잊어버리고 점점 높이 올라갔고 결국 밀랍이 녹아내려 날개를 잃은 이카루스는 바다에 빠져 죽음을 맞이하고 말았다.

우리가 흔히 욕심을 이야기 할 때 이카루스를 인용하기도 한다. 그러나 이카루스의 모습은 이상을 가지고 도전을 꿈꾸는 것으로 읽을 수도 있을 것이다. 사막에서 살아가는 낙타들은 언젠가는 두 개의 등마루에 숨겨 두었던 날개를 꺼내 사막과는 다른 또 다른 세상으로 날아갈 것이라는 꿈을 꾸고 있는지도 모른다.

무신론자를 위한 변명

인내천

낙타에게 물었다.

"네 등에 있는 두 개의 등마루에는 무엇이 숨겨져 있는 거니?"

낙타의 등마루에는 분명히 날개가 숨겨져 있을 것이라 생각하며 던진 질문이었다.

"물이 들어 있지."

낙타는 가볍게 웃으며 말했다.

"왕조가 쇠락해지고 처음 학문의 모양으로 들어온 기독교와 민족종교로서의 시발점인 동학이 태동하던 조선조 후기는 여러 가지 사회적 아노미적 현상이 나타난 시기였어. 한마디로 혼란스러운 사회현상으로, 민란이 발생하는가 하면, 관직에 등용되지 못한 양반층이나, 경제적 수탈을 당한 하층민들은 절망 상태에 빠져들었던 시기였지. 이러한 사회적 혼란 속에 천주교가 유입되었고 민중들의 호응을 얻어 급속도로 확산되었지만 박해와 탄압을 받아야 했지.

동학은 시대가 요구하는 것에 부응해서 여러 가지 형태로 정치운동을 겸한 종교운동을 전개하였던 것이라고도 볼 수 있지. 동학을 단지 19세기라는 시대 상황에 따른 사상으로만 보지 않고, 인류 문명사에 새로운 획을 그은 후천개벽의 종교라는 관점에서 말이야. 동학이 제시하고 있는 '다시 개벽'의 체계는 우리 인류에게 '새로운 삶의 틀'을 제시하는 민족종교로서의 역할을 한 것이라고 볼 수 있지. 이것은 단순한 신앙운동에 그치지 않고 관료의 폭정에 항거하는 등 민중운동의 성격도 지니고 있었어.

이러한 민족종교들은 그 교리나 구체적 방법론에 있어서는 차이가 있지만, 모두 한민족 중심의 개벽을 지니고 있었다는 공통점을 지니고 있었지. 따라서 나라를 잃고 방황하고 있는 우리 민족에게 희망을 주고 민족의 주체성을 확립시키는 정신적 근거였어. 그것은 곧 독립의 의지를 불태우는 역할을 하였으며, 독립운동으로 이어지기도 하였지. 이러한 민족종교들은 일제에게 있어서는 민족정기와 항일정신을 고취시키는 배후였기 때문에 조직적 탄압의 대상이 될 수밖에 없었 어.

앞서 이야기했지만 인내천 사상은 현대에 와서 더 주목해야 하는 사상이야. 물론 나의 개인적인 관점이지만.

이 사상은 원래 동학의 창시자인 최제우가 내세운 시천주(侍天主) 사상을 근거로 하여 새롭게 재해석한 것이지. 시천주는 하느님을 내 마음에 모신다는 의미로서 여기서는 인격적이고 초월적인 주재자 신(神) 개념과 내재적 신 관념이 혼재되어 있었던 것이지.

이러한 시천주 사상은 2대 교주인 최시형에 와서는 '사인여천(事人如天)' 사상으로 변화되었고. 이는 사람을 하늘같이 섬기라는 뜻인데 여기서는 '천주(天主)'라는 인격적 존재 대신에 '천(天)'이라고 하는 비인격적인 개념이 강조되어 나타난 것이지. 이러한 변화는 초월적이고 내재적인 신 개념에서 내재적 신 개념으로의 변화라고도 볼 수 있어.

그러나 이 단계에서는 아직 인간이 신의 단계에까지는 이르지 못했으며 손병희의 인내천 사상에 와서야 인간이 곧 하늘로 된다는 것이지. 즉, 인간과 하늘을 완전히 동일시하는 것이야. 다시 말하면 신의 초월적이고 인격적인 성격이 완전히 제거되고 철저히 인간 중심적인 사상이 된 것이야. 인내천 사상은 천도교의 교리가인 이돈화에 의해 더욱 정교하게 다듬어졌는데, 이돈화는 『신인철학(神人哲學)』에서 다음과 같이 말하고 있어.

'인내천의 신은 노력과 진화(進化)와 자기관조(自己觀照)로부터 생긴 신이기 때문에 인내천의 신은 만유평등의 내재적 신이 되는 동시에 인간성에서 신의 원천을 발견할 수 있다는 것. 즉, 신의 원천은 인간 밖에 있는 것이 아니라 인간 안에 있다는 것이다.'

이렇게 언급함으로써, 신이 변화 · 발전할 수 있다는 역동적인 신 개념과 인간은 누구나 신이 될 수 있다는 평등사상을 강조하고 있어. 화엄경의 핵심사상이 되는 일체유심조(一切唯心造)와 맥이 통하는 말이기도 할 거야.

'세상사 모든 일은 마음먹기에 달려 있다.'는. 물론 논리적인 결함도 가지고 있지만 말이야."

밤이 깊어가고 있었다. 별들은 더 가까이에서 흐르고 있었다. 새벽이 가까워지면서 이슬이 내리고 있었다. 내일 일정이 있으니 숙소로 돌아가야 할 시간이었다. 일어서려고 할 때 낙타가 조금 더 있다 가라며 이야기를 이어갔다.

　　　　　　　　　　　무신론자를 위한 변명

별 헤는 밤

밤이 깊어갈수록 하늘의 별들이 아이맥스 영화관에 들어온 듯 가까이 내려오고 있었다. 몸은 피곤했지만 마음은 맑고 포근해졌다. 낮에 달렸던 사막과는 다른 세상이었다. 맑은 공기와 바람, 밤하늘에 맑게 빛나는 별들까지. 낙타는 이야기를 이어갔다.

"이곳 사막에 살면서 생각한 것은 자연이나 인간, 그리고 신이라는 존재까지도 하나라는 것이야. 이 우주에 존재하는 것 모두는 정신적인 것이든 육체적인 것이든 모두가 하나라는 것. 자연 속에서 인간이 생겨났고 인간은 신을 만들었어. 신은 우주를 만들었고. 어느 날 갑자기 흙에서 생겨났다는 것이 아니라 오랫동안 변화하면서 오늘날의 인간이 되었다는 것이지. 나도 마찬가지고. 우주의 나이는 당연히 우리가 가늠할 수 없는 나이를 가지고 있지.

공중은 말할 것도 없고 육상이나 해상교통도 불편했던 시절, 문명이 좀 더 발달했던 유럽의 나라들이 주변 국가들이 아닌 신대륙을 찾아 나서거나 침략행위를 했지. 인디언들의 땅이었던 북아메리카는 백인들이 대부분을 차지하는 미국과 캐나다로 바뀌었고, 아즈텍 및 잉카문명 등이 꽃피었던 중남미는 현재 스페인어와 포르투갈어를 사용하고 있고, 호주는 원주민들이 살았다는 사실이 무색하게 느껴질 정도로 백인 천지의 사회이지. 그러면 왜 그곳에 살던 원주민들은 먼저 침략하지 못하거나 막아내지 못하고 야만에 파괴되고 정복되어야 했을까?"

낙타의 이야기 중에 내가 잠깐 끼어들었다.

"내가 최근에 읽었던『총, 균, 쇠』라는 다소 생뚱맞은 제목의 책이 있어. 이 책은 네가 던졌던 그 질문에 대한 답을 풀어내 주고 있어. 저자는 제목으로 정한 세 가지의 우월한 것, 문명이라 하기에는 불편한 점이 있는, 총으로 대변되는 군사력과 무기로 원주민들을 제압했고, 천연두나 인플루엔자와 같은 원주민들이 접해 보지 못한 병원균들을 들여오면서 원주민 사회를 초토화시켰으며, 쇠로 대변되는 기술로 원주민들을 압도했다는 거지. 이 세 가지는 정복과 침략행위에 절대적인 것이었고. 다시 저자는 그렇게 된 배경에 대해 이야기하지. 힘을 드러내는 격차의 근본적인 원인이 자연환경의 차이에 있다는 것으로 말이야. 각 대륙마다 기후를 포함한 자연환경은 큰 차이가 있는 것이고 비옥한 초승달 지역을 중심으로 한 유라시아 대륙은 이런 문명발전에 매우 유리한 조건을 가지고 있었는데, 작물화할 수 있는 야생종들이 많이 있었을 뿐만 아니라 노동력 투입 대비 생산성이 높았고, 가축화할

　　　　　　　　　　　　　　무신론자를 위한 변명

수 있는 동물도 많이 있어서 단백질을 보충할 수도 있었다는 것이지. 반면, 다른 대륙의 경우 이렇게 작물화 및 가축화할 수 있는 야생종들이 극히 한정되어 있었을 뿐만 아니라 생산성도 매우 낮았다는 것이야. 이들 대륙의 원주민들은 농경생활을 통해 얻을 수 있는 것들이 미미했기 때문에 상당수가 수렵생활로 남아 있었고, 농경을 통한 정착생활도 늦어질 수밖에 없었다는 것이야.

　추가적으로 대륙의 축이 중요한 영향을 미쳤는데, 유라시아 대륙의 경우 대륙의 축이 동서방향으로 되어 있어 작물화된 식물이 비교적 비슷한 위도에서 적응해 가면서 퍼져나갈 수 있었던 반면, 나머지 대륙들은 대륙의 축이 남북방향으로 되어 있어 이것이 쉽지 않았다는 것이지. 게다가 작물이나 가축들이 퍼져나가는데 또 다른 자연적 장애물들이 있었어. 북유럽을 통해서 북미로 퍼져나가기에는 기후가 너무 추웠고, 북미 내에서는 동서 가운데 농경에 적합하지 않은 땅들이 넓게 자리 잡고 있었지. 그리고 북미와 남미는 매우 좁은 땅덩어리로 연결되어 있을 뿐만 아니라 안데스 산맥이 자리 잡고 있으면서 문명이 퍼지기 어려웠다는 것이지. 아프리카의 경우에는 사하라 사막을 사이에 두고 남북의 기후가 달라졌을 뿐만 아니라 남쪽으로 각종 풍토병이 있어서 가축이 퍼지기도 어려웠던 것이고. 바다로 둘러싸여 고립된 오세아니아는 말할 것도 없고 말이야.

　이 때문에 유라시아 대륙에서 문명이 훨씬 빨리 발생했고 인구도 폭발적으로 늘어났고 인구가 늘어나면서 식량 생산에 가담하지 않아도 살아갈 수 있는 사람들이 생겨나게 되었다는 것이지. 중세 유럽에서 사회도 점차 복잡해지고 기술도 발전해 가고 군사력도 늘려가게 되었지. 사람들이 가축들과 함께 살면서 새로운 전염병들이 발생하게 되는데. 계속 거기서 살던 사람들은 처음에는 사람들이 죽어 나가기는 했지만 결국에는 그 전염병들에 저항성을 가지게 되었어. 반면에 수렵생활을 하거나 초기 문명사회를 이루고 있던 곳의 사람들은 그만큼 이런 것들을 이루지 못하거나 발전 속도가 느렸는데, 이것은 당연한 것이지."

인디언

내 이야기를 듣고 있던 낙타는 잠시 밤하늘을 올려다보았다. 나도 『총, 균, 쇠』 저자의 이야기에 전적으로 공감하는 것은 아니었다. 저자는 자연생태적인 것에 치중한 반면 인간의 정서생태적인 면을 간과하였다. 정서생태적인 말은 생소한 단어일 것이다. 내가 조합해 낸 말이다. 낙타는 이야기를 계속했다.

"유럽인들의 침략과 정복행위의 근본적인 배경에는 인간의 욕망이 있었던 것이지. 그 욕망을 숨기고 감추게 하는 것이 있었는데 바로 종교였어. 침략자들의 한 손에는 칼이 있었고 한 손에는 성경이 있었지. 물론 성경은 잘 보이지는 않았던 것이고 상징적인 표현이지. 한 손에 성경을 들었다는 것은 선교의 목적이라고 할 수 있겠지만 절대적인 강압이라고도 할 수 있지.

예외가 있기는 했어. 바로 이곳 사막의 기마병들이었지. 이곳에는 기독교가 들어오지 않았고 이민족들에게 종교를 강요하지는 않았지. 초기 이슬람도 마찬가지였고. 그런 이유 때문이었던지 침략에 이은 지배는 오래가지 못했어. 그 이유는 유일신의 종교를 가지고 있지 않았기 때문이라고 단정하고 싶어.

정복과 지배과정에서 배태되고 야기되는 모든 야만을 신의 섭리라고 포장하고 이를 받아들일 것을 강요하였던 것이지. 북아메리카의 인디언이나 중남미의 원주민, 몽골초원의 유목민들의 종교는 샤머니즘이나 토테미즘적인 다신교형태, 태양을 숭배하거나 자연에 기반을 둔 종교였어. 독선적이고 배타적인 것이 아니었다는 것이지.

샤머니즘이나 토테미즘의 종교에서 메시아 사상은 없었어. 유일신을 추종하는 종교와 구별되는 중요한 것이지. 자신들을 구원해 줄 초자연적인 인물을 갈구하지 않았다는 것이지.

지금 이 순간의 삶이 천국이라고 믿었던 것이고 위대한 정령의 도움으로 대지에 살 수 있는 것을 고마워했어. 유럽에서 배를 타고 건너온 백인들이 친구를 가장해 그들 삶의 터전을 파괴하고 빼앗기 전에 그들은 굳이 메시아를 기다릴 필요가 없는 풍요로운 삶을 살아갈 수 있었다는 것이지. 그들의 종교에 메시아사상이 개입한 것은 그네들 삶의 터전이 죄다 파괴되고 존재감마저 파괴된 다음이야. 바로 이러한 침략과정에서 보듯이 인간의 욕망이 절대적인 신을 만들었다는 가정이 가능한 것이지.

인간이 존재하면서 신은 필연적으로 존재하는 것이었어. 종교는 인간들이 자연현상과 생로병사의 두려움을 극복하고 현실의 고통을 해소

210

하고자 하는 염력에서 생겨나기 시작했어. 좀 더 인간이 사회화하면서 이해다툼과 갈등이 심화되면서 종교는 인간을 정화하고 이상사회를 열망하는 마음, 단순하면서도 그러나 쉽게 도달할 수 없을 목표와 지향성을 갖게 되었지. 죽음의 공포에서 벗어나 영원한 내세의 행복을 추구하고자 하는 마음도 지대했을 것이야. 즉, 인간의 필요에 의해서 말이야.

북아메리카의 인디언이나 몽골초원의 유목민들에게서 보이듯이 인간은 자연의 온갖 죽음의 위협에 직면하여 하나의 생명체로서 생존하기 위해 자기보다 강한 존재를 숭배하기 시작했지.

처음에는 커다란 돌이나 큰 나무가 자기를 보호해 준다고 믿었고, 몽골계 인종이 산포되어 있는 북방아시아에서는 곰을 숭배하는 사상이 존재했었지. 소위 토테미즘이 풍미하던 원시부족 사회에서 신의 원형을 볼 수도 있는 것이지.

이런 자연물에 대한 숭배는 주술신앙으로 발전했고 샤머니즘의 탄생도 동일한 맥락인 거지. 고대 그리스로마 시대에는 다양한 형태로 신의 모습이 그려지면서 인간이 생각할 수 있는 모든 형태의 신들이 신화 속에서 등장해. 이들 신의 모습은 모두 인간과 동물들의 모습과 특성이 결합된 형태이고 인간 심리를 극적으로 그려 내어 사람의 생각이 투영되었다는 것을 쉽게 읽어낼 수 있지.

여기까지는 그런대로 흘러가는데 그다음이 문제지. 즉, 석가모니, 예수, 마호메트 등 성인들이 등장하면서 한계에 봉착하게 되었다고 할 수 있는 것이지. 인간이 생각할 수 있는 가장 이상적인 신의 개념이 완성되는 시기라고 볼 수도 있겠지만 말야.

그 후에 인간의 지식이 높아지고 이전에는 신비롭게만 여겨졌던 현상들이 상식화되고 인간이 미리 예측하고 통제할 수 있게 되면서 신의 영역은 점차 줄어들었지. 우주와 생명의 신비들이 인간의 지혜영역으로 급격히 유입되고, 급기야 유전공학에서는 인간을 복제하는 단계를 넘어 새로운 생명체를 창조할 수 있는 단계에까지 이르게 되면서 신의 영역을 넘보는 오만을 부릴 수 있는 지경에 이른 것이지.

이러한 사실은 이제 더 이상 새로운 신이 생겨나기 어려운 이유가 될 것이고 말이야. 메시아를 갈구한다는 것은 현실에 만족하지 못하는 욕망의 산물이라는 것은 앞서 인디언들의 예에서 말하였던 것이고, 메시아적 사상을 가미하면서 결코 온전치 못한 존재로서의 은신처를 마련하고 싶었던 것이지. 그 한계상 대개의 종교에서 발현되는 모습이 인간의 모습으로 표현되고 인식되어지는 것도 마찬가지지."

무신론자를 위한 변명

언젠가 나무를 심으러 다시 올 거야

낙타로부터 인디언의 이야기를 들으면서 내 마음에 평화가 내려오고 있었다. 오랫동안 두리번거리며 찾지 못하던 답을 찾아낸 듯 평안도 함께 하늘로부터 내려오고 있었다. 이제 헤어져야 할 시간이었다.

"솔롱고스에서 외롭게 사는 낙타의 엄마를 만나야 한다고 생각했지만 너무 막연했어. 근데 이렇게 만나서 너무 반가웠고 고마워. 인디언 이야기도 마찬가지고. 다음에 온다면 이곳에 나무를 심으러 올 거야. 엄마를 기다리는 새끼낙타들이 엄마낙타를 기다리는 낮 동안에 나무그늘에서도 쉴 수 있도록 말야. 마지막으로 묻고 싶은 것이 있는데, 등마루에 있는 것은 무엇이니?"라고 물었을 때 낙타는 나를 외면했다.

처음 물었을 때는 가벼운 농담처럼 물이 들어 있다고 답했었다.

"응, 등마루에 있는 것은 날개야. 언젠가는 다른 별로 긴 여행을 떠나고 싶었거든. 이제 너무 오래되어서 펼 수 있을지도 모르지만. 이 사막에서 사람들과 같이 살면서 시냇물이 흐르고 녹음방초가 우거진 별을 찾아 날아가고 싶었어.

그런데 이제 포기하기로 했어. 그런 곳이 있다면 필연적으로 억압이 있는 세상일 거야. 풍족함은 역시 권태를 불러올 거야. 에덴에서 하와가 선악과를 따먹었던 이유 중의 하나였던 것처럼 말이야. 내 외모에 대해서 다시 고민도 해야 될 거구.

그런데 여기 사정이 자꾸 나빠지고 있어. 호수는 말라가고 강도 마찬가지야. 그래서 솔롱고스로 날아가는 누런 먼지도 많아지는 것이고. 더 이상 나빠지는 것은 막아야 한다고 생각해."

"알았어. 다시 올 거야. 나무를 심으러 올 거야. 너를 다시 만나겠다는 것은 당연한 것이고. 대공원에 사는 낙타에게 엄마의 소식은 꼭 전할게."

잠시 낙타의 작은 얼굴을 감싸 안고 가만히 있었다. 숙소로 돌아오는 밤바람이 차가웠다. 자리에 누웠지만 잠이 오지 않았다.

다음 날 아침, 아침식사를 하고 출발했다. 공상영화의 세트장같이 돌산이 둘러서 있는 곳이었다. 푸른 초원과 하늘 사이로 빛이 가득했다. 햇볕이 따가웠다. 처음 달리면서 만났던 이와 동반자처럼 같이 달렸다.

어제 식사를 하면서 맥주를 몇 잔 마셨고 낙타와 이야기하느라 늦게까지 잠을 자지 못했으니, 몸이 무거웠다. 몸이 무거워지면서 '작은 말', 소변을 보는 것이 불편했다. 그렇다고 마냥 서 있을 수도 없었다.

흘러내려 반바지가 젖기도 했지만 이내 말랐다.

두 시간쯤 달렸을 때 간단히 식사 준비가 되어 있었다. 나를 앞질러 간 선수들이 식사를 하고 있었다. 밥이 넘어갈 것 같지 않았다. 주스 한 컵만을 마시고 그대로 출발했다.

오늘이 고비일 것 같았다. 한 무리의 낙타 떼가 지나가고 있었다. 사방을 둘러보아도 천지간에 나 혼자였다. 점심까지 넘기지 못했으니 달리는 것이 점차 고통스러워지고 있었다.

달리는 것이 고통스러웠지만 나는 생텍쥐페리를 생각했다. 사람들은 『어린 왕자』에서 평온한 내면의 정화를 느낀다지만 나는 고독을 생각하곤 했다. 절대 고독이 승화되어 평온함을 만들어 내는 이야기, 그런 이야기를 쓰고 싶다고 생각했다. 뒤를 돌아보아도 다시 사방을 둘러보아도 아무도 없다.

그 순간에 나는 '천상천하 유아독존(天上天下唯我獨尊)'이었다. 그러나 나는 과연 그렇게 존재할 수 있는가? 천상의 의미는 무엇인가? 천하의 의미는 무엇인가? 그것은 아마도 공간적인 것을 의미하는 것이 아닌, 인간이 스스로 억압당하는 욕망의 공간을 이야기하는 것 일게다.

하늘 위로는 신이라는 존재, 또는 사상과 이념으로, 하늘 아래로는 물질, 권력이나 명예, 인기 등으로 말이다. 두 개의 공간으로 구분되는 것 같지만 결국은 단일의 공간이다. 인간이 발을 딛고 있는 곳은 대지이기 때문이다. 공간의 의미는 욕망이다. 고독에서 피해 도망치고 싶다는 공간도 이곳이고 고독해야 하는 공간도 이곳이다.

인간은 철저하게 고독한 존재다. 그것에서 벗어나기 위해 신을 찾게 되고 권력과 부를 찾는 것이다. 고독과 친해진다는 것은 견디는 것이다. 삶의 본질은 결국 견디는 것이다.

 사막을 혼자 달리는 것이 외롭고 쓸쓸했지만 사유의 공간은 깊고 충만했다. 골인점이 가까워지고 있었다. 뒤에 보이는 주자도 없으니 오늘 성적은 단연 1등이었다. 이제 6일의 경기 중 이틀만을 남겨 두고 있었다.

공룡을 만나다

마지막 주자가 들어온 시간은 늦은 시간이었다. 피부가 검은 편이라 잘 견디는 편이었는데, 장딴지가 따끔거리고 쓰라렸다. 화상을 입은 것 같았다. 세상에 장딴지에 화상을 입다니! 고원지대의 직사광선에 노출되어 그런 것 같았다. 간단한 약을 바르고 팔목을 감는 토시를 스타킹처럼 사용해야 했다. 다음 목적지를 향해 출발했다. 공룡화석이 발견되었다는, '불타는 바위'다.

사막에는 많은 도마뱀들이 돌아다녔다. 도마뱀은 어려서부터 익숙한 것이었지만 공룡은 생뚱맞은 것이었다. 어린 시절 전혀 공룡에 대해 배우지도 않았고 접할 기회도 없었기 때문에 거의 관심이 없었다.

1824년 영국에서 여러 종류의 파충류 뼈 화석이 출토되면서 알려졌다. 영국의 고생물학자 리처드 오웬은 그러한 동물을 다이너소리아(공룡류)라고 불렀는데, 그 말은 '무시무시한 도마뱀'을 뜻하는 희랍어 두 단어 데이노스와 사우로스에서 유래한 말이다. 공룡이 파충류이지만 도마뱀은 아닌데도, 그 이름은 현재까지 일반적으로 사용되고 있다.

그 후 공룡 화석은 모든 대륙에서 발견되었고 퇴적암 곧 수성암층에 남은 화석 기록은 지구 역사상 공룡 시대라고 일컫는 때에 여러 형태의 공룡이 유난히 많았음을 시사한다고 했다. 일부 공룡은 육지에서 살았고, 일부는 늪지에서 살았다는 것도 밝혀졌다.

소련의 영향력하에 있었던 1920년대에 탐험대들은 이곳에서 공룡 뼈를 발견하였고 1940년대에 소련의 탐험대는 길이가 약 12미터인 공룡 골격을 발견하였다.

날이 저물고 있었다. 그랜드 캐니언과 비교할 수는 없었지만 붉은 골짜기들이 나타났다. 몽골에 와서 처음 보는 지형이었다.

공룡은 언제 살았는가? 공룡은 그들이 살았던 시대에서 지상 생물 가운데서 가장 주도적인 역할을 하였는데, 어느 날 갑자기 사라졌다. 인간 화석이 있는 암층은 한결같이 공룡 화석이 있는 암층 위에 나타나므로 학자들은 인간이 공룡보다 나중에 출현했다고 한다. 그런데 인간과 공룡의 거주 공간이 달랐다면 이야기는 달라진다.

화석을 찾고자 하는 사람에게 고비는 천국과도 같다고 한다. 고비는 중생대 백악기 때와는 달리 환경이 변해 풀 한 포기가 없고, 7,000만 년 전 지층으로 단단하지 않기 때문이다. 우리나라의 지층은 이곳과는 다르게 단단한 것이 특징이라고 했다.

무신론자를 위한 변명

아무튼 오래전에 지상에서 공룡이 사라진 것이고 어린 시절에 접한 기회가 없어서인지 여전히 관심이 없다.

 서부영화의 무대처럼 골짜기는 황량했다. 바다가 늪이 되고 사막이 된 것이 자연의 진화인지 퇴화인지, 오래전에 공룡이 사라진 것도 마찬가지였다. 인간도 예외일 수 없다는 생각이었다. 그곳을 나와 다시 게르촌의 숙소로 이동했다. 입구가 특이했다.

누군가의 눈을 필요로 한다는 것

　사막의 밤은 여전히 아름다웠다. 늘 소음에 익숙해져 있던 것에서 벗어난 고요한 적막감이 날마다 새로웠다. 푸르슴한 달밤에 개펄에 기어다니는 고동이나 게처럼 별들도 밤하늘을 기어다니는 것 같았다. 게르 안에서 3명이 함께 묵었다.

　일행 중에 시각장애우가 한 명 있었다. 앞을 보지 못하면서 달리는 사람, 그와 함께 눈이 되어 주는 친구도 한명 동행했다. 그 둘은 특별한 관계였다. 그러나 어찌 보면 전혀 그러한 관계도 아니었다. 특별한 관계가 아니라는 것은 도와주고 도움을 받는 관계가 크게 느껴지지 않는다는 것이었다.

　누군가의 눈을 필요로 한다는 것, 타인의 손목에 줄을 묶고 누군가를 따라 달리는 것은 물론 일상을 의탁하는 것, 쉽게 나설 수 없는 일이었다. 혼자의 몸도 건사하기 힘든 상황에서 가족도 아니고 이해관계로도

　　　　　　　　　　　　　무신론자를 위한 변명

얽히지 않은 타인을 돌본다는 것, 역시 쉽지 않은 일이었다. 감각 중에서 시각의 역할은 절대적이랄 수 있다. 눈이 보이지 않는다는 것을 어떻게 생각해야 하나? 여름밤 폭우 속에 천둥번개가 치면서 갑자기 전기가 나갔을 때 칠흑 같은 어둠과 같은 것인가?

아침 출근길, 우면산을 넘어 출근하면서 사람들도 만나고 다람쥐도 만나고 집에서 기르는 개들도 만난다. 처음 그곳을 지날 때 개들은 적의를 드러내며 사납게 짖곤 했는데 시간이 지나면서 서로 아는 체를 하는 관계로까지 나아갔다. 주머니에 간식을 넣어 가지고 다니면서 같이 나누는 것이 그런 관계로 촉진시키는 매개체가 되었을 것이다.

산을 넘어서면 양봉을 치는 벌막이 있고, 내가 지어준 이름으로 '산돌'이라는 이름을 가진 황구가 있다. 산을 넘어 이름을 부르면 산돌이는 멀리까지 달려 나오곤 했다. 온몸을 돌리며 반가움을 표현하곤 했는데, 절대 금기사항 같은 것이 하나 있다. 내 손이 자신의 몸에 닿는 것을 허락지 않는다는 것이다. 처음에는 이해하기가 힘든, 서운한 마음이었지만 점차 산돌이의 마음을 헤아릴 수 있을 것 같았다.

내가 산돌이의 주인이 아니라는 것, 건강한 관계는 늘 적당한 거리를 두어야 한다는 것을 말이다. 적당한 거리, 그 간격이나 틈의 의미는 다양할 것이다. 어찌 보면 산돌이는 건강한 관계의 의미를 무언으로 나에게 알려 주었던 것인지도 모른다.

친밀한 관계의 내용으로 존경심이나 신뢰감이 있다면 역설적으로 간격이나 틈이 생긴다. 간격이나 틈의 의미는 상대방을 내 기준이나 생각대로 재단하지 않는다는 것이다. 상대방의 마음을 헤아리다 보니 쉽고 편하게 말을 전하거나 행동하지 않는다는 의미이다.

눈이 보이지 않아 누군가에게 도움을 받아야 하지만 그는 편안하고 당당했다. 오히려 눈이 되어 주는 옆지기가 조심스러워 하고 있었다.

최근 비리 혐의로 조사를 받던 기업인이며 정치인이기도 하였던 이가 뇌물을 주었다는 이들의 이름이 적힌 메모지를 주머니에 넣은 채 나무에 줄을 걸고 땅에서 발을 떼면서 정치권은 분란이 일었다. 한때 봉투가 오가며 친분을 쌓았는데, 의리 없는 이들을 응징이라도 하려는 듯 나무에 줄을 걸고 땅에서 발을 뗐다. 땅에서 발을 뗀다는 것은 극단의 결심이다. 더욱이 그는 기독교인이었다.

정식 학력으로 초등학교 졸업장도 없었던 그는 돈을 매개로 관계를 이루었고 그 관계를 통해 사업을 하고 정치를 했다. 같이 밥을 먹는 것, 밥을 사는 것은 어떠한 수단보다 친교의 중요한 수단이다. 밥을 같이 먹는다는 것으로 관계는 진전되고 성숙된 것이다.

그는 아침저녁으로 식탁에 마주앉은 사람들과 관계를 이루고 도약의 발판으로 활용했을 것이다. 자수성가의 전형처럼 그는 자신의 처세술에 빠져들었을 것이다. 자신만의 처세술로 회사를 키워 가고 정치적 욕망도 키워 갔다.

기독교인으로 죄에서 멀어지겠다고 기도했지만 선과 악의 구분은 흐려지고 더 많은 부와 높은 권력으로 하나님께 영광을 돌리는 것에 치중하고 의미를 부여했을 것이다. 교회도 직간접으로 그의 욕망을 부추겼을 것이다.

욕심이 죄를 낳고 죄가 커지면 사망이라는 당연한 진리를 강조했지만, 아이러니하게도 욕망을 버린다면 종교는 존재할 수 없다. 종교는 욕망을 먹어야 하는, 욕망이 존재하는 곳에 종교도 존재할 수가 있는 것이다.

그는 장학 사업에도 힘을 쏟았던 것으로 알려졌다. 세상에 순수한 것이야 드물기도 하지만 정치적인 목적이 있었을 것이다. 그리고 장학 사업에 지출한 돈은 과연 깨끗한 돈이었는가도 문제로 인식해야 한다.

선과 악이 혼재된 상태에서 타락된 죄성의 위험성을 교회는 그 어떤 종교보다 중요하게 생각하고 때론 지나칠 만큼 과잉 반응을 하기도 한다. 세상일에 그런 종교로서의 권위와 엄격한 잣대를 들이댄다는 것은, 종교가 존재하는 이유이기도 한다.

그러나 이러한 대외적 표방과는 달리, 교회 내부에서 벌어지는 부와 권력, 육신의 추악한 욕망의 노골적인 발현과 합리화에 있어서는 그 어떤 종교보다도 관대하고 포용성이 넘쳐나는 행태를 보이기도 한다는 것이다. 신앙으로 포장하는 데도 마찬가지다. 종교적으로 포장된 욕망의 해악에 대해서는 극히 둔감하거나 관대함은 기독교의 분열적인 이중 잣대를 극명하게 드러내는 것이다. 신앙을 갖지 않은 사람이라 하더라도 노골적으로 탐욕과 욕망의 날선 칼날을 드러내는 사람은 많지 않다. 그러나 거룩한 신의 이름으로 포장된 욕망은 잘 보이지도 않을뿐더러 사람들은 이를 제대로 보려고도 하지 않는다. 신의 이름으로 아무런 거리낌 없이 그 욕망을 추구한다. 게다가 그런 욕망을 추구해서 성공한다면 '간증'을 통해 그런 욕망을 퍼뜨리며 더욱더 확장해 간다. 그리고 그 사람의 신앙적 명예는 더욱더 높아만 간다.

어린 시절 부흥회에 참석하면 부흥강사는 물질의 축복을 특히 강조하곤 했다. 지금도 기억나는 것은 엿장수를 하던 가난한 성도가 십일조를 충실히 하여 큰 부자가 되었다는 것을 침을 튕기며 강조하던 모습이다. 이와 같은 '간증집회'는 신앙을 통해 '경이로운 가시적 욕망을 실현'했다는 것을 자랑하는 자리가 되곤 한다.

그렇게 해서 교회는 현대인들의 부와 성공, 탐욕의 욕망을 '하나님의 은혜'로 정교하게 포장해서 교인들을 끌어 모은다. 사실, 이런 현상은 현대에 들어 나타난 독특한 현상이 아니다.

산업화시대의 낡은 유산이었던 청계고가를 철거하(며 억지춘향처럼)여 개울을 복원한 당시 서울시장으로 재직했던 이가 연합기도회에 참석 '서울을 하나님께 바친다.'라는 봉헌서를 낭독 했다. 봉헌이란 교회에서 신자들이 미사와 성사의 집행이나 전례, 또는 심신 행위와 관련해 자발적으로 바치는 일종의 예물을 뜻하는 말이다.

일과를 벗어난 시간이었다지만 개인 자격이 아닌 서울시장 명의로 참가하여, 공인이기 이전에 기독교인이라는 엄청난 존재감으로 '하나님께 영광을 돌리는' 최상의 행위였다. 그러나 그는 자신의 욕망을 숨기고 가리며 신을 내세운 것뿐이었다. 물론 이런 시각에 오류가 있을 수도 있을 것이다.

같이 식당에서 밥을 나누는 친교의 범위를 넘어 봉투를 건네는 것은 보험을 들듯이 자신이 필요할 때 이용하려는 의도가 있는 것이다. 그것이 통하는 세상을 살아오기도 했다. 그러나 그는 틈을 생각하지 못했다. '너에게 돈을 주었으니 나를 도와주어야 한다.'는 것은 그가 땅에서 발을 뗄 때는 극단적인 의미의 문제가 아니었다.

틈이 없는 관계는 필연적으로 종속적이라는 말의 다름이 아니다. 종속적이라는 것은 권력을 가진 자의 입장에서는 편리하고 유용한 것이지만 건전하고 건강한 관계에는 이를 수가 없는 것이다. 신과 인간의 관계도 마찬가지이다.

캄보디아나 미얀마 등의 나라에서는 종교적인 억압을 인식하지 못했던 것 같다. 그들에게 절대자는 없었다. 그들에게 신은 절대자가 아니라 공경하면서 평안과 복을 구하기도 하는 공존하는 대상이었다. 그들이 믿는 대상과 그들 사이에 있는 틈을 보았다. 그들 국가들도 한때 거대한 왕국이거나 근대화된 기틀을 가졌던 국가들이었지만 위정자의 욕망이 독단적으로 개입하면서 국가의 기틀이 허물어졌던 것이다.

인간이 신의 피조물이라는 태초의 말씀은 숙명이었다. 그러나 피조물의 한계는 신이 설정하는 것이 아닌, 늘 신을 대리한 인간이 설정했다. 문화와 과학이 사라진 시대는 교리가 득세한 시대였다. 그러나 용기 있는 학자에 의해 인간이 신의 피조물이라기보다는, 인간이 신의 손에 의해 생성되던 그 이전부터 지구의 변화에 적응해 오며 살아남은 자들의 종적이라는 것이 밝혀졌다.

인간이 존재하면서 신은 존재해 왔다. 인간이 신을 만들었다는 가설이 가능한 이유일 것이다. 그러나 권력의 중심에 있던 인간이 신과 인간의 관계를 어떻게 설정하느냐에 따라 자연환경과 더불어 인간의 삶의 질은 영향을 받아왔다. 자연과 하나로 그 안에서 신과 인간이 공존하던 시절에는 그 안에서 인간은 평화를 구가했다.

죄에서 자유로울 자는 없다

게르의 천정으로 빛이 스미며 아침이 들어온다. 사막에서 맞는 네 번째 아침, 5일차 경주가 있는 날이다. 아침식사로 나온 빵과는 늘 서먹한 관계다. 갑자기 열무김치가 생각난다. 열무김치가 없는 여름날의 식탁은 참혹하다.

드문드문 게르를 제외하고는 사막에 인공물을 볼 수 없었는데 전신주가 끝없이 이어진다. 전신주들은 어디서부터 시작하고 어디까지 이어지는지 궁금했다. 그 궁금증을 풀기라도 할 것처럼 오늘 코스는 전신주를 따라 약 40km를 달리는 코스였다.

작은 언덕도 없고 굴곡도 없는 평탄한 길, 끝없이 이어지는 전신주 길을 달린다. 속도감이 없고 화상을 입은 장딴지가 화끈거린다. 기력이 떨어지고 현기증으로 어지럽다. 고비에서 고비를 만난 듯했다. 같이 달리던 선수도 보이지 않고 앞으로도 뒤로도 아무도 보이지 않는다. 아직은 나를 앞지른 선수가 없는 듯했다.

한참을 그렇게 달릴 때 멀리 사막에 사는 듯한 한 사람이 오토바이를 세우고 서 있었다. 한참을 그렇게 서 있더니 손짓으로 오토바이를 가리키며 나를 불렀다.

'왜 나를 부르는 거지?'

손짓으로 오토바이를 가리키는 것은 나를 태워다 주겠다며 부르는 것 같았다. 잠시 갈등이 생겨난다. 고통스럽게 달리는 모습이 그에게 안쓰러워 보였는지도 모른다. 아니면 대회라는 개념이 희박해서인지도, 요령을 피워 보라는 단순한 유혹이었는지도, 아니면 잘못을 저질러서 체벌을 받는 거라고 생각했는지도 모른다.

초급장교 시절의 천리행군 때, 일부 간부들은 대중교통이나 지나는 차를 세워 일정구간을 통과하는 행위, 일명 '점프'를 했다. 오토바이를 타면 기록을 앞당길 수도 있고 체력을 비축해 놓을 수 있을 것이다.

'정의사회구현', 지난 80년대 파출소 현관 위로 자랑스럽게 붙어 있던 구호였다. '사회나 공동체를 위한 옳고 바른 도리'라는 것이 정의의 사전적 의미이다. 공공의 준법질서를 집행하는 것은 당연한 것이고 보다 정의로운 사회를 만들겠다는 의지였을 것이다.

그러나 결과론적으로 이것은 도달하거나 결코 달성될 수 없는 이상적인 목표였고 구호에 불과한 것이었다. 이미 출발부터가 정의는 고사하고 야만과 폭력으로 얼룩진 모습으로 추악하기까지 했다. 새로운 정

무신론자를 위한 변명

부가 들어설 때마다 청렴한 사회를 부르짖으며 부정부패 척결을 내세웠지만 구두선(口頭禪)이 되곤 했다. 측근 비리는 학습효과도 없이 정권이 바뀌는 5년마다 반복되는 것도 마찬가지였다.

주말마다 노자와 장자를 가르치는 선생님은 농담처럼 '제대로 된 양심을 가진 사람은 성직자가 되기 힘들다.'는 말씀을 하시곤 했다. 자신의 마음에 일렁이는 욕망의 실제 모습과는 확연히 다른, 반듯한 정의를 타인에게 표현도 해야 할 것이라는, 직업적인 본질 때문에 그런 불편한 말씀을 하셨을 것이다.

도스토예프스키는『죄와 벌』에서 자신이 처한 상황과 처지에 따라 달라지는 불의, 죄의 선택성을 말하고 싶었는지도 모른다.

'옳고 바른 도리', 즉 정의와 궤를 같이하는 도덕은 결국 인간들에게 굴레처럼 작용하는 것일지도 모른다. 스스로가 정의로운 삶을 살아간다고 타인에게도 주창하는 것은 타인에게 사회적인 도덕의 굴레를 씌워 타인을 옥죄려고 하는 것이다.

사막에 사는 사내는 손짓을 끝내고도 한참을 서 있었다. 앞뒤로 보는 사람도 없으니 원거리로 돌아간다면 '불의'가 묻힐지도 모른다.

살아가면서 가끔은 자신이나 혹은 타인의 과오를 합리화하거나 희화화하기 위하여 '죄 없는 자는 돌로 쳐라.' 라는 말을 인용하기도 한다. 그 어원과 관련된 이야기가 요한복음 8장에 나온다.

산발한 머리칼과 맨발에 찢긴 옷차림새로 고개를 숙인 한 여인을 성난 군중은 돌로 치려고 에워싸고 있었다. 아프간의 탈레반이나 요즘도

회교율법을 추종한다는 자들이 보이는 과격한 행태처럼 말이다. 당시의 관행이었다고 했다. 당시 예수와 대척관계에 있던 당시 서기관들과 바리새인들은 예수에게 골치 아픈 사건을 맡김으로써 궁지에 몰아넣으려는 속셈도 있었을 것이다.

성경은 이렇게 이어진다.

이를 지켜보고 있던 예수가 몸을 일으키고 일어나 "너희 중에 죄 없는 자, 돌을 들어 이 여인을 쳐라"하고 말한다. 결국 양심의 가책을 받은 사람들이 하나둘씩 떠나고 예수는 그 사마리아 여인에게 "나도 너를 정죄하지 아니 하노니 가서 다시는 죄를 범치 말라"라고 말하였다. 구약에는 십계명이 있고 여섯 번째 계명인 '간음하지 말라'는 신약에서 그 징벌이 더 구체적으로 확장된다.

'너희 중에 죄 없는 자, 돌을 들어 이 여인을 쳐라'라는 말의 시사점은 여러 갈래로 생각할 수도 있다. 예수의 기본정신은 사랑이고 희생인지라 가난한 자의 고통을 덜어주고 병든 자를 고쳐줬으며 심지어 간음한 사마리아 여인을 구했다는 것으로, 또 다른 측면으로 '의인은 없나니 하나도 없다'라고 말하는 로마서처럼 누구나 죄를 만들고 살아간다는 의미로 해석할 수 있을 것이다.

몸은 고통스러웠고 잠시 유혹에 흔들렸지만 그에게 손을 흔들었다. 그의 순수한 마음에 고마움을 담아 뒤를 돌아 다시 손을 흔들었다.

태어나서 죽을 때까지 죄에서 자유스러울 사람은 없다. 기독교에서는 에덴에서의 일탈을 이유로 누구나 가져야 한다는 원죄를 이야기한다.

전신주가 어디까지 이어지는지 알 수 없는 길을 달렸다. 한낮의 태양은 이글거리고 입에서 단내가 난다. 미지근한 물은 갈증을 더 불러일으킨다. 가까이 한 마리 새끼 양이 보인다. 무리에서 떨어진 것 같았다.

길 잃은 양, 신앙을 가지지 못한 사람을 표현하기도 하는 말이다. 새끼 양을 어찌 해야 하나, 이곳에 그냥 둔다면 새끼 양은 사막을 헤매다가 죽을지도 모른다. 그렇다고 양을 데리고 달릴 수도 없는 일이다.

도스토예프스키는 『죄와 벌』에서 진정한 정의는 사랑이라는 것을 말하고 싶었을 것이다.

새끼 양을 품에 안고 달렸다. 그렇게 한참을 달리다가 멀리 지나가는 진행요원의 차를 불렀고 길 잃은 새끼 양을 저들의 무리에 데려다주기를 부탁했다.

네 번 째 이 야 기

굴레

    달리면서 잠시 길 잃은 양을 안고 어찌해야 할지 잠시 고민했었는데 차로 보냈으니 그래도 마음은 한결 가벼웠다. 작은 언덕조차도 없고 굴곡도 없는 평탄한 길, 끝없이 이어지는 전신주를 따라 달리는 길은 더위와 지열, 갈증으로 고통스러웠다. 골인점의 깃발이 멀리 신기루처럼 흔들리고 있었다. 내 앞을 달려간 선수들이 몇이었지? 다시 추월하지는 못했으니 편한 마음은 아니었다. 오토바이를 세우고 손짓으로 나를 부르던 이 때문에 갈등도 있었지만 그 달콤한 유혹에 빠지지는 못했다.

    드디어 골인점! 이제 5일차 경기가 끝났다. 골인점에 도착했지만 나의 작은 몸을 가릴 그늘이 하나도 없고 앉아 있을 곳도 없었다. 이곳에 사는 사람들은 게르 주변은 물론 무엇 하나 심어 가꾸는 것이 없었다. 잦은 이동과 척박한 목초지였지만 그래도 그네들의 정서에 대한 이해가 쉽지 않았다. 잠시 차에 기대고 앉아 있다가 주변에 있는 게르에 다

        무신론자를 위한 변명

녀오기로 했다. 유목민들의 삶은 오래된 것이다. 태양열을 이용하여 일부 전기를 쓰고 차나 오토바이를 타지만 그들의 삶은 아직 문명의 굴레를 벗어나 있다는 의미이다.

'문명의 굴레라니?'

돈이든 사랑이든 인간이 탐닉하는 것들에 얽매이는 모습을 굴레라고 한다면, 문명의 굴레라는 표현은 쉽게 쓰는 표현이 아니다.

흔히 인간을 만물의 영장이라고 한다. 지상에 존재하는 만물 중에서 가장 뛰어나 영묘한 능력을 지닌 존재라는 것이다. 과연 그럴까? 사실 인간은 처음부터 생태계 최강자는 아니었다. 인간 조상인 오스트랄로피테쿠스는 그저 다른 동물이 먹다 남긴 고기를 훔쳐 먹는 존재에 불과했다.

지구상에 존재하는 개미의 전체 무게와 인간의 그것을 비교하면 개미가 더 무겁다고 추정한다. 한 개체로서의 인간과 개미의 무게를 비교하면 상대가 되지 않지만 그만큼 개미의 숫자가 많다는 것을 의미하는 것일 테고 이는 개미에게도 인간 못지않은 생존전략이 있다는 것을 의미하는 것이리라. 문명을 벗어난 인간은 대지에서 가장 약한 존재가 된다.

게르의 문을 두드리고 가볍게 목례를 했더니 나를 안으로 불러들였다. 게르 안에는 50대쯤으로 보이는 부부와 딸로 보이는 젊은 처자가 한 명 있었다. 게르 안의 배치는 비슷했다. 아주머니는 차를 따라 주셨는데, 양젖으로 만든 수태차였다. 대화를 할 수 없어 갑갑했지만 손짓, 몸짓으로 나이를 묻고 여러 이야기도 나누었다.

문명이 만들어지지 않았던 시절, 여타 동물과 인간의 생존술은 비슷했다. 다만 인간은 도구를 이용하여 사냥을 하고 자연에서 채취를 하였는데, 이것만으로는 부족하여 농경이 시작되었다. 문명사회에서 인간으로 존재하게 된 것에 별다른 의미를 두지는 않았을 것이다. 다만 상황과 공간에 따라서 누군가와 비교를 일삼아야 하는 굴레도 생겨났을 것이다. 그렇게 생겨난 굴레는 또 다른 굴레를 만들어갔다.

철새들은 떠나야 할 때 미련 없이 떠난다. 자연 이치에 순응하거나 따르는 것이라고 단순하게 생각할 수도 있을 것이다. 인간은 살아가는 데 많은 것을 가지게 된다. 그런데 역설적으로 가지면 가질수록 더 많은 것을 탐하게도 된다. 자연(自然)은 '스스로 그러한 것'이다. 인간은 스스로 그러하지 못하다.

이반 일리치의 깨달음

톨스토이의 단편 〈이반 일리치의 죽음〉줄거리를 옮겨본다. 이반 일리치는 원래 유능한 판사였을 뿐 아니라 예의바르고 친절하고 명랑한 사람이었기 때문에 모든 사람들에게 인기가 있었다. 더불어 그는 좋은 집안 출신의 상냥하고 예쁜 여자와 결혼도 하게 된다. 결혼 생활은 처음에는 행복했으나, 아내가 임신한 이후로 이유 없이 질투하고 사사건건 트집을 잡게 되면서 그는 가정을 족쇄처럼 느끼기 시작했다. 그는 일을 핑계로, 가능하면 가정을 멀리하게 되었고 가정보다는 자신의 관직을 더 사랑하게 되었다. 그러던 어느 날 이반 일리치는 불치의 병에 걸린다. 자신이 죽어가는 것을 알게 된 그는 절망에 빠진다. 그는 자신이 왜 죽어야 하는지, 죽음에는 어떠한 의미가 있는지 이해할 수 없었다. 이미 그전에도 '모든 인간은 죽는다'라는 사실을 알고 있었지만 그것은 자명하고 당연한 일이라고 생각했었다. 그러나 '인간 일반이 아닌 자기 자신이 죽는다'라는 사실에 대해 진지하게 생각해 본 적이 없었다.

그러나 이제 그는 자신이 죽는다는 사실을 절절히 실감하면서 그것을 더 이상 자명하면서도 당연한 사실로 받아들일 수 없게 된다. 고통이 심해 가고 죽음이 가까워오는 것을 예감하면서 이반 일리치는 죽음에 대한 공포와 함께 즐겁게 살고 있는 사람들에게 강한 질투와 분노를 느끼게 된다. 그나마 이반 일리치에게 위로가 되었던 사람은 집사인 농부 게라심뿐이었다. 항상 명랑하고 평온한 표정의 게라심은 성심으로 이반 일리치를 돌보았다. 게라심은 아픈 사람의 기분을 상하게 하지 않기 위해서 삶의 기쁨을 억제하고 있었지만 그의 얼굴에서는 항상 기쁨이 빛나고 있었다. 다른 모든 사람들의 건강과 활력은 이반 일리치에게는 모욕이 되었지만 게라심의 경우에는 이반 일리치를 오히려 평온하게 해 주었다. 게라심은 이반 일리치에게 이렇게 말한다.

"우리는 모두 언젠가는 죽을 운명에 있습죠. 그렇지만 제가 나리께 봉사하지 못할 까닭이 어디 있겠습니까?"

이 말은 게라심이 이반 일리치를 돌보는 일을 괴롭게 생각하지 않는다는 사실을 의미하고 있었다. 왜냐하면 게라심은 자신도 죽는다는 사실을 분명히 자각하고 있었으며 자신이 죽을 때는 그 누군가도 이와 똑같이 해 주기를 바랐기 때문이다. 이반 일리치는 죽음을 목전에 두고 자신의 삶을 냉정히 돌아보면서 마침내 자신의 삶이 올바르지 않은 것이었다는 사실을 깨닫게 된다. 자신의 공직생활, 자신의 삶 전체, 그리고 자신이 추종했던 상류층의 관습과 사고방식 모두가 잘못되었다는 사실을 자각하게 되는 것이다. 그는 자신에게 주어진 삶을 허비해 버렸다는 사실을 발견한다.

게르의 안주인은 수태차를 마신 내게 양고기로 만든 죽을 한 그릇 퍼 주었나.

문명의 굴레에서 벗어나 있다는 것은 팔고 사는 것에서 벗어나 있다는 것과 궤를 같이한다. 문명이 발전한다는 의미는 구매해야 할 목록이 많아지는 것이다. 자급시대에서 물물교환시대로 이제 대량소비사회로, 삶의 많은 것을 사고파는 시대가 되었다. 구매해야 할 목록은 결국 굴레가 된다.

파는 것도 마찬가지로 직업을 갖는다는 것은 자신의 노동력을 파는 행위다. 누군가는 작금의 일자리문제와 관련하여, '노동착취가 공포가 아니라 노동을 착취당하지 못하는 게 공포다'라고도 했다. 남녀 간의 사랑도 눈을 맞추기보다는 조건을 맞추는 시대가 되었다.

이반 일리치가 그랬던 것처럼 자신에 대해 성찰할 필요 자체를 인식하지 못할 정도로 현대인들은 바빠 정신없이 살아간다. 자신이 지니고 있는 지위와 재산만을 생각한다. 이 세상에 사회적 성공이나 경제적 안정을 꿈꾸는 삶 외에 '다른 길'이 있다는 것을 애써 외면하며 살아간다.

영국의 소설가 윌리엄 서머셋 모옴의 『달과 6펜스』라는 소설의 주인공은 이반 일리치의 삶과 대비된다.

나에겐 가능한 일이라도, 그에겐 터무니없는 일이었다. 나는 그가 성공할 가능성이 거의 없다는 점과 나중에 후회해도 돌이킬 수 없다는 점을 지적했다.

"어쨌든 나는 그림을 그려야 하오."

그는 같은 말만 되풀이했다.

"삼류 화가 이상은 되지 못할걸요. 그런데도 모든 것을 포기할 만한 가치가 있나요? 다른 분야에서는 그다지 뛰어나지 않아도 살아갈 수 있어요. 보통 수준만 되면 그럭저럭 따라갈 수 있지요. 하지만 예술가는 다릅니다."

"이런 바보 같으니라고."

"불 보듯 빤한 사실을 말하는데 왜 바보라는 거죠?"

"나는 어쨌든 그림을 그려야 한다지 않소? 그리지 않고선 못 견디겠단 말이오. 물에 빠진 사람에게 헤엄을 잘 치고 못 치고는 문제가 되지 않소. 우선 헤엄쳐 나오는 게 중요하지. 그렇지 않으면 빠져 죽어요."

『달과 6펜스』의 한 대목이다. 후기 인상파 화가인 폴 고갱의 인생역정을 바탕으로 쓴 이 소설은 고갱 대신 찰스 스트릭랜드라는 인물을 주인공으로 한다. 처자식이 딸린 마흔 살의 가장이자 전형적인 주식 중개인이다. 화자의 표현으론 '그저 선량하고 따분하고 정직하고 평범한 사람'이다. 그런 그가 어느 날 갑자기 그림을 그리겠다며 가출을 감행한다. 그의 가출은 '충격'이며 소설 속 화자 앞에서 내뱉는 위의 말은 다분히 도발적이다. '예술의 세계와 생활의 세계는 과연 양립할 수 있는 것일까'라는 질문을 던지는 이 소설은 예술과 인생을 달과 6펜스에 빗댄다. 달은 쉽게 닿을 수 없는 꿈과 열망을 의미하며, 6펜스는 현재의 상황에서 누릴 수 있는, 즉, 금액이 그리 크지 않은 영국 은화처럼 누구나 흔히 손에 쥘 수 있는 것을 말한다.

달과 6펜스는 둘 다 동그랗고 은빛으로 빛나는 공통점을 지녔지만 예술 창작의 열망을 내뿜는 주인공은 '달'로, 세속적인 물질적 가치관을 지닌 주변 인물들은 '6펜스'로 풍자하고 있는 것이다.

낯선 이방인을 하나밖에 없는 공간 안으로 들이고 음식을 대접하는 그네들의 모습은 오래지 않은 우리네의 삶의 모습이기도 했다. 그러나 지금 우리는 잘사는 법과 재미있게 사는 법, 더 편안하게 사는 법은 지나치도록 잘 알고 있지만 타인과 함께 어떻게 조화롭게 살아갈 것인가, 타인의 아픔에 귀 기울이는 것이 왜 필요한지, 맹목적인 성장이 아닌 지속적인 공존을 위해 필요한 지혜가 무엇인지에 대해서는 좀처럼 의문을 갖지 않은 삶을 살아간다.

아주머니는 맛있게 먹어 주는 것으로도 감사한 표정이었다. 척박한 환경 속에서 살아가지만 '더 많이 가지기'보다는 '지금 여기서 사랑하는 이들과 함께 살아간다는 일' 자체에 무한한 감사를 가지며 살아가는 그네들의 모습을 느낄 수 있었다. 문명은 우리의 삶에 편리함을 주었지만 욕망도 함께 주었다. 게르에서 짧은 시간 그네들과 함께 있으면서 내 몸에 배인 문명의 굴레를 생각했다. 사고파는 것에 익숙한 자에게 체감하기 어려운 충만한 삶은 축적이 아닌 무엇에서 오는 것인가?

편

게르를 나와 다시 골인점으로 돌아왔을 때 아직 도착하지 못한 참가
자들이 있었다. 빈손으로 게르를 다녀왔기에 차에 있는 배낭에서 기념
품과 간식으로 준비했던 것들을 챙겨 다시 게르에 갔다. 작은 것이었
지만 낯선 이방인에게 베푼 친절에 고마움을 전했다.

사막에서의 마지막 날이 저물고 있었다. 후미의 참가자들이 도착하
고 다시 이동했다. 지금까지 지나온 평원의 사막지대와는 다르게 산의
능선들이 나타난다. 산이 나타나면서 습지가 보이기도 했다. 날이 저
물어서야 도착한 곳은 특별하게도 강가였다. '지난 이야기'처럼 라마교
사원의 모습도 보였다. '지난 이야기'라는 표현은 한때 '라마교'라는 티
베트불교가 융성했지만 지금은 그렇지 못하다는 뜻이다.

많은 몽골사람들은 '영원한 푸른 하늘'을 추앙한다. 게르의 천정이 열
려 있는 것도 이와 상관이 있다. 거친 자연환경 속에서 그들은 샤머니

즘을 통해 정화를 꿈꾸었을 것이다. 그럼 우리 민족에게도 전래된 샤머니즘의 뿌리는 어디인가?

시베리아에는 여러 아시아 소수민족이 있고 인구 40만의 부리야트족은 이 중 최대의 소수 민족으로, 바이칼호 주변에서 자치공화국을 이루며 살고 있다. 부리야트족이 간직한 샤머니즘의 원형은 우리 민속과 비슷한 점이 많다. 원래 바이칼의 주인인 이들은 17세기에 시베리아를 정복한 러시아에 동화돼 부리야트족이란 이름을 갖게 됐다. 하지만 남쪽 국경 너머 몽골과 중국 북부의 몽골인과 뿌리가 같고 언어도 비슷하다. 유목민인 이들은 모두 자신을 징기스칸의 후예로 믿고 있다. 부리야트족은 우리의 〈선녀와 나무꾼〉 이야기와 같은 민족 설화를 갖고 있다.

한 노총각이 바이칼호에 내려온 선녀에 반해 옷을 숨겼다. 어쩔 줄 모르고 당황해 하는 선녀를 집으로 데려와 아들 열하나를 낳았다. 하지만 방심하는 틈에 선녀는 숨겨놓은 옷을 입고 하늘로 올라갔다는 이야기이다.

시베리아 최고의 성지인 바이칼호의 올혼섬에는 오색 천 조각을 두른 나무말뚝이 수없이 많다. 샤머니즘의 상징인 이 말뚝은 오리를 조각해 나무 꼭대기에 꽂아 놓은 우리의 솟대나 서낭당과 같은 상징적 의미와 형상을 갖고 있다. 이는 한국의 토속신앙과 샤머니즘이 시베리아에서 기원되었다는 것을 보여 준다.

불교에 대한 관심은 칭기즈칸 시대부터 비롯되었고 칭기즈칸은 불교를 믿는 위구르인을 선생이나 공직자로 채용했다. 위구르인은 일반인으로부터 크게 존경받았고 몽골에 지대한 문화적 영향을 끼쳤다. 후에 쿠빌라 칸은 불교를 원나라의 공식 종교로 발표했다. 그리고 그는 라마승을 몽골 불교의 공식 지도자로 임명하였으며 라마승은 군대의 의무와 세금을 면제받았다.

그러나 이러한 쿠빌라 칸의 노력에도 불교는 몽골에서 널리 받아들여지는 종교가 되지는 못했다. 불교는 상류층들의 종교였으며 티베트 제국이 몰락함에 따라 불교도 그 지지기반을 잃고 대신 샤머니즘이 16세기 중반부터 왕성하게 일어나기 시작했다.

라마교는 정치적, 사회적 이유에서 몽골에 도입된 것이었다. 정치적으로 라마교는 몽골의 지배계층이 그들의 입지를 종교적 인물을 통해 강화하기 위해서 이용하였고, 중국의 명나라에서는 라마교를 호전적인 몽골을 잠잠하게 만들 수단으로 삼았기 때문이었다. 이후 몽골 인민혁명이 일어날 때까지 라마교는 점점 몽골 전역으로 확산되어 나갔다.

그러나 1930년대 중반, 몽골 공산당은 '사원의 기관화'를 실시했다. 이 같은 정책을 실시한 까닭은 몽골 공산 정부에 반대하는 정치 세력이 사원에 뿌리를 두고 있다는 설 때문이기도 했다. 당시 승려들은 사원을 떠나 세속의 생활로 돌아갈 것을 매우 강력히 권고받았다. 1938년 약 20,000명의 승려들이 유목민이 되었으며 5,000명은 정부 지원 인원으로, 나머지 청년은 군대로, 어린이는 가족 품으로 돌아갔다. 나머지 승려들은 1930년대 중반 사원 방화와 파괴의 희생자가 되고 말았다.

1937년은 몽골 역사상 최악의 한 해로 기록된다. 수백 개의 사원이 파괴되고 많은 불교서적이 불에 태워졌으며 많은 라마승들은 세속 생활로 돌아가거나 죽임을 당했다.

이후 40년 이상, 몽골인들은 공포 속의 종교생활을 했다. 나이든 신자들은 100여 명의 승려가 남은 중심사원 간단사원에 나갔으며 혹은 고비사원으로 갔다. 고비사원에는 약 40명의 승려들이 있었다. 젊은 사람들은 집에서만 종교생활을 했고 단체로 예배를 드리는 일은 중지되었다.

강가에 있는 게르에 숙소를 정하고 샤워를 했다. 샤워장은 옹색스러웠지만 온수로 샤워를 하니 몸이 개운해진다. 오랜만에 강가를 산책했다. 강가로 내려오기 전 대회관계자에게 강 이름을 물었을 때 '오논 강'이라고 했다. 강은 분명 강이었지만 여전히 낯설었다. 바람처럼 대지에 존재했다가 바람처럼 사라져 간 한 인간을 생각하며 강가를 천천히 걸었다.

오논 강 유역은 거대한 바람의 근원지처럼 테무친이 태어난 고향이다. 한반도에서는 고려가 무신정권으로 힘을 잃어 가고 있던 시절, 1206년 봄, 몽골고원의 최북단 지역에 위치한 오논 강의 발원지에서 코릴타(쿠릴타이 · 부족 지도자들의 회의체)가 열렸다. 고원의 패권을 다투다가 테무친에게 무릎을 꿇은 부족의 대표들이 집결했을 때 테무친은 몽골고원의 모든 유목민을 통치하는 가장 높은 자리인 '칸'에 즉위했다. 칭기즈칸의 탄생이었다. 몽골고원의 유목민 부족들이 통일을 이룬 것은 사실상 이때가 처음이었다. 이전에는 중원을 차지한 중국 왕조가 지속적으로 고원 내의 부족들의 분열을 사주했다. 몽골고원은 역사적으로 유목민의 세계였다. 수많은 부족과 씨족으로 나뉘어 약탈과 복수의 살육이 끊이지 않은 지역이었다. 그곳을 통일한 칭기즈칸은 다음 목표를 세웠다. 기름진 땅에서 풍요와 안정을 누리며 살던 정착민들의 국가로 시선을 돌린 것이다.

유목민들은 늘 가축을 먹일 초지(草地)를 찾아 이리저리 이동하며 사는 운명을 타고 난 사람들이다. 한곳에 머물러 있을 수 없는 것이다. 그 습성이 오래되다 보면 천성이 된다. '이동 DNA'를 갖고 태어나는 것이다. 칭기즈칸은 그 유목민적 에너지를 하나로 모아 외부 세계로 발산하는 웅대한 목표를 세웠다.

강가의 바람은 서늘했다. 강가의 풀과 나무들은 여전히 낯설었지만 강물은 빠르게 흐르고 있었다. 건너편 언덕 위에 아이멕스, 이제는 멸종되다시피 한 야생양의 모습이 보인다.

칭기즈칸은 바람처럼 대지를 달렸고 거대한 대륙을 평정했다. 그들 앞에서 저항이나 배신은 살아 있는 모든 것들을 무자비하게 살육하는 대가로 되돌아오는 것이었고 이러한 공포는 이성을 마비시키고 저항의 지를 말살시키는 것이었다. 그 바탕에 종교는 없었다. 그들은 종교로 편을 가르지 않았고 인종이나 언어로도 마찬가지였다.

계급을 가진 자와 그렇지 못한 자, 가진 자와 그렇지 못한 자로 구분되는 편을 없애겠다는 숭고한 의지로 마르크스는 공산주의의 토대를 구축했지만 그는 인간의 속성을 간과한 면이 없지 않았다. 인간 속성의 바탕은 욕망이다. 이 욕망은 내 편이 아닌 자를 배척하게 되는 것이다.

끗발과 파벌

우리는 편을 가르는 것에 익숙해있다. 노름판에서 유래된 '끗발'이라는 말은 기세, 권위의 비하된 표현에 해당되는 말이다. 끗발은 파벌이라는 깃과도 상호 긴밀한 관계를 형성한다. 편이 명확하게 갈려야 끗발은 위력을 발휘한다.

민주주의를 도입하였지만 정치적인 것을 배경으로 지역을 나뉜 것도 이와 무관하지 않다. 세가 있다고 자신하는 무리들이 기득권에 안전망까지 구축하기 위하여 파벌을 형성한다. 무리 중에서 세가 약한, 즉 끗발이 약한 부류들은 결코 파벌을 만들지 못한다. 파벌을 만든다 하더라도 외부로 영향력을 가지지는 못하고 친목도모의 수준이다.

우리 사회는 보이게 보이지 않게 여러 분야에 이러한 파벌이라는 방파제가 견고하게 쌓아져 있다. 방파제는 방파제 안에 있는 자에게는 기득권과 안전을 보장하는 듯 보이지만 건전한 경쟁이나 비판이라는 자극을 인위적으로 차단하거나 소통을 할 수 없기 때문에 내부적으로는 물론 전체를 서서히 오염시키거나 부패시켜 가기도 한다. 그리고 그 무리나 범주에 들지 못한 자들의 상대적인 불만을 잉태하고 상대적인 상실감을 확장해 간다.

파벌과 끗발은 밀접한 상관관계가 존재한다. 같은 지역, 출신학교는 파벌의 발판을 구축한다. 학교가 학문적인 성취와 함께 파벌의 중요한 의미를 부여 한다는 것은 이미 현실이다. 견고한 파벌이라는 방파제를 구축했을 때 끗발은 더 많은 권위와 힘이 발휘될 수 있는 것이다.

우리에게 민주주의제도가 도입되면서 지역이라는 공간을 바탕으로 파벌이 생겨났다. 화합과 통합이 아닌 갈등과 분열을 통하여 세력을 결집시키는 치졸한 발상이었다. 이것은 근래에 들어서도 여전히 그 굴레를 벗어나지 못하고 있다. 종교도 마찬가지였다. 같은 신을 믿는 종교 안에서도 다시 많은 분파가 생겨나고 배타성을 가짐으로써 존재감을 고취시키는 방편이 되기도 했다.

인간은 생각하므로 고로 존재한다. 생각의 구성 성분은 회의와 의심이다. 너무나 당연한 것처럼 지구가 평평하다고 믿었지만 그것을 의심했던 것과 같다. 그런데 파벌이 견고한 사회에서 회의와 의심은 불필요한 가치가 된다.

그러나 회의와 의심을 배제시키는 것은 자신이 바보라는 것을 인정하라는 의미와도 같다. 신앙이란 단순한 '믿음'이 아니라 신앙의 실체를 탐구해 가는 과정이다. 탐구한다는 것은 회의와 의심을 바탕으로 한다. 그 과정이 배제된다면 독단으로 치닫게 되고 배타의 벽을 만들게 된다. 다름을 인정하지 않고 선과 악의 단순한 배치개념으로 몰고 가게 되는 것이다.

인간의 욕망을 숨기고 가리며 종교라는 위선으로 행해졌던, 행해지고 있는 야만의 다양한 행태는 의심과 회의의 생각을 제거했기 때문이었다. '네 이웃을 사랑하라'라는 말에서 이웃은 나와 생각이 다른 사람, 나와 신앙이 다른 사람, 내 편이 아닌 사람도 포함된다면 잘못된 말인가?

　강가로 어둠이 깃들고 있었다.

사막의 어느 아침

사막에서 맞는 마지막 아침이다. 게르를 나와 앞산으로 올라간다. 바위 언덕 위에 있는 아이벡스의 조각상을 가까이 보기 위해서였다. 언덕으로 가는 길에 새로 복원한 사원이 있다. 오논 강이 휘돌아가는 남쪽과 북쪽으로 사원이 있었고 전성기에는 천 명이 넘는 승려가 생활 했으나, 이곳도 몽골의 다른 사원들처럼 사회주의 시절 완전히 파괴되고 200명이 넘는 승려가 처형당했다고 한다. 이후 근래에 체제가 바뀌고 근래에 작은 사원 하나를 복원한 모습이다.

언덕을 올라 아이벡스 조각상이 있는 곳으로 올라갔다. 인간에 의해 사라진 아이벡스 자연의 모습을 조각이라도 다시 복원하고 싶은 마음이었을 것이다.

멀리 강을 바라보았다. 그리고 이제 폐허처럼 그 잔해가 남아 있는 사원을 바라보며 최근 네팔에서 발생한 지진을 생각했다.

이념과 사상을 이유로, 그러나 결국은 체제유지의 욕망으로 이 땅에서 종교를 황폐화시켰다면 지진은 오랜 역사의 시간이 머물러 있는 유적지들을 흔들어 무너뜨리고 주거지들을 파괴했다.

대부분의 그곳 주민들은 머물 곳과 먹을 것을 걱정하는 형편이라고 했다. 이제 장마가 시작되면 지진으로 지반이 약해진 땅에서 산사태가 날 수도 있고 수습하지 못한 시신이 부패하고 콜레라 등 전염병이 발생할 수 있다고 우려하고 있다.

천지불인, 하늘과 땅은 어질지 않다

언덕 위에 올라 멀리 강줄기를 바라보며 노자가 말한 천지불인(天地不仁)을 잠시 생각해 본다. 단순하게 해석하면 하늘과 땅은 어질지 않다는 뜻이다. 그 속뜻은 하늘과 땅은 만물을 생성화육(生成化育)함에 있어, 억지로 어진 마음을 쓰는 것이 아니라 자연(自然) 그대로 맡길 뿐이라는 것이다. 이해가 될 것도 같지만 쉽지 않다.

그러니 자연은 스스로 할 일을 할 뿐인데, 인간은 그 욕심으로 쌓아 올린 건물 등이 무너져 화를 당하는 것인가? 지진이 사람을 죽이는 게 아니라 사람들이 만든 집들이 무너지면서 사람들이 희생되는 것이다.

천지불인(天地不仁), 산이나 바다는 스스로 그러하여, 사사로움 없이 자신의 일을 한다고 볼 수 있다. 두 지각판의 충돌로 야기된 응력이 쌓이면, 자연은 그 응력을 풀어 땅을 흔드는 것이 자기의 할 일인 것이다. 결국 인간은 자연 앞에서 무력한 존재라는 것이고 신은 존재하지 않는다는 의미일 수도 있다.

인류 초기의 원시종교는 다신교의 모습이었다. 인도인들과 마야인들은 천체 관찰로부터 지상의 사건을 예언하기 위한 정교한 체계들을 발전시켰고 중국의 은(殷)나라는 나라의 운세를 거북의 껍질을 불에 달궈 갈라진 무늬를 통해 나라의 운세를 읽었다. 신, 즉 조상신과 상제(上帝)의 뜻, 하늘의 숨겨진 의미를 읽어 내고자 했다.

은나라를 무너뜨린 주(周)나라는 상제의 호칭을 여전히 쓰면서 '천(天)'을 신의 이름으로 사용했다. '천의 아들'을 뜻하는 천자(天子)라는 흥미로운 개념도 여기서 생겨났다. 이제 천은 직접 모습을 드러내서 세계를 이끌어 가지 않지만, 적어도 지상 세계에 한하여 천자에게 통치권을 위임한다는 사고가 자리 잡게 된다. 상제든 천(천자)이든 의지가 있으므로 지상의 사람들이 따라야 할 방향을 제시했다.

따라서 인류 초기 역사에서 지배자들은 늘 상제나 천의 이름을 빌려서 자기 언행의 정당성을 역설했다. 춘추전국시대에 이르러 하극상이 일어나고 재해가 빈번하게 일어나면서 천은 현실의 규제로부터 더욱 멀어졌다. 이런 상황에서 노자는 당시 통념으로 남아 있던, 세계를 신적 존재와 연결시켜 바라보는 시각에 통렬하게 비판했다. 그는 "천지는 아무것도 사랑하지 않는다. 만물을 '추구'로 여길 뿐이다(天地不仁, 以萬物爲芻狗)"라고 말했다. 여기서 '추구(芻狗)'는 옛날 중국에서 제사에 쓰던, 짚이나 풀로 만든 강아지를 뜻한다. 제사 지낼 때 의례용으로 소중하게 여기지만 제사가 끝나면 내다 버린다. 즉, 추구는 필요할 때 찾고 쓸 일이 없으면 버리는 물건을 가리킨다. 옛날 사람들은 하늘이 농사를 위해 제때 비를 내리고 땅이 곡물을 잘 자라도록 해 준다고 생각해 천지가 만물을 길러주는 어버이 같은 존재라고 생각했다. 하지만 노자는 천지에는 어버이가 자식을 사랑하는 것과 같은 애정은 털끝만큼도 없다고 말했다. 천지가 만물을 추구로 본다는 것은 결국 만물이 어떻게 되더라도 배 놔라 감 놔라 하는 식으로 간여할 수 없다는 말이다. 공자는 '성인(聖人)'을 세상의 모든 문제를 풀어가는 핵심 인물로 봤다. 성인은 세상 백성들이 처한 어려움을 해결하기 위해 발 벗고 나설 정도로 백성을 사랑하는 마음이 두터운 사람이다. 하지만 노자는 성인이란 말을 공자처럼 생각하지 않았다. 성인도 천지와 마찬가지로 만물을 사랑하는 마음을 갖고 있지 않다고 봤다(聖人不仁, 以百姓爲芻狗).'천지불인'과 '성인불인'의 선언만으로도 노자는 사람들이 대대로 생각해 오던 사고 관행을 정면으로 해체시켰다. 천지와 성인은 특별한 능력을 갖고 있고 그 능력으로 세상의 모든 존재를 보살피며, 사람들은 그 대가로 천지와 성인에게 특별한 권위를 부여해 존경하고 제사도 지낸다는 게 그동안의 통념이었다.

그러나 노자는 "천지와 성인은 그런 사랑의 마음을 품고 있지 않다"라고 선언해 버렸다. 이에 대해 노자는 별다른 근거를 제시하지는 않았다.

하지만 그는 이렇게 말할 것이다.

"천지와 성인이 만물을 사랑하는 마음이 있다고 한다면, 지금 돌아가는 세상을 봐라! 사랑한다면 이렇게 되도록 내버려두지 않았을 것이다."

무신론자를 위한 변명

정말 맞는 말이다. 극단의 혼란상황에서도 사재기와 약탈을 모르는 네팔사람들에게 그러한 벌을 내리는 것을 보면 말이다. 사람이 성인이 되더라도 불행을 반복해서 겪으면 자신을 힘들게 하는 어떤 존재가 있다고 생각하게 된다. 하지만 노자는 2,500여 년 전 인물임에도 불구하고 인격천(人格天)의 사고로부터 훌쩍 뛰어넘고 있다. 그는 자연현상을 오늘날처럼 과학적인 언어로 설명하지 못하지만 물리적인 과정으로 설명하려는 통찰을 보여 주고 있다. 그만큼 노자는 당시의 다른 어떤 사상가보다도 과학적인 사고를 했던 인물이라고 할 수 있다. 그렇기 때문에 고대에 신적 위력을 부정하고 살면서도 두려워하지 않을 수 있었던 것이다.

산을 내려오는데, 커다란 뿔을 가진 소의 사체가 보인다. 건조한 곳이니 부패가 늦게 진행되었던지 그 모습이 흉물스럽다. 지난 2010년 보도로 접했던, 이곳 몽골 초원에서 있었던 가슴 아팠던 이야기가 생각났다. 영하 40도를 맴도는 극한의 추위가 계속되고 최악의 눈보라가 계속되면서 수백만 마리의 가축들이 집단 폐사했다는 내용이었다. 여름의 극심한 가뭄에 이어 10월부터의 혹한으로 초지를 확보하지 못한 사정도 있다고 했다. 지진이나 최근 증가하고 있는 폭염피해처럼 일종의 자연재해였다. 이와 같은 재해를 '조드'라 한다.

조드는 근본적으로 물이 부족해 생기는 현상이지만 네 가지 요인, 눈이 너무 많이 쌓여서 가축이 초지를 찾을 수 없게 되는 것, 여름이나 가을부터 초지가 말라서 겨울에 먹을 풀까지 고갈되는 것, 극심한 눈보라가 몇날 며칠이고 계속되거나 콧구멍을 막는 흙바람 때문에 가축이 한 발짝도 나다닐 수 없게 되는 것, 마지막으로 일찍 내린 눈이 따뜻해지는 바람에 철철 녹아서 흐르다가 갑자기 들이닥친 강추위에 아주 두꺼운 얼음이 되는, 그래서 눈에 뻔히 보이는 풀뿌리에 입도 대지 못한 채 굶어죽는 것 등이다. 가혹한 자연환경 속에서 살아가는 그들에게 기상이변은 가축들의 생존을 위협한다. 외국자본을 끌어들인 지하자원 개발은 결국 물을 필요로 하고 가축들의 서식환경을 파괴하고 기상이변의 요인으로도 작용한다.

초원의 사람들은 예로부터 하늘 아버지, 땅 어머니라고 하여 태양과 별, 땅과 산, 강, 동식물들을 한 가지로 인식하여 존중하며 살아왔다. 『몽골 비사』 등의 자료를 보면 오래전부터 자연을 보호하는 내용이 법으로 정했고, 법으로 정하였다는 것은 자연보호가 권장 사항이 아니라 그것을 어겼을 때 처벌이 따르는 강제성을 갖고 있다는 의미이다. 몽골에서는 이처럼 강력한 규제를 통해 절대로 자연을 훼손해서는 안 된다는 전통이 있었기 때문에 그들 나름의 고유한 자연 인식을 형성하게 되었다고 볼 수 있다.

고대 몽골 법에는 '땅에 음식물을 흘리거나 가축의 우리 안에서 오줌 누는 것을 금하며 이를 어길 때 사형에 처한다'라는 내용은 물론 '땅을 함부로 파헤치고 불을 놓아 목초지를 태우면 사형에 처한다'라는 조항도 있다. 모두 목축을 생업으로 하는 생존 조건과 관련된다고 볼 수 있으며, 이런 정신은 현대 법에도 그 흔적이 남아 있는데, 1996년 국가최고회의에서 제정된 '산불보호법' 같은 것이 그것이다.

　　　　　　　　　　　　　　　무신론자를 위한 변명

이와 같이 몽골에서는 오래전부터 산천, 식물, 가축, 수질, 지하자원 등 자연을 보호하는 일을 법으로 정해 규제했는데, 이는 열악한 자연 환경에서 살아가야 하는 이들의 생존 전략 또는 삶의 지혜가 반영된 결과라고 볼 수 있다. 물론 지금은 부족한 재정을 확보하기 위해 지하자원의 개발을 추진하면서 자연을 훼손하고 있다.

초원의 사람들은 하늘과 땅을 숭모한다. 하늘과 땅을 숭모한다는 것은 자연을 두려워한다는 것이고 순리를 따른다는 의미이다. 결국 조드라는 것은 단순한 자연현상이지만 욕심 때문에 생기는 재앙이 기도 하다. 척박한 땅과 목축을 중심으로 하는 생활방식은 그들에게 자연은 개발이나 공략의 대상이 아니라 공생과 경외의 대상이라는 것을 체험적으로 알게 해 주었을 것이다. 자연은 그들의 생존에 절대적인 영향력을 행사하는 조건이었기 때문이다.

이들의 삶의 방식은 오래된 과거와 이어져 있다. 여름가뭄은 초지를 만들지 못하고 혹한에 가축들은 폐사한다. 이런 상황에서 날씨와 운명을 주관하는 신이 있다면 당연히 사람은 그 존재를 숭배하며 현재의 위기를 극복하고 미래의 불안을 잠재우고 싶어할 것이다.

원인이 무엇이었던지 소의 시체를 묻어 주기라도 했으면 좋을 것 같은데, 불편한 마음으로 산을 내려왔다. 아침을 먹고 다시 출발했다. 마지막 경주가 있는 날이다.

숲에 대한 찬미

　지난밤에 비가 내려서인지 초원의 공기는 상큼하다. 마지막 경기이니 가벼운 마음이다. 지난 경기에서 순위에 집착하기도 했지만 이제는 편안한 마음이다. 지금까지의 기록으로 보아 나를 앞지를 선수는 없을 듯했다.

　다른 지역보다 풀이 무성하다. 하지만 나무는 한 그루도 없다. 초원과 사막지대를 지나오면서 나무 한그루 볼 수 없다는 것은 또 다른 절망감을 배태하고 있었다. 잠시 기대어 쉬거나 뜨거운 빛을 피할 수 있는 나무의 고마움, '그늘'이라는 단어가 이곳에서는 없을 것처럼 나무가 없는 초원은 황량했고 삭막했다.

　초원과 사막지대를 달리고 지나오면서 나무를 보고 만나지 못한 것은 상실감이었고 아픔이었다. 그보다는 그 사실을 받아들일 수 없었다는 것이다. 나무가 뿌리를 내리고 자랄 수 없는 환경 이라는 분명한 이

　　　　　　　　　무신론자를 위한 변명

유가 있겠지만 수긍이 쉽지 않았다. 다른 날보다 여유롭게 달리면서 오래전에 읽었던 〈나무〉 라는 수필 내용을 떠올렸다.

나무는 덕(德)을 지녔다. 나무는 주어진 분수에 만족(滿足)할 줄을 안다. 나무로 태어난 것을 탓하지 아니하고, 왜 여기 놓이고 저기 놓이지 않았는가를 말하지 아니한다. 등성이에 서면 햇살이 따사로울까, 골짜기에 내려서면 물이 좋을까 하여, 새로운 자리를 엿보는 일도 없다. 물과 흙과 태양의 아들로, 물과 흙과 태양이 주는 대로 받고, 득박(得薄)과 불만족(不滿足)을 말하지 아니한다. 이웃 친구의 처지(處地)에 눈떠 보는 일도 없다. 소나무는 소나무대로 스스로 족하고, 진달래는 진달래대로 스스로 족하다.

나무는 고독(孤獨)하다. 나무는 모든 고독을 안다. 안개에 잠긴 아침의 고독을 알고, 구름에 덮인 저녁의 고독을 안다. 부슬비 내리는 가을 저녁의 고독도 알고, 함박눈 펄펄 날리는 겨울 아침의 고독도 안다. 나무는 파리 움쭉 않는 한여름 대낮의 고독도 알고, 별 얼고 돌 우는 동짓달 한밤의 고독도 안다. 그러면서도 나무는 어디까지든지 고독에 견디고, 고독을 이기고, 고독을 즐긴다.

나무에 하나 더 원하는 것이 있다면, 그것은 천명(天命)을 다한 뒤에 하늘 뜻대로 다시 흙과 물로 돌아가는 것이다. 그러나, 사람은 가다 장난 삼아 칼로 제 이름을 새겨 보고, 흔히 자기(自己) 소용(所用) 닿는 대로 가지를 쳐 가고 송두리째 베어 가곤 한다. 나무는 그래도 원망(怨望)하지 않는다.

나무는 훌륭한 견인주의자(堅忍主義者)요, 고독(孤獨)의 철인(哲人)이요,

안분지족(安分知足)의 현인(賢人)이다.

— 이양하, 〈나무〉

글을 쓴 이는 자신은 물론 사람들의 부덕함을 나무에 빗대고 싶었을 것이며, 나무와 같은 덕을 지니고 싶은 염원이 깊었을 것이다. 더하여 고독을 두려워하는 자신의 성정을 탓하고 싶었을지도 모른다. 죽음을 두려워하는 것에서 비켜서고 싶었던 마음도 마찬가지일 것이다. 사람의 삶도 명을 다하면 자연으로 돌아간다. 자연으로 돌아간다는 것은 소멸을 의미하는 것이 아닌 또 다른 순환을 의미한다.

무명(無明)의 업으로 인간의 부덕은 본래적이다. 불가에서 말하는 12 연기(緣起), '이것이 있으면 저것이 있고, 이것이 멸하면 저것이 멸한다'라는 것이 소위 연기 공식의 핵심이라 할 수 있는데, 이것과 저것은 실과 바늘처럼 함께 있거나 이것이 사라지면 그것이 원인이 되어 저것이 사라지는 게 아니다. 이것을 연해 저것이 생기면 저것 안에 이것이 들어가 있는 모양이 된다. 즉, 생(生)을 연해 노사(老死)가 생긴다고 하면 생과 노사(老死)가 함께 있는 게 아니라, 노사(老死) 안에 생(生)이 들어가 있는 모양이라는 것이다. 모든 존재는 혼자 발생하지 못하고 반드시 원인과 조건을 통해 생기고 연결된다.

나무가 없는 사막에서의 6일, 외딴 공간에 버려지기라도 한 것처럼 쓸쓸하고 외로웠다. 산을 보기는 했지만 나무가 없는 산은 사막과 다름 아니었다. 산과 숲의 차이점은 이와 같을 것이라고 생각했다. 한때

무신론자를 위한 변명

신앙의 대상처럼 숲을 찾아 나섰던 것은 내가 자연 속에 한 일원이 될 수 있었기 때문이었다. 숲을 찬미했다.

숲에 들면 마음에 평안함이든다. 숲은 자유롭다. 숲이 자유롭다는 것은 숲이 욕심이 없다는 말과 같다. 남보다 더 많이 먹으려 하거나 가지려 하지 않는다. 햇빛과 물, 공기를 상하게 하지 않으면서 몸으로 받아들여 스스로를 부양한다. 그 부양하는 과정에서도 오히려 인간들을 포함하여 모든 것들과 상생을 도모하며 이롭게 한다. 숲은 사람의 손길이 가지 않은 자연(自然)이라는 한자어처럼 스스로 그러하게 존재하는 곳이다. 간섭하거나 다툼이 없는 것처럼 도가에서 말하는 무위(無爲)의 세계이다. 나도 그곳에 존재하므로 자연의 일부가 된다.

다시 이곳에 올 것이다. 이곳에 온다면 한 그루라도 나무를 심어야겠다고 생각했다. 최근 잦아지는 황사로 고비에 나무를 심는 운동이 생겨나고도 있지만, 단순히 심는 것이 중요한 것이 아닌 자랄 수 있도록 물도 주고 보살펴 주어야 하겠지만 그래도 나무 한그루라도 이 땅에 심어야겠다.

이제 마지막 골인 지점에 들어왔다.

윤회(輪回)

초원은 빛이 가득했다. 간밤에 지난 비로 초원은 생명의 기운이 넘실거리고 흐르는 바람은 상큼했다. 골인점에 들어왔을 때 이제 경기가 다 끝났다는 안도감으로 편안했다. 무모하게 대회를 신청했다. 기본적인 연습도 절대 부족했지만 큰 걱정을 하지 않았던 것처럼 무사히 완주했고 좋은 성적도 기록했다.

좋은 성적을 기록한 것은 낙타가 나에게 다가와 말해 주었던 축복과도 같은 말, 전생에 낙타였다는 말이 상관이 있을 듯 싶었다. 그러니 대단한 경력의 선수들을 제치고 상위권을 차지했고 낙타와 만나 많은 이야기를 할 수도 있었다.

잠시 휴식을 취하고 평안한 마음으로 달려온 길을 산책처럼 따라 걸었다. 기념으로 사막의 돌을 하나 주워가고 싶었다. 달에 처음 발을 디딘 우주비행사들이 그랬던 것처럼 말이다. 한참을 걷다가 돌을 하나

주었다. 작은 돌이었는데 산 모습에 빙하가 흘러내린 모습이었다. 또 다른 행운이라고 생각했다.

마지막 주자들이 돌아오고 점심을 먹었다. 이제 사막을 떠나야 할 시간이었다. 뒤를 돌아보아도 다시 앞을 보아도 막막했지만 내가 존재한다는 의미가 크고 깊었다. 대지 속에 내가 있었고 내가 있는 곳에 대지가 있었다. 한 번도 느껴 보지 못한 것이었다. 등산으로 올라간 산 정상에서 산 아래를 내려다보며 가졌던 근사했던 느낌은 자연 속에 존재하는 자로 잠시 가질 수 있는 장쾌함에 불과한 것이었음을 생각했다.

저마다의 삶이 그렇듯이 정해진 길은 없다. 정하는 방향이 길이 된다. 그러나 어떤 이들은 다른 이들이 지나간 길을 따라가려고 한다. 편하거나 좋아 보이기도 하고 빨리 갈 수도 있다고 생각하기 때문일 것이다.

사막에서 정해진 길은 없었다. 방향을 정하고 달리면 길이 되었다. 도시를 떠나 6일간 달린 사막지대와는 다르게 포장된 도로가 보이고 작은 마을들도 보였다. 다시 늦은 밤까지 달렸고 새벽녘에 게르에 도착했다. 바위산이 둘러서 있고 나무도 보이는 게르촌이었다. 빵으로 간단히 배를 채우고 게르에 짐을 풀었다.

잠자리에 누웠다가 다시 일어났다. 언제 다시 여기에 올 수 있을 것인지. 머지않아 날이 새겠지만 잠을 자면 안 될 것 같았다. 밖으로 나와 주변을 돌아보았다.

게르가 끝나는 곳으로 여러 마리의 말과 낙타 두 마리가 있었다. 숙소에 묵는 이들의 시승용으로 키우는 것 같았다. 이번 여행에서 낙타와는 마지막 만남일 것이다. 조용히 낙타에게로 다가갔다. 늦은 밤이 었지만 낙타는 잠을 자고 있지 않았다. 인기척을 느꼈는지 무거워 보이는 몸을 일으켜 나를 쳐다보았다.

"너는 어디에서 왔니?"

"솔롱고스에서 왔어."

"와, 그래! 여기에 솔롱고스에서 온 것 같은 여행자들이 여럿 다녀갔지만 내게 말을 건 사람은 네가 처음이야."

그리고 나를 한참이나 쳐다보더니, "너는 전생에 우리와 같은 종족이었을 것 같은데" 하며 가까이 다가와 코를 벌름거렸다.

"그래, 그 말이 맞을지도 모르겠어. 이곳에 와서 처음 만난 너희 종족에게서 그런 이야기를 들었거든. 그 말이 맞기라도 하는 것처럼 경력도 연습도 없었는데 사막을 달리는 대회에서 우수한 성적을 기록하기도 했고. 사막에서 만난 너희 종족들이 편하고 좋았어."

"그래. 나는 막연하지만 다음 생에 무엇으로 태어날지에 대해 생각할 때가 있어."

낙타가 말했다.

"그런데 죽으면 정말 다음 생으로 이어지는지는 의문이지만 네가 나의 전생을 말하는 것을 보면 완전히 부정할 수만은 없다고 생각해."

기독교와 윤회사상

"사실 현생으로 소멸되지 않는다는 것의 시작은 힌두교가 모태일 수도 있어. 오늘날까지 인도사회의 병폐로 받아들여지는 카스트 제도는 소수의 지배계급들이 자신들의 기득권을 허물지 못하도록 강력한 안전망을 구축한 결과물일 수도 있는 것이지.

오늘날 기독교는 윤회사상을 절대 인정하지 않는 것처럼 보이지만 사실은 초기 기독교에서 윤회와 환생은 정식으로 인정되던 교회신학의 일부였다는 것이야. 그럴 수밖에 없었던 것은 순환과 윤회의 원리는 이 세상을 움직이는 기본원리로 인식했고 진리를 깨친 모든 성자들이 세상에서 발견하는 공통된 진리이며 예수가 제자들을 가르칠 때에도 기본원리로 활용했기 때문이지. 성경의 구절 속에서 이와 같은 내용들이 식별된다는 것을 알 수 있지. 가시나무와 포도를 인용한 구절처럼 자신이 행한 대로 이루어지는, 영원불변의 순환원리를 보았던 것이지. 즉, 좋은 원인이 나쁜 결과를 맺는 일은 없으며 좋은 결과가 있는 곳에는 반드시 좋은 원인이 있어서 각자가 지은 대로 가시나무는 가시를, 포도는 포도를 낳으며, 잘못된 삶을 지은 자는 불에 태워지는 지옥의 벌을 받게 되는 것을 은유적으로 말씀하신 것이지.

인류역사나 지구, 그리고 우주도 예외가 될 수 없는 것이고. 따라서 서양에 살든 동양에 살든 기독교를 믿든 회교를 믿든 불교를 믿든 사람이 살아가야 하는 길은 똑같고, 영혼이 결실을 거두는 과정도 똑같고 죽은 후에 가야 하는 사후세계도 똑같은 것이라고 생각했던 것이야. 단지 살아온 경험에 따라 그 말하는 단어가 다를 뿐이었고.

이러한 영혼과 사후세계에 대해 생명의 실상과 우주의 진실을 꿰뚫어 본 모든 성자들이 인정한 바가 있어. 부처님이야 윤회가 본업이니 말할 것이 없고 예수는 죽은 후에 천국의 보좌 옆에 앉는 구원의 사례와 엘리야의 환생을 말했으며, 소크라테스는『파이돈』에서 윤회에 대해 직접 언급했지.'죽은 자는 산 자로부터 나오고 산 자는 죽은 자로부터 나오며 선한 영혼은 악한 영혼보다 더 좋은 운명을 가진다. 인간은 전생의 습관에 따라 다시금 매이게 되는데 마구 폭식하거나 제멋대로 산다거나 술에 취해 산 자는 당나귀나 그밖에 탐욕스런 동물로 태어나고 부정한 일과 포악한 일, 도적질을 한 사람은 독수리나 매 같은 것으로 태어나며 부지런하고 규칙을 즐기는 이는 개미나 벌이 되며 또 그들로부터 다시 인간이 나올 수 있다'라고 하여 생명의 순환원리를 잘 설명했던 것이지.

그런데 왜 모든 성자들이 발견한 공통된 원리인 윤회사상이 성경 속에서 사라진 것일까? 그 이유는 기독교가 신앙 위주의 종교로 변질되면서 기독교를 장악한 로마 황제와 교회가 자의적 필요성에서 예수가 말한 진리를 함부로 훼손했기 때문이라고 볼 수 있지. 초기 기독교에서 예수의 말씀이 제자들에 의해 자발적으로 퍼져 나가면서 갖가지 교리가 우후죽순처럼 생겨났지. 그러나 점차 기독교가 자리를 잡으면서 뛰어난 통찰력을 가진 교부들이 나타나 초기 기독교 교리를 정리하기 시작했지. 그들은 세계적 종교로 발전하고 있는 기독교를 세상에 널리 전하기 위해서는 다양한 차원의 신도들에게 합리적인 교리를 전해야 할 필요성을 느끼게 되었고 이를 위해서는 당시 선진문화였던 그리스 로마 철학을 활용하여 교리를 정리하기 시작했던 것이야.

이러한 초기 교부들은 공통적으로 환생설을 가르쳤지. 초기 기독교 교리는 알렉산드리아 출신의 그리스 저술가 오리게네스(기원 185년경 ~254년)에 이르러 처음 결실을 맺게 되었다고 볼 수 있어. 오리게네스는 알렉산드리아 학파의 대표적 신학자로 그리스도교 최초의 체계적 사색가로서 이후의 신학사상 발전에 크게 공헌한 것으로 평가되고 있어. 그는 성서의 영적 의미를 진리적으로 이해하였고 이러한 관점은 초기 영지주의의 흐름과 맥을 같이하는 것이었지. 그리스 철학 사상의 전통을 가진 지중해 남부의 알렉산드리아의 이성적인 기독교인들에게 이러한 믿음은 절대적이었고 말이야.

그는 예수를 하느님의 아래 위치시키고 영혼의 윤회환생과 업(Karama)의 개념을 핵심적인 원리로 편입시켜 설파하였지. 오리게네스는 자신의 주요 저서에서 다음과 같이 명백히 환생의 문제를 언급하고 있지.

'모든 영혼은 전생의 승리[善業]에 의해 강해져서 태어나거나, 아니면 패배(惡業)에 의해 약해진 상태로 이 세상에 다시 돌아온다. 이 세상에서 그 영혼이 겪는 명예로움이나 불명예스러운 일들은 전생의 공덕이나 악업에 의해 결정되는 것이다'라고 말야. 오리게네스는 생각하기를, 인간의 영혼은 육체로 태어나기 이전에 존재하며, 신과 재결합하기까지 한 육체에서 다른 육체로 옮겨가면서 경험을 통해 배워 나간다고 생각했어. 이윽고 더 이상 육체의 형태를 취할 필요가 없을 때, 궁극적으로 모든 영들은 비로소 하나님의 세계로 돌아간다고 믿었지. 그는 또한 그리스도께서 인간의 이러한 신과 조화되거나 일치되는 과정을 상당히 촉진시킬 수는 있으나, 여기에 개인적인 노력이 병행되지 않고서는 그것이 이루어질 수 없다고 보았어. 이어서 그는 인간이 자신의 자유의지로 인해 신으로부터 떨어져 나와 타락한 이래, 인간은 자신의 결단에 의해 하나님과의 재결합을 다시 이루어야만 한다고 주장했지. 그리하여 그는 '영지주의자들이야말로 진정한 기독교인이다'라고 자신의 저술을 통해 언급하고 있는 것이야. 왜냐하면 영지주의자들은 각자의 내면에 있는 신성의 빛을 되찾아 하나님께로 돌아갈 때까지 인간의 영혼은 몇 번이고 육체로 다시 태어나 세상의 경험을 통해 배우면서 궁극적인 구원에 이른다고 주장했기 때문이지.

이처럼 윤회환생에 대한 믿음은 초기 기독교 신앙의 근본토대를 이루는 것이었고 예수의 진리적 가르침과 불가분의 관계에 있었어.

하지만 신앙주의자들과 교회론자들은 오리게네스의 이러한 학설에 반대했고, 이 이론이 지나치게 개인적 주장이라고 비판했어. 신성과 믿음을 강조한 교회의 입장에서는 환생사상이 현생에서의 구원의 필요성을 경시하게 만들고 교회와 그리스도의 역할을 최소화시킨다고 생각했던 것이지. 왜냐하면 만약 영혼이 자기가 지은 바에 따라 반복해서 계속 태어나고 결과를 받는다면, 생존 시에 교회를 통해 예수를 믿느냐 안 믿느냐에 따라 구원이 결정되는 것이 아니라 자기의 노력에 의해 결정되기 때문에 교회와 예수를 통해서만 구원을 받을 수 있다는 교리가 무의미해지고 교회의 존립 자체가 위협받는 상황이 초래되기 때문이었지. 이는 로마황제의 입장과도 맞아 떨어지는 것이었어. 모든 것이 이치에 따라 이루어진다면 교회를 통해 최고의 권위와 정당성을 인정받으려고 기독교를 국교로 선언한 황제의 의도 또한 확립되기 어려

166

운 것이었어. 황제의 명령보다 자연의 이치와 양심에 따라 모든 것을 행하면 되기 때문이지.그리하여 초기 기독교 시대의 교부들에게 큰 영향을 미쳤던 오리게네스의 사상은 서기 313년 콘스탄티누스 황제가 기독교를 공인하면서 신약성경에 실려 있던 윤회에 대한 언급들을 없애기로 결정하였고, 서기 325년 니케아 공의회 이후 모든 복음서에서 삼위일체설을 선택하면서 환생을 암시하는 구절들을 완전히 삭제해 버렸어. 윤회를 가르치던 당시의 교리적 용어인 '선재론(先在論)'이란 개념도 교회신학에서 완전히 삭제되었던 것이지. 즉, 콘스탄티누스 황제가 오늘날 기독교가 세계종교가 되는 데 결정적인 기여를 했지만 그 반면에는 교회와 교리에 대한 전권적인 행사를 하면서 기독교의 기본 교리를 왜곡하는 대죄를 저지른 것이라고 볼 수 있어. 그래서 라즈니쉬는 '기독교의 창시자는 예수가 아니라 콘스탄티누스 황제이다'라고 했던 것이지."

길게 이어진 낙타의 이야기를 들은 내가 말했다.

"사실 너의 이야기는 충격적이야. 솔롱고스에서 불교신자들이 주로 12연기법과 윤회를 이야기하지만 사실은 구체적인 내용은 잘 모르거든. 기독교 교리 중에 윤회설이 있었다는 것은 그래서 충격적인 거야."

"오늘날 기독교인들은 사후세계에 천국과 지옥이 있다는 것과 내생이 있다는 것은 의심 없이 믿고 있지. 그러나 전생이 있다는 것은 이러한 기독교의 역사 때문에 모두 부정되고 있는 것이지. 그러나 이 세상의 모든 일은 반드시 원인과 결과의 법칙이 통용되는 보편적인 것이라면, 내생이 있다는 것은 곧 전생이 있다는 것을 의미하는 것이지. 오늘날 너무나 당연한 사실을 기독교인들은 외면하고 있으니, 초기 기독교인들보다 그 수준이 더 떨어진다고도 볼 수 있어. 더욱 놀라운 사실은 지금의 경전은 그 부분이 삭제되고 왜곡되었지만, 아직까지도 전생에 대해 언급하고 있는 많은 구절이 남아 있다는 사실이야.

> "너희의 조상 아브라함은 내 날을 보리라는 희망에 차 있었고 과연 그 날을 보고 기뻐하였다." 유다인들은 이 말씀을 듣고 "당신이 아직 쉰 살도 못 되었는데 아브라함을 보았단 말이오?" 하고 따지고 들었다. 예수께서는 "정말 잘 들어 두어라. 나는 아브라함이 태어나기 전부터 있었다." 하고 대답하셨다.
>
> [요한 8:56~58]

이 구절은 예수가 전생의 존재를 당연시하고 있는 것을 보여 준다고 할 수 있지.

만약 예수가 지금 살아 계신다면 세상의 이치와 인간의 도리를 밝힌 자신의 참된 깨달음의 가르침이 사라지고 오히려 자신이 그토록 싫어하던 우상이 되어 이치도 없이 무조건 섬김 받는 현실에 대해 매우 통탄해 하실 것이야. 어쨌든 초기 기독교에서 일반화되고 있던 윤회사상을 콘스탄티누스 황제가 국교화시키면서 이단으로 단죄했지만 사람들의 마음속에 개별적 신앙으로 지켜져 오던 윤회의 원리는 쉽게 사라지지 않았어. 그리하여 당시 로마황제와 교회권력은 이를 제거하려고 지속적으로 많은 노력을 기울였지. 기독교는 AD 4세기에 단일신론을 이단으로 정죄하여 몰아냄에 이어 6세기에 윤회사상마저 이단으로 선고함으로써 사실상 기독교에는 예수님의 핵심 가르침의 대부분이 빠져버린 것이지. 이처럼 기독교리는 일점일획의 오류가 없는 하느님의 말씀이 아니라 세속적 필요성에 따라 삭제 변조가 이루어진 역사적 산물인 것이지.

한때는 초기 기독교의 정신적 지도자였던 오리게네스가 나중에는 이단이 되어 버렸으며 초기에 이단이었던 바울의 율법경시 교리는 나중에 정설이 되었다는 점에서 우리는 이단이 세속적 권력에 의해 좌우되고 있음을 알 수 있는 것이지.

그리하여 이러한 5차 종교회의의 선고에 따라 곧이어 전 유럽에서는 이단으로 낙인찍힌 윤회환생을 믿는 기독교인들을 잡아 화형에 처하는 피비린내 나는 박해가 수백 년간에 걸쳐 일어나기 시작했어. 그리하여 생명의 기본 순환원리인 윤회론은 기독교에서 사라져 버리고 기독교는 진리성이 약화된 믿음만을 강조하는 원시종교가 되어버린 것이지."

낙타는 말을 끝내고 하늘을 올려다보았다.

낙타가 한 말은 충격적이었다. 생소했지만 다분히 설득력이 있기 때문이었다.

"그런데 윤회설조차도 어찌 보면 인간을 억압하기 위한 수단이라고 생각한 적이 있어. 욕망이 전부 무명(無明)의 범주에 들 수는 없는 거지. 인과론으로 현생에서의 고난과 고통은 전생에서의 죄업 때문이라는, 그래서 현생에서 선업을 쌓는 데 애쓰고 금욕적으로 살아야 한다는 것을 강조하는 것으로 말이야."

"물론 그런 면이 없지는 않았지. 이 땅에서도 많은 사람들이 탈속하여 승려의 길을 갔었지. 그러나 종교의 세가 커지면 권력과 결탁하였고, 권력은 언제나 쇠락해지는 법이지. 고려의 불교가 그랬고 조선의 성리학도 마찬가지지."

밤이 깊어지고 있었다. 낙타의 등에 기대고 잠이 들었던가. 쌍봉낙타의 등마루에 물을 길어와 허허로운 사막에 나무를 심는 꿈을 꾸었다. 사막의 이정표처럼 나무를 심어 가꾸어야겠다는 꿈을 꾸었다.

별리

낙타의 등에 기대어 꿈을 꾸었을 때 아침이 밝아오고 있었다. 낙타와 작별인사를 나누었다. 낙타에게 언젠가 꼭 나무를 심으러 오겠다고 약속했다.

근래에 '메르스'라는 바이러스 때문에, 돌림병을 만들어 내는 악당 같은 존재로, 상종해서는 안 될 대상으로 낙인찍었지만 낙타는 나에게 친구와 같은 존재였고 영성이 있는 짐승이었다.

낙타가 없었다면 인간이 사막으로까지 삶의 영역을 확장하는 것이 불가능했을 것이다. 날이 밝아오면서 사막지대와는 다른 풍광이 새로웠고 주변을 천천히 둘러보았다.

바위산 아래로 나무가 서 있는 모습이 새로웠는데 빠르게 지나는 것이 보였다. 고양이인가 했는데 여우 같았다. 사막에 오면 꼭 한 번은 만나고 싶었기에 심장이 소리를 내며 뛰었다. 솔롱고스에서도 분명히 존재했던, 그러나 이제는 흔적도 없이 사라졌고 옛날 이야기의 주인공으로만 남아 있는 여우였다. 여우라고 단정하고 바위 근처로 다가가 오랜만에 전래동요를 생각해 냈다.

"여우야 여우야~ 뭐하니~ 세수하니~."

나지막이 여우를 불렀다. 그러나 움직임이 없었다. 다시 반복해서 불렀다. 그렇게 여러 번 부르고 나서야 여우는 모습을 드러냈다. 생텍쥐 페리의 『어린왕자』에 나오는 모습을 상상했지만, 서울대공원에서 보았던 꼬리가 유난히 긴 여우의 모습이었다.

여우를 만나다

"여우야, 너를 꼭 만나고 싶었지만 이렇게 만나리라고는 생각하지 못했어. 너무 반가워. 네가 만났던 어린왕자는 아직도 기억하고 있니?"

"그럼, 늘 어린왕자를 기억하고 있었지. 이제 어른이 되어 근사한 왕이 되었을 거야. 혹시 넌 만난 적이 있어?"

나는 고개를 흔들었다. 여우의 이야기는 이어졌다.

"내가 어린왕자와 나눴던 이야기를 아직도 기억하고 있지. 그중에서도 다음 구절은 생생하게 기억하고 있어. 어린왕자가 같이 놀자고 제안했을 때 나는 같이 놀 수 없다고 이야기했었지. 내가 길들어 있지 않아서라고 말이야. 왕자가 길들인다는 이유를 물었을 때 내가 이렇게 대답했지.

'그것은 인연을 맺는다는 뜻이지요.'

그때 나는 왕자님에게, 왕자님은 수많은 다른 소년들과 별로 다를 게 없는 어린 소년에 불과하다고 조금 건방지게 말했어. 그러나 왕자님이 나를 길들인다면 우리는 서로 필요하게 되고, 당신은 내게 이 세상에서 단 하나의 유일한 존재가 될 것이라는 것 이라는 이야기를 했지. 그때 어린왕자는 나에게 물었어. 나를 길들이려면 어떻게 하면 되는가? 하고. 나는 그때 인내심이 있어야 한다고 했지.

다음 날 어린 왕자는 다시 찾아왔고 나는 그에게 언제나 같은 시간에 찾아오는 것이 더 좋을 거라고 말했어.

'이를테면 당신이 오후 4시에 온다면 나는 3시부터 마음이 즐거워질 거예요. 시간이 지남에 따라 행복한 기분이 점점 더해지죠. 4시가 되면 보고 싶어서 안절부절못하게 되고 마침내 당신을 보면 행복감에 젖은 얼굴을 보게 될 거예요! 그러나 만일 당신이 아무 때나 찾아오면, 나는 언제부터 당신을 맞이할 마음의 준비를 해야 할지 모르지요……. 그러니까 적당한 관례를 지켜야만 돼요…….'

다음 날 왕자는 다시 돌아왔고 이별인사를 했어. 이별인사를 하는 그에게 나의 비밀을 하나 전했어.

'내 비밀은 별 게 아니어요. 마음으로 보아야지만 바르게 볼 수 있다는 거예요. 매우 중요한 건 눈에 보이지 않는다는 거지요'라고. 그때 왕자님은 그 말을 음미하려는 듯 되풀이했지. 이어서 왕자님에게 부탁처럼 마지막 말을 했지. 왕자님이 길들인 것에 대해 끝까지 책임을 져야 한다고 말이야.

여우의 이야기를 들으면서 까까머리 중학생시절부터 수없이 편지지를 구기며 썼던 나와 친구들의 연애편지들이 생각났다.

소박에 대한 간절함

"여우야, 다시 어린왕자를 만난다면 무슨 이야기를 할 거니?"

"글쎄 세월이 많이 지났으니 인연과 같은 이야기는 하지 않겠지. 세상의 모든 것들은 만남이라는 인연에서 시작되는 것이지만 인연은 시작에 불과한 것이고 결국은 염력, 꿈의 영역을 넘어서는 소박(素朴)에 대한 절실함이라고 생각해. 이제 세월이 지나 그런 생각을 가졌는지도 모르지만. 누군가 한 사람의 지금 보여지는 모습은 그 사람이 평소 무엇을 간절하게 염원하고 추구하였는가의 결산인거지."

그러나 이제는 진리를 믿고, 추구하고 염원하는 것이 아닌 생활 속에서 진리를 행하고 실현하는, 사람이 하늘이고자 하는 것이어야 해. 이제 인류는 과거와는 현격히 다른 문제와 직면하고 있기 때문이지.

"이곳에 와서 낙타와 많은 이야기를 했어. 사람들과 쉽게 이야기하기 어려운 종교에 관한 이야기에서부터 외모의 문제에 이르기까지. 이 지구별에서 지속가능한 삶을 영위하기 위해서는 어떠한 삶을 살아야 하는지도 고민했고 말야. 인간에게 욕망은 한계가 모호한 영역이지. 그런데 종교는 오래전부터 그 욕망을 미화하거나 포장하는 역할을 담당하기도 했어. 정치도 결국 욕망의 또 다른 형태이고 종교도 마찬가지지."

"그래 낙타는 이곳에서 특별한 대상이지. 그 조상은 카인과 함께 이곳으로 왔으니 종교에 대해서도 해박한 지식을 갖고 있지. 나도 한두 번 낙타와 그 문제에 대해서 이야기를 나눈 적이 있어. 종교, 특히 기독교가 늘 종말을 이야기하고 사람들에게 위기감을 부추겼지만 실제로 바이러스나 환경문제 등으로 종말이 온다면 종교도 사라질 거야."

"그래, 여우 네가 지금 한 말은 대단히 의미가 심중한 말인 것 같아. 지금까지 지구가 멸망하더라도 신은 건재할 것으로 사람들은 당연히 믿고 있었는데 말이야. 나는 소박(素朴)이라는 말을 좋아하는데 종교도 마찬가지라는 것이지. 소박을 추구하는 종교, 종교가 번영을 추구하고 발전을 추구하는 것은 인간이 가진 욕망의 영역이지 신의 영역이 아니라는 생각이야. 겁박으로 사람을 모으고 억압하고 구속하는 것도 마찬가지지. 천지만물 중에 하나인 존재, 별개의 존재이면서 다시 하나가 되는 종교가 되어야 한다는 것이지. 여러 종교가 있다면 각각의 종교로 존재하면서 서로 대립각을 세우는 것이 아닌 하나가 되는 것이지."

"그래, 너무나 좋은 말인데, 저 하늘의 뜬 구름 같은 이야기일 수가 있어. 그래도 누군가 이야기를 하는 것은 중요하다고 생각해. 너희 인간들에게 사라져 가는, 회의하고 고민하는 기회를 되찾아 줄지도 모르니까."

"그런데 그건 너무나 이상적인 설정일 수도 있어. 그래도 희망이 있다면 여러 상황을 경험한 사람들이 많아졌다는 것이지. 그것이 희망일 수가 있어."

"방금 전에 어린왕자를 다시 만난다면 무슨 말을 할 것이냐고 했지. 반복되는 이야기이지만 염력이야. 소박을 향한 간절함 말이야. 인디언이 살았던 시대처럼, 종교는 존재의 깊이, 거룩의 높이를 확장하는 공간력이 되어야 한다는 것이지. 종교 자체가 수단이 되어야지, 그 대상이나 주체가 되면 안 된다는 것이지.

'진리가 너희를 자유케 하리라'라는 진리의 의미는 일방적인 것이라고도 볼 수도 있어. 오히려 자유가 진리를 탐구하게 한다는 말이 맞을 거야.

　요즘 사막에 사는 젊은이들은 거의 없어. 거의 도시로 나가 공부하거나 일자리를 구해서 살게 되었지. 떠도는 젊은이들도 많고 말이야. TV가 들어오고 너희 솔롱고스와 같은 외부세계를 알게 되면서 생기는 상대적인 열등감이나 현대적 삶에 대한 욕구가 그들의 본래 삶의 가치와 만족을 빼앗아 가 버린 것이지.”

　“그래 지금까지 기억에 남아 있는, 〈사람을 죽이는 사회〉라는 약간은 섬뜩한 제목의 신문 칼럼을 읽은 적이 있어. 너는 잘 모르겠지만 솔롱고스는 불행하게도 자살률이 세계 상위권을 달리고 있지. 외국인으로 한국학을 전공했고 한국에 귀화하였으며 현재는 먼 북반구의 한 나라에서 한국학을 강의하는 교수가 쓴 칼럼이었는데, 그곳의 학생들이 솔롱고스의 높은 자살률에 대한 이유를 묻는 질문에 대한 나름 답변 형식의 글이었어. 그가 제시한 가장 무거운 이유는 이랬어. ‘점점 심화되고 있는 생계의 불안도 아니고, 구성원으로의 책임을 강조하는 유교적 질서의 특징도 아닌, 물질과 관련된 자본주의의 심화가 가장 큰 요인’이라고 제시했지. 더불어 사는 관심과 사랑이 배제된 사회, 권력과 돈이 모든 것의 정점으로 치닫게 하는 끗발이 지배하는 사회기류가 요인이라는 것이지. 또한 그는 통렬하게 이렇게 말했어. ‘타인을 위해 아낌없이 자기 자신을 내주는 것이 사랑이지만, 이 사회에서는 자신으로부터의 도피나 소유욕이 사랑의 이름으로 포장되었지. 교회나 사찰마다 하나님 사랑과 부처님 자비가 외쳐지지만, 그 실상을 자세히 보면 성금이나 불전을 주어서 죄에 대한 면죄부나 이윤추구 정글에서의 성공에 대한 주술적인 보장을 사라는 이야기에 불과하다는 것. 우리는 아이들을 사랑한다기보다는 아이 교육에 투자해 나중에 거둘 '성공'을 공동소유하려 한다.'고 말야.

"어린왕자를 만난 이후 다시 인간족속과 이야기한 것은 네가 처음이야. 그래서 처음에 너를 피했던거야. 너와 나는 같은 대지에 발을 딛고 사는 존재이니까. 이것이 중요한 것이야. 사후에 또 다른 삶을 추구하기보다는 나의 후세로 삶을 이어가게 하는 것. 그렇다면 결국 인디언들이 말한 것처럼 후손들에게 대지를 빌려 쓰고 있다는 말이 맞는 말이지."

"그래, 반가웠어. 너를 만나리라고는 전혀 생각하지 못했는데. 사막에 와서 행운이 여러 번 있네. 낙타와 밤새워 이야기하다가 그 등에 기대어 꿈도 꾸었고, 마지막으로 너를 만난 것까지 말야. 다음에 이곳에 나무를 심으러 오기로 했는데, 그때 또 만났으면 좋겠어. 그때까지 건강하고."

"그래, 고마워, 나도 반가웠어. 황량하지만 이 대지를 잊지 말고 오래 기억해 줘. 꼭 다시 이곳에 온다면 이곳에 와서 나를 꼭 불러주고."

뜨겁게 안녕

　자정에 울란바트로 칭기즈칸 공항을 떠난 비행기는 이른 새벽 인천공항에 도착하는 예정이었다. 떠날 때와는 다르게 돌아오는 비행기 안은 장마철의 집 안처럼 눅눅하고 칙칙했다. 근래 들어 항공기 사고가 잦다 보니 막연한 불안감도 떠다닌다. 여행을 마치고 돌아온다는 안도감은 그것들에 밀려나 있었다. 한 시간 늦추었던 시간을 다시 제자리로 돌려놓았다.

　검색대를 빠져나왔을 때 기자들이 늘어서 있다. 이른 새벽시간인데도 누군가 대중적인 인물이 들어오거나 아니면 나가는 것인가? 들어오는 편이 맞을 것이다. 시차야 있는 것이지만 이 시간에 출국하는 것은 드문 것일 테니 말이다. 그러더라도 이렇게 이른 새벽시간에 들어온다는 것은 무슨 특별한 이유가 있는 것인가? 꼭두새벽에라도 도착하는 모습이나 사진으로 세상 사람들에게 전해야 할 만큼의 비중 있는 이가

　　　　　　　　　　　　　　무신론자를 위한 변명

누구인가 궁금했다.

누구에겐가 물었을 때, 브라질월드컵에 참가했던 월드컵축구 대표팀이 귀국할 예정이라고 했다. 선수들은 말할 것도 없이 세상일이 언제나 원하고 바라는 대로 되지 않는다는 것을, 세상 사람들은 그 정도는 경험으로 알고 있는 일이다. 아니 누구보다도 익숙해져 있을 것이다. 그러나 이 꼭두새벽에 사진을 찍겠다고 나온 이들은 그렇지 않을 것이다. 당연히 선수들은 풀이 죽은 모습을 보여야 할 것이라고, 그리고 그들은 그 모습을 세상 사람들에게 전하겠다는 야비한 마음도 있을 것이다.

수하물을 찾고 공항을 빠져나왔을 때 후덥지근하고 습한 공기가 불쾌하고 불편했다. 여행을 마치고 집에 돌아왔다는 산뜻한 마음이 습한 기운에 눅눅해지고 있었다. 월요일 아침이니 집에 도착하자마자 회사에 출근해야 한다는 각박한 현실도 한몫 했을 것이다. 다시 사막에 돌아가고 싶었다. 사막에서는 결코 막막하지 않았는데, 가로수가 길게 늘어서 있는 서울에서 막막해지는 심정이었다.

집에 돌아오고 눅눅해진 몸으로 다시 회사에 출근했다. 미뤄진 일들이 나를 기다렸다. 어차피 내가 해 나가야 할 일이었다. 하루하루가 바쁜 시간이었지만 주말을 특별하게 기다렸다. 서울대공원의 낙타를 만나러 가야 한다는 사명감 때문이었다. 고비에서 만난 낙타엄마의 안부를 전해야 했다.

주말 아침 서울대공원으로 가는 길, 날씨는 뜨거웠지만 마음은 설레었다. 배낭에는 고비에서 가져온 하쁘끄가 주인을 기다리고 있었다. 호숫가를 돌아 매표소를 지나고 낙타 우리로 갔다. 사슴우리를 지나

낙타 우리가 가까워지고 낙타는 우리 가까이에 있다가 달려 나왔다.
내 모습을 보았을 것이다. 나도 손을 흔들며 빠른 걸음으로 달려갔다.

"낙타야, 안녕! 잘 있었어?"

"그래, 사막에는 잘 다녀왔구? 우리 엄마는 만났어?"

배낭에서 하뜨크를 꺼냈다. 꺼낸 하뜨크를 낙타의 목에 걸어주었다.

"엄마 냄새야."

낙타의 목소리는 울먹이고 있었다. 낙타는 한동안 목을 돌려 청계산
쪽을 바라보고 그렇게 서 있었다.

"너의 엄마는 건강하게 잘 계셔. 네가 이곳에서 잘 지내고 있다는 말
을 전했어. 굉장히 좋아하셨구. 너의 엄마와 많은 이야기를 나누었지.
사람들과는 하기 어려운 이야기들을 말야. 사람들은 자기편을 가르고
자기 범주를 넘어서기가 어렵거든."

"그래, 엄마는 세상일에도 많은 관심을 가지고 있었어. 그래서 내가
이곳에 간다고 했을 때도 심하게 반대하지는 않았던 것이었을 테고."

"그곳에 다시 나무를 심으러 가기로 했어. 그때 엄마와 다시 만날 것
도 약속했고. 갑갑하지만 너도 즐겁게 생활해. 내가 너의 엄마에게 그
렇게 전했거든."

"다시 한 번 고마워. 너를 만난 것은 큰 행운이었어. 언젠가 이 울타
리를 벗어나는 날이 왔으면 좋겠어. 내 등에 짐이나 사람을 실어 나르
더라도 말야. 그랬으면 좋겠어. 나는 대지가 필요해. 대지가 필요하다
는 말은 내가 일을 하고 언젠가 내가 묻힐 곳이라는 의미야. 그리고 대
지라는 의미는 영속의 의미야. 대지는 어머니와 같은 의미이고, 어머

무신론자를 위한 변명

니도 대지와 마찬가지로 영속의 의미인 것이지. 부동산의 범주 로서의 대지가 아니라 모든 생물체가 영속하는 터전으로의 대지로서 말이야."

"내가 사막에 가서 나무를 심겠다는 생각을 한 것은 엄마가 돌아오기까지 하루 종일을 그늘도 한 점 없는 사막에서 어린 새끼낙타들을 보면서였지만, 종말을 이야기하는 것, 심판의 억압을 떨쳐 버리겠다는 의지이기도 해. 인간이 주체가 되는 세상, 나아가서는 욕망이 아닌 대지가 주체가 되는 세상을 염원하는 것이지. 그것이 가능성이 없는 허구라 할지라도 누군가는 꿈을 꾸어야 하는 것이고.

나도 너를 만나서 반가웠어. 너의 엄마를 만날 수 있을 것인지 두려웠지만 결국은 만났고 그것은 행운이었어. 가끔 너를 보러 올 거야. 갑갑하지만 즐겁게 지내."

내 이야기가 끝났을 때 낙타는 내게 가까이 왔다. 한동안 낙타의 목을 끌어안고 있었다.

낙타에게 작별의 손을 흔들었을 때 태양은 더 뜨거워지고 있었다.